藥丸奧斯卡

第三部
兩國

VOLUME III

OSCAR PILL

ELI ANDERSON

LES DEUX ROYAUMES

a novel

艾力・安德森——著

陳太乙——譯

春天出版

Spring Publishing

一切完了

他放慢奔跑的速度，改用走的，然後，終於停下，氣喘吁吁。在他面前，平原一望無際。然而，他已經跑了好幾個小時，把曾迷失其中千百次的哪些巨大地洞拋在身後。

他已精疲力盡，口乾舌燥，而氣溫還在不斷升高。他想脫掉披風，天鵝絨的觸感讓他難受；但他很快就發現，披風反而替他隔絕了熱氣。於是他又急忙把自己裹在裡面。他拿出水壺，喝掉最後一滴水。他必須盡快找到水源才行。

為了給自己打氣，他用手指輕輕撫摸用金線繡在披風上的M字，抬頭遙望天際：他又瞥見那些尖尖長長的黑影，從地上冒出，宛如燒焦的樹幹。他試圖忽略那永不止息，乾枯一切的狂風——這風逼得人發「瘋」，而這片平原即以此為名。

他彎下腰，拾起一把淺白的泥土。這乾荒的土，一踩就碎。就在這個時候，他發現了第一個足跡，離他很近。

這個腳印比自己的要大得多，而且是赤腳留下的，或者應該說是一枚有著三個尖角的獸跡。是利爪嗎？他的心加速狂跳起來，彷彿體內響起警報，宣告危險來臨。他走了幾步，在三公尺外，辨識出另一個類似的腳印。三公尺！這頭生物到底有多大，竟然一步就跨了三公尺？！或許牠是用跑的？但願如此。

他倏地站直身子。遠處，一個淹沒在咻咻風聲中的雜響劃破了寂靜。天氣雖熱，他仍不禁打了個寒顫。聽起來像一頭野獸咆哮的回聲。他的第一個反應就是後退。一後退，他就悔恨起自己，同時想到父親：換做是爸爸，一定不會退縮。他深深吸了一口氣——身為一名醫族，無論如何，都要向前。無論是布拉佛先生，還是魏特斯夫人，這件事不需要任何人來告訴他，他也沒在任何地方讀過這則教條。應該這麼做，就是這樣而已。

那聲音再度響起，更大聲，而且也更接近。他再度艱難地邁步，朝一叢小樹林走去。走到能辨認出深色形影的距離時，他頓時停下。大地震動著，彷彿有人在擊鼓，而且同時擊打幾十支鼓。他垂下目光：同樣的腳印，這裡那裡，到處都是。他環顧四周，憂慮不安。除了小樹林以外，沒有任何地方能庇護躲藏，觀察形勢。他拔腿狂奔。地面的震動傳到了他的頭部。距離那濃密的黑色樹林只剩幾大步路了。就在快要抵達之時，一個龐然大物從後方出現，撲到他身上。他一頭往下栽，往旁邊側跌。他周圍顯現一個巨大的黑影。他在空中翻圈，背躺在地。好幾頭怪異畸形的野獸湊到他身上。那些怪獸散開，一個男人現身：從頭到腳一身黑，只有領子是紅色的。

他被包圍了。

他試圖看清那名病族的臉，卻因為背光，只看得出敵人的身形，僅來得及看到龍罩在他面部周圍的薄霧。那個形影消失，鉗子上鎖。該怎麼脫困？他能用什麼來防衛自己？這時，他想起在通往知識聖殿的禁忌隧道裡那隻恐佈的大章魚，以及當初他所使用的武器。當然，黑帕托利亞之瓶和那能消化一切的珍貴漿液！他焦躁地在披風裡翻找，手放在第一個皮囊上，驚恐地發現囊帶是空的。他的小玻璃瓶，第一個戰利品，不見了……

包圍他的猛獸縮小了圈子。他閉上眼睛，不想看見那些猙獰可怕的表情，亮晶晶的獠牙，扭曲變態的面孔。他試著忘記牠們淒厲的嚎叫，整個人蜷縮在披風裡。一股無邊的沮喪絕望，比恐懼更嚴重，湧上他的喉頭。他那麼想將戰利品一個一個地帶回來，成為一名夠格的醫族；他那麼努力要洗刷父親和家族的污名，但此時卻被困在這座陰森的平原，被一名病族擊倒，獨力對抗一群猛獸，踏上死亡之路。他多麼希望能堅持到最後……憤怒的淚水從他的臉頰流下，母親和姊姊的臉孔浮現在綠天鵝絨披風上。

他將金線繡的M字緊緊握在掌心，剛好還來得及看見帶著利爪的獸足伸向自己，而最大那隻怪獸縱身躍起。

沒消息……

奧斯卡驚嚇醒來。他環顧四周，眼神惶恐，過了好一會兒才認出月光下的海報，足球，棒球棒，書桌，呃，也就是他的房間，位於巴比倫莊園，奇達爾街上的小屋子裡。唯一的原野事他床單的圖案，而他正坐在上面，大汗淋漓。他看了鬧鐘一眼：凌晨四點三十七分。

原來是一場惡夢！

他閉上眼睛，嘆了一大口氣，重重地摔回枕頭上。這一切只不過是一場可佈的惡夢。為了讓自己安心，他連梯子都不爬，直接跳下床；也不顧可能會吵醒睡在同一層樓的媽媽和姊姊，衝到衣櫃前。他急急忙忙地打開衣櫃，撥開掛著襯衫和長褲的衣架，往最裡面摸索，憑指尖感覺到天鵝絨的質料。奧斯卡蹲下來，這一次，他把手放在最下層的一個木箱上。他掩上衣櫃門，目光確認房間的門關得好好的，然後，打開木箱。

他再次嘆了一口氣，是放心，也是惱恨。黑帕托利亞之瓶，他的戰利品，從身體的第一世界帶回來的，的確還在，毫髮無傷。於是，他確定那只是一場荒謬的惡夢。但是，這次也一樣：一年多以來，小瓶子始終死氣沉沉，只是一只裝滿橘色液體的水晶瓶，波瀾不興。

他還記得這項戰利品在各種狀況下發出不可思議的光芒，還有他的五囊腰帶，自動飛起，環繞著他，然後牢繫在他腰間。不過，喏，這段時間以來，什麼都沒有了。他早已不再細數自己試過多少回，拿起水晶瓶，或溫熱瓶身，或跟它說話，一心想讓戰利品裡的漿液重新活過來。什麼方法都試過了，通通無效。戰績腰帶也一樣，軟趴趴的，毫無生氣，令人絕望地癱在衣櫃深處。

其實，他本來把這個惡夢當成一個預兆，彷彿在某處有某個人在告訴他：一切都將恢復生機，所有連結醫族世界的事物終將從沉睡中醒來。然而，並沒有，他想錯了。希望再度落空。除了失望，還外加一份可怕的擔憂：說穿了，自從去年夏末，匆匆離開庫密德斯會，也就是布拉佛先生的宅院之後，他就覺得自己不再是一名醫族。

想起恐怖的那一天，尤其是當知識聖殿所揭發的一切，他的喉嚨彷彿被掐住了。雖然，感覺不如一年前那麼鮮明，那麼強烈，卻依然沉重痛苦。無論如何，他從來不相信他那時看到和聽到的事：他的父親不可能是那個被病族收買，後來被關進陰森牢房，最後死在那裡的那個叛徒。他的母親，當然，但還有其他德高望重的醫族，都信誓旦旦地告訴他：事實正好相反，維塔力・藥丸是個傑出的醫族，成功地擊敗恐怖的敵人，病族首領黑魔君，並把他囚禁起來。在所有人，或幾乎所有人的眼中，他的父親既正直又勇敢。而且有許多人都認為他遭遇到的命運並不公平。

不，他的父親絕對不可能是那個自甘墮落，受人譴責的叛徒。

奧斯卡曾因而決定要貫徹始終，將五界功勳的戰利品一個一個帶回來，成為一個讓父親驕傲的醫族。那麼，他就能洗刷維塔力的罪名，還他清白。那是他對自己許下的承諾，自聖殿揭露那些驚人的祕密以來，一直縈繞在他心中。要達成這個目標，他知道可以仰賴魏特斯夫人的支持援助，或許，醫族的大長老，布拉佛先生，也會幫助他。

但是，既然如此，為什麼他一直沒再收到他們的消息？他的第一項戰利品和腰帶也都毫無動靜？已經十三個月了，十三個漫無止盡的長月以來，始終渺無音訊。連一封信，一個暗號都沒有。所有的一切宛如人間蒸發，沒留下任何蛛絲馬跡，除了那只小水晶瓶和一條老舊皮帶上掛著的五個囊袋。

奧斯卡茫茫然地躺回床上。疲累如鉛塊一般沉重，終究占了上風；他昏昏沉沉地陷入另一場騷動不安的睡夢中。

三個小時之後，母親的聲音將他拉出漆黑的夜。

「奧斯卡！」賽莉亞的腦袋探入半啟的門縫。她已經來第二次了。要是還需要來第三次，那就得帶上喇叭，外加一桶水了……

奧斯卡的腦袋總算從枕頭抬起來，看上去像有一公噸那麼重。他含糊不清地嘟噥了幾個字。賽莉亞露出微笑，走進房間，拉開窗簾，讓夏末美麗的晨光照進來，然後走到高架床旁。她慈愛地細細看著睏倦的兒子。他的兒子十三歲，幾乎像個負責的大人——過去那段日子，他不是已經證明了這一點嗎？而在其他時候，卻又是個需要人家把他拉下床的大孩子。

「假如你真的想在開學日遲到，」她伸手揉撫兒子那頭紅棕色的亂髮：「的確還可以賴床幾分鐘。要不然就馬上起床，刷牙洗臉，和姊姊一起來吃早餐。」

奧斯卡艱難地點點頭，從床上坐起。開學日了！都已經……他覺得暑假就像搭火箭一般，咻地就過完了；雖然，他每天都坐立不安，癡癡空等族裡捎個信號過來。他終究還是吐了個回答：

「馬上就來……」

賽莉亞離開房間，奧斯卡從高架床滑落地面。至少可以確定的是：他對回巴比倫莊園的學校上課這件事，並沒有多麼熱烈的渴望。他其實是喜歡學校和同學們的，至少，某些同學還不錯；但是開學所帶來的一切讓他倒胃口。說得確切些，紀律所要求的一切，如固定的作息時間，擁擠的隊伍行列，即使無聊的要死也得學習的科目。簡單地說，多讀一年也沒有任何改變：對他來說，那些死板板的規定和必須服從的規矩，好比硬要一頭大象穿上蓬蓬裙。而夏天，暑假，媽媽給他的自由時光，對改善情勢一點幫助也沒有。

他拖著腳步走進浴室，幾分鐘後出來，稍微清醒了些；思緒變得比較清晰，煩惱也更鮮明：他剛比較明確地想起學校裡有哪些敵人等著他。過了個暑假他竟然就忘了：比紀律更糟的，校園霸王羅南．摩斯，還有他的狐群狗黨。奧斯卡跟其他同學不一樣，他其實並不怕，但他知道，那也是個解決不了的問題。他永遠也無法跟那個男孩和他的任何一隻走狗相處。

……或者，幾乎無法。因為那群人中有蒂拉。而漂亮的蒂拉正好知道自己很漂亮。有時候，她會跟摩斯一起拍拖，或者應該說是他經常在她身邊繞來繞去。問題是，奧斯卡對她保持戒心的同時，又深受她吸引；而這也沒能讓日子比較好過。

他把那些混亂的想法趕出腦袋，快速換好衣服，旋風似地衝下樓，進入廚房，一面把T恤拉好，一言不發地在餐桌旁坐下，彎下腰綁腳上那雙Converse球鞋的鞋帶。薇歐蕾本來非常專注地觀察著一只早餐穀片儲藏罐的形狀，從幻想中驚醒，笑意全失。

「停下來，奧斯卡！」

「停下什麼？」

「綁鞋帶！你會把它們勒死的，可憐的鞋帶們！」

奧斯卡把頭探到桌下：薇歐蕾早已細心地拆下她球鞋上的鞋帶。他坐直身子，打量她。說真的，他永遠也不會想到姊姊那些稀奇古怪的點子。現在，她竟然為了拯救鞋帶挺身而出……薇歐蕾決定站起來，很顯然地，才跨出第一步就掉了一腳鞋。她卻似乎什麼也沒發現，打開冰箱門，拿出一隻小湯匙。轉身走回座位時，她的光腳穿回那隻孤零零的鞋，彷彿什麼事也沒發生，坐回原位。

賽莉亞一直用眼角餘光關注她的舉動。對於女兒的怪異舉止，她早就不再問東問西。

「親愛的，當妳決定不把湯匙放在櫥櫃抽屜，改放到其他地方時，記得先告訴我一聲喔！」她只這麼對她說：「這樣我比較好辦事。」

奧斯卡跟媽媽卻相反，並沒有放棄弄懂姊姊這具怪機器的運作模式。

「湯匙放進冰箱，是為了什麼？」男孩問。「妳怕它融化嗎？還是怕它在桌上會被太陽曬黑？」

薇歐蕾那雙美麗的紫色眼睛瞪著弟弟，彷彿在她面前的是一頭僵屍。

「拜託，奧斯卡，那是金屬，不可能在陽光下融化。」

她和賽莉亞交換了個眼神：弟弟問出這樣的問題，她真的很擔心。賽莉亞差一點就大笑出來，奧斯卡則不住搖頭。姊姊不但已經是地球上最古怪的女孩，竟然還能把他當成白癡……

賽莉亞看了手錶一眼，匆忙把咖啡喝完。

「好了，奧斯卡，在我替你打包奶油吐司之前，快上樓去收拾東西，該出發了。你在路上吃就好了。不，薇歐蕾，今天特殊，請把那支湯匙放在碗槽裡，之後妳會發現，那個地方非常適合它。上路囉！」

賽莉亞在學校大門前把孩子們放下來，然後趕去公司。她的上司葛德霍夫先生顯然渡假的時間不夠長，自從八天前回來上班之後，表現得比任何時候都討厭。這種時候，她最好別遲到，哪怕是遲一分鐘都不要，她很清楚。

薇歐蕾像隻蝴蝶似的，往操場盡頭跑去，試圖不在路上留下腳印。奧斯卡則沒她那麼有勁，朝一群人走過去。一個頭髮像鋼刷的乾瘦男孩遠遠地呼喊他：

「奧斯卡！這裡！」

傑瑞米．歐馬利和哥哥巴特——其實兩人只差一歲，但哥哥比弟弟高出一個頭，並多十公斤肌肉——熱烈地歡迎他。

「開學了！開學後，就可以繼續做生意。」傑瑞米開心地說。他是全校最機靈也最會賺錢的男孩。「我想了一大堆計畫，我們得談談，奧斯卡。這一次，你一定會想跟我們合作。」

他們背後傳來一個聲音。

「嗨，大家好。」

奧斯卡對剛加入他們這一群的蒼白金髮男孩微笑。艾登．史賓瑟依舊是那副害羞脆弱的模樣，甚至讓人覺得，光是一個書包就把他壓得彎腰駝背。但他去年發現自己跟奧斯卡一樣，也屬於神秘的醫族，並在最危險的困境中，讓朋友們見識到他的勇氣與決斷力。奧斯卡不知道艾登的暑假在哪裡度過，做了些什麼，但覺得這位同學看上去比以前有自信。

「嗨，艾登。」一群人齊聲招呼他。

「你們的暑假過得好嗎？」

「好極了！」傑瑞米回答。「雜貨市集進了滿滿的貨，巴特也拿出滿滿的精力送貨。然後，我們偶爾也去游泳，因為我跟管理員很熟，他是我鄰居，所以，我們還幫他清空地窖，拿去巴比倫莊園的舊貨攤賣，而且……」

「修正！」巴特插話：「你只挑貨，清空地窖的是我。」

「對啦。好吧，那只是個不重要的細節。」傑瑞米一下子就把哥哥的意見掃到一邊：「而且，這叫分工合作：我出頭腦，你出力。而你，奧斯卡，」男孩藉此轉移話題：「你暑假中有去哪裡嗎？不怎麼常看到你出現耶！」

奧斯卡正想回答，一個尖酸刻薄的聲音打斷他們的談話：

「和他那個媽媽，和那樣的姊姊，你要他去那裡？他應該整個夏天都在學跳舞或玩布娃娃吧！」

羅南．摩斯把艾登推開，闖入他們的圈子。他也沒變：同樣壯碩，同樣愛找別人麻煩，同樣細細長長的眼睛，如刀鋒一樣，只有臉上多長了幾顆青春痘。摩斯的後面，有一群女孩吃吃笑了起來。奧斯卡迅速看了周圍一眼，握緊拳頭。摩斯不用開口就能惹他不爽，現在進而口出惡言，真叫他更加怒火中燒。

「這很正常啦！」摩斯笑著繼續說：「誰叫他家只有女生嘛！是這樣沒錯吧？嗄？藥丸？你一直都沒有爸爸？告訴你一個壞消息：他可能不會回來了。他早就死了。」

奧斯卡朝他跨出一步。摩斯的眼神發亮：馬上就要打一架似乎讓他很開心。巴特．歐馬利同時也捲起襯衫袖子，走到奧斯卡身邊。摩斯皺起眉頭：傑瑞米的哥哥是唯一體型力氣跟他旗鼓相當，而且他並不想招惹的人。圍在他身旁的三個混混，他的走狗們，也跟他一起後退一步。

看他有所顧忌，傑瑞米趁機說：

「你這傢伙，想活命的話，最好馬上走開，否則，我就派我的保鑣出馬。」他一面說著，一面拍拍哥哥強壯的二頭肌。

「看得出來，放個暑假，好習慣都被丟光了。恭喜啊！這學期一開始就這麼精彩。」

所有人都認出那嚴厲的語氣，一起回頭轉身：企鵝老師筆直地站在那裡，一如既往地穿著三件式套裝，鼻樑上，方形眼鏡架得歪歪的。他扶正眼鏡，仔細打量摩斯，然後注視奧斯卡，交叉雙手背在背後。

「我要宣布一個非常好的消息：今年，我又擔任您的導師。而且，今年，我還是會特別關照您。」他刻意強調這幾句話，眼睛瞪著摩斯：「所以，我建議您好好想清楚。」

摩斯低調地聳聳肩，立即帶著他的跟班們消失。

「現在，奧斯卡・藥丸。」老師的語氣稍微軟化了些：「今天最可怕的考驗在等著你：你立刻跟和其他同學一起排隊，在我下令進教室之前，不准亂動。」

企鵝老師的第一堂課來了一段長長的開場白，闡述同窗情誼和尊重他人。

「你們只要把這一切都化為實際行動就好。」他做出結論，卻不太相信會有那麼一天。

奧斯卡悄悄回頭看：摩斯正一臉嘲諷地瞪著他。老師剛剛的苦口婆心，他統統當成耳邊風。正直坦率的同窗情誼，不會在這個學年度達成——以後達成的機會也非常渺茫。關於這一點，奧斯卡並不怎麼懷疑。

幸好，接下來的課程恢復正常，新的內容十分吸引學生。奧斯卡和朋友們很快就把坐在教室最後面的摩斯那票人拋到腦後。直到最後一節課的下課鐘聲響起前，奧斯卡都沒注意到一天就這麼過去了。現在是下午四點，他想起自己預定要做的那件事——今天不做，以後就永遠沒機會了。

「喂……等一下，奧斯卡！」傑瑞米慌忙喊他：「你要去哪裡？大家都被邀請到雜貨市集來慶祝開學，有自助吧，古里諾先生還烤了披薩喔！」

「我會試著過去，保證！但是，我……我急著去幫我媽買東西。你的腳踏車可以借我嗎？今天晚上還你。」

「可以啊！」傑瑞米回答，並把鎖鍊的鑰匙丟給他。「不過，快一點來跟我們會合！咦？奇怪，怎麼沒看到艾登？早上明明還在的啊！可是中午剛過，他就像個鬼影般消失了……」

他湊到奧斯卡面前，露出知情同伙人的模樣，低聲說：

「你說，他該不會拿出披風，偷偷鑽進什麼人的身體了吧？你們這些醫族，一定得時時看好。人家還來不及轉身，你們就已經在長得像山一樣的肝臟裡閒逛，或者搭潛水艇在哪條伏流中飛奔……」

奧斯卡匆忙收好書包，比起同學突然不見，他還有更重要的事要辦。何況，正如兩人曾私下談過的：艾登跟他一樣，這幾個月以來，都沒再顯現醫族魔法……

他正要離開教室，巴特卻在最後一秒抓住他，兩腳笨拙地搓來搓去，結結巴巴地問：

「那個……薇歐蕾……她也要去買東西嗎？還是可以來市集？」

「沒有，她沒有事要辦。」奧斯卡微微一笑，讓他安心。「你可以問她要不要去，我媽那邊我會去說。」

巴特也還他一個微笑，急忙掉頭就跑。傑瑞米為了邀女孩們去市集派對，正在她們面前耍寶；奧斯卡趁他不注意，悄悄溜往學校後門。正要走出校門時，他注意到摩斯出現在操場另一端。他面前站著兩個女孩，姿勢有點僵，一動也不動。感覺上他好像在下命令，而她們則以沉默當作回答。奧斯卡認出摩斯的兩個妹妹：大妹蘿娜低著頭，聽從哥哥的話。她的眼神閃躲了一下，剛好與奧斯卡四目交接，然後點了點頭。小妹嘉莉才十歲，輕蔑地瞪著哥哥，卻不敢反抗。奧斯卡決定當作沒看到這一幕，很快就找到好友的腳踏車。他跨上車，又被一個聲音叫住。

「你要走了，奧斯卡？」

他還沒轉身，就覺得心跳稍微加快了些。

「對。」他說：「我有點趕時間……」

蒂拉睜著金色的大眼睛看他。奧斯卡緊張地撓撓自己那一頭紅色亂髮。蒂拉的兩個姊妹淘，芭比．葛拉瑟和艾蓮諾．布列恩無緣無故地在好友背後偷笑。芭比的真名是蕊絲，但她頭髮的顏色卻非常淺，髮型永遠極端複雜，讓人很容易聯想到著名的芭比娃娃。這個綽號正是傑瑞米替她取的。「她的腦容量大概也跟那個娃娃差不多。」他曾補上這麼一句。至於艾蓮諾，她從早到晚都在模仿蒂拉，所以讓人忍不住叫她「影子」，因為她簡直就是蒂拉的影子。今天，她又穿得跟蒂拉一模一樣。問題是，她不是蒂拉，學得愈像，差異就愈發明顯沒得救。

「我也是，我也得回家。」蒂拉說，一面揪起一綹髮絲把玩，「你願意的話，我們可以一起走。」她又說，並蠻橫地瞪了她的兩個姊妹淘一眼。

芭比愣在原地，沒反應。蒂拉無禮地大嘆一口氣。艾蓮諾聽懂了她的訊息，拉住好友的手臂：

「來吧，蕊絲，我們得閃人。」

「啊？為什麼？」

「因為！」影子艾蓮諾硬拉她：「我再跟妳解釋啦！」

她們走開了些。奧斯卡臉紅得像芍藥，專注地盯著單車的輪胎看。

「呃……那個……其實我並沒有要馬上回奇達爾街。」

蒂拉更加熱烈地注視他，最後卻只得聳聳肩：

「摩斯果然沒說錯：或許你寧願跟姊姊玩布娃娃！掰！」

三個女孩爆笑起來，一起走遠。奧斯卡跨上單車，用盡全力踩踏板，不想聽見她們的笑聲。

騎了十五分鐘之後，他才停車踩地。

他下車，牽著單車走在人行道上，這條漂亮的大道沿著一座公園延伸，路旁的屋宅一幢比一幢雄偉。但奧斯卡的眼睛只專注在其中一棟，唯一稍微往後縮的那一棟。他走近鑄鐵雕花大門，心跳不已，滿懷期望，讀著面前那塊用螺絲固定住的不顯眼門牌：

庫密德斯會

他抬起目光，仰望鑲著好幾扇大窗的淺色石牆屋面。窗簾往兩旁收攏，但窗內絲毫不見人跡。只有從門口到迎賓梯的雪白石子路剛用耙子犁得平整，透露宅院仍定期保養整理。彭思，那個一板一眼的嚴肅管家，是不是正躲在某一束窗簾後面？雪莉正在廚房裡忙嗎？她和她的丈夫傑利，也就是布拉佛先生的司機，為什麼都沒給他回信，也不接他的電話？奧斯卡猶豫了一會兒，最後，還是把這幾個月來每天都做的動作又做了一次：從T恤下掏出項鍊和鍊墜，將金色的M字對準大門的門鎖。

什麼都沒有。

什麼也沒發生，只聽見一聲悲哀的金屬碰撞。儘管用了神奇字母，鑄鐵雕花門依然緊閉。他搖搖頭，沮喪極了。他為什麼特別期望今天？是因為昨夜那場惡夢？開學，開始一段新時期，這種興奮的感覺對醫族人生也算數嗎？他重重嘆了一口氣，把墜子收進衣服下，正準備跨上單車，卻感到有東西輕輕碰觸他的肩膀。他猛然轉身：剛剛是被一段樹枝掃到了。他抬起頭，眼裡閃耀著希望的光芒：

「吉祖！是你！真的是你！」

要是他能跳過鐵門，一定會撲上去抱住這棵如有魔法般自動來到大門前的粗壯橡樹。奧斯卡懇求這位奇特的朋友：

「拜託，吉祖，讓我進到園子裡去！」

但是大橡樹只彎下樹梢的葉叢，溫柔地撫摸醫族少年的臉龐，然後又直起。

「不！等等，回來！」

無論他怎麼喊也沒有用，吉祖消失在醫族大長老溫斯頓・布拉佛的豪宅後方，融入庭園茂盛的綠意中。一切恢復死氣沉沉，變回一處荒無人煙的住所。

奧斯卡安慰自己地想：至少，醫族的神秘世界終於展現在他眼前。這一刻，他等了好久！雖然只有一點點，已足以讓他安心：一切並非僅是一場被遺忘的模糊記憶。或許，不久之後，會出現其他訊號呢？

他離開鐵門，準備騎上傑瑞米的腳踏車，卻感到胸前湧出一股暖流。起初溫暖，後來變得炙熱，幾乎滾燙。他不假思索，丟下背包和單車，不顧自己在人行道上，掀起T恤。他的鍊墜燃起亮光。奧斯卡欣喜若狂，同時又日眩神迷，不敢用手去拿，深怕再度失去墜子好不容易找回的生命力。他抬眼望向二樓的一扇窗，似乎瞥見一陣輕微的動靜，然後又什麼都沒有。他又專注地看那金色的M字幾秒鐘，字母鍊墜已恢復原狀，溫度也變回正常。

奧斯卡微笑起來。他跨上單車，全速衝向巴比倫莊園。

嗯？？？

奧斯卡急著把單車還給傑瑞米，並希望古里諾先生的美味披薩還有剩。果然沒讓他失望，傑瑞米把市集設在自家的車庫，就在同一條街上，稍微下坡一點的地方。派對進行得正熱鬧。一群孩子嘻嘻哈哈地笑著，吃吃又喝喝，還買了傑瑞米從社區和其他地方拾來的各種小玩意兒。薇歐蕾堅決不肯再喝飲料，正展開一場即興演講：

「……所以，如果像種花一樣，把自己的腳種進土裡，就不需要再從嘴巴喝水，而且臉上還會出現漂亮的顏色！」

圍繞著她的幾個孩子默默地瞪著她。只有個性強硬的嘉莉．摩斯不肯善罷甘休。

「但是……憑什麼？妳以為腳指頭能長出細根？」

薇歐蕾點點頭，率真地微笑。

「總而言之，所有想做個實驗的人，」她提議，「我跟你們約明天在我家花園碰面。明天是星期六，我們有的是時間。記得光腳來喔！」

所有人都尷尬地左顧右盼。只有巴特回答：

「妳願意的話，我去。試試又何妨？」

嘉莉聳聳肩。

「妳知道嗎？薇歐蕾，我不曉得妳是不是一朵花，但是我相信妳有點枯萎了，這裡面！」她說，一面用手指著少女頂著一頭紅髮的腦袋。

姊姊發表那些異想天開的理論時，奧斯卡常常不太自在；他謹慎地不被捲進那個小圈圈。傑瑞米走到他旁邊。

「摩斯的妹妹在這裡幹嘛？」醫族少年問，提防著。

「別擔心，摩斯父子跟我們並不算是好朋友。但羅南的妹妹們人挺不錯，而且嘉莉又跟我表妹很要好。她十歲，但講起話來簡直像十五歲！記得沒錯的話，她還曾經跟企鵝先生頂嘴呢！你能想像嗎？聽說老師甚至不知道要怎麼回她！這是艾蓮諾・布列恩告訴我的！」

「摩斯竟然讓他妹妹來這裡？」

「沒有。不過她根本不在乎。但是蘿娜，她就不敢不聽她哥哥的話。每次在她哥哥面前都垂著頭，像是等著被劊子手砍頭似的……」

「她這麼做並沒有錯。」奧斯卡評論。

「聽說羅南常狠狠地欺負她們，可憐的姊妹！他都是學他爸的。顯然，他爸禁止他們來這裡。嘉莉比她姊姊小兩歲，卻不肯被任意擺佈！我覺得，今天晚上，摩斯家一定會大吵大鬧一場……」

奧斯卡終於想到要看看手錶：晚上七點！他這才發現自己忘了跟媽媽報備，說要先到傑瑞米這裡參加派對，她一定擔心得抓狂。他皺起眉頭：今天晚上，大吵大鬧的可不只摩斯家了……他急忙把姊姊連根拔起，拖著她往門口走。

「喂……等一下，奧斯卡，我還沒教他們怎麼替雙腳澆水！」

「我們明天公園見！」奧斯卡對歐馬利兄弟大喊，絲毫不想浪費力氣去回應薇歐蕾。

他們推門走進奇達爾街6897號時，不敢張揚。小屋一片寂靜，預言大事不妙。

「兩個都給我過來，立、刻、馬、上！」

姊弟兩人互看一眼。薇歐蕾本能地躲到奧斯卡身後，雖然她比弟弟稍微高一點。他們朝廚房走去：聲音是從那裡傳出來的。

賽莉亞坐在椅子上，雙肘抵著桌面，托著腮。她甚至沒時間換衣服，身上還穿著上班不得不穿的古板套裝，腳踩平底包鞋。她深呼吸一口氣，把一頭黑色長髮往後梳，站起身，正面注視兩個孩子。

「謝謝你們，我的孩子。真的非常謝謝。我覺得生活無聊死了！一切都那麼單純，日子過得太容易了。我缺少焦慮的機會，我不夠擔心你們。所以，謝謝你們沒說一聲就不見人影，讓我有事情可忙，在整個社區引起騷動。你們回來得太早了一點，我正準備打電話報警呢！」

「媽媽，」奧斯卡試圖解釋：「我……」

「閉嘴。我想聽你們解釋，但我想我實在太害怕了，還沒做好心理準備，什麼都聽不進去。最好讓我先冷靜一下。」

賽莉亞很少氣成這樣。無論如何，她從來不提高音量；在真的焦慮或發怒時，她反而小聲說話，但一切情緒都可從她的眼神看出。那雙不可思議的紫色眸子，她遺傳給了薇歐蕾。今天晚上，奧斯卡在她的眼裡看到了恐懼與憤怒。

賽莉亞站起身，兩個孩子幾乎不敢抬頭看媽媽那張氣急敗壞的美麗臉孔。她一隻手發抖，拿起手機，止不住輕顫地撥打一個記憶中的號碼。

「他們回來了，一切平安，謝謝……好，如果你想的話……好吧，我等你。」

她沒再多說，掛斷電話，走了出去，頭也不回，又丟下一句：

「等你們了解世界上不是只有你們自己，還有很多人在替你們的人生忙碌，就給我去古里諾家，歐法努達奇斯家，德里小館，還有丁先生的店裡拜訪一下，請他們放心。他們全都緊張得不得了。」

一陣輕微的暈眩迫使她在樓梯下方停下腳步。她扶著扶手，閉上眼睛。發現孩子們沒回家時，她恐懼不已，被各種最壞的打算吞噬；現在，這些憂慮全都變成一股超級想哭的衝動。她忍住了。好險，那時，在她心底，響起了那個小小的聲音，安撫了她。那是她熟悉的聲音，永遠也不會忘記的聲音。因為出現這種令人擔心的狀況時，總常常聽見那個聲音，即使丈夫已經死了十三年，如今，他那張叫人安心的臉比以往更清晰地浮現在她腦海，她仍深深信賴。她挺直身子。一個失去冷靜的母親？即將崩潰？不，她決不想給孩子留下這樣的印象。她寧願生悶氣，不鬼吼鬼叫，更不哭哭啼啼，只要讓他們意識到自己做出了怎樣的行為。她收拾心情，爬上樓，走進房間。

奧斯卡轉身望向姊姊，尋求一點支持，分攤自己的罪惡感；一眼撞見的卻是一副失了魂的空殼。原來，無論何種形式的痛苦場面，薇歐蕾都受不了，早就躲進一首不知名的歌裡，哼唱的同時，緊盯著洗碗槽上方的壁磚看。

奧斯卡嘆了一口氣，決定立刻去辦媽媽交代的事，不多加拖延。他打開門，走下幾格階梯，前往一扇小門……卻猛然停下腳步。

站在他面前的，是他眼中集全世界之笨重，白目，和做作於一身的超級濃縮精華版：巴瑞・赫希萊。巴瑞最嚴重的過錯就是對賽莉亞展開熱烈的追求。更糟的是，奧斯卡懷疑母親已經對巴瑞投降，並當他是男朋友。

奧斯卡彎腰探看：一輛跑車，敞篷款，加裝了各種擾流板和金屬貼條，既招搖又低俗，而且大辣辣地停在馬路中間。要是可以的話，巴瑞一定會裝一種自動鳴喇叭的裝置，這樣，就算他不在車子裡，大家也會注意到那輛車。

男人彎下一米九的身高，抓住奧斯卡。

「哇塞，」他把男孩當成棗子樹似地，猛力搖晃他的肩膀，笑容滿面地說：「故意要嚇媽媽是嗎？還是翹課了？好險，在出問題的時候，妳媽還有我可以依靠，嗯？……她馬上就打電話給我，而我就開著車，翻遍整個社區，就為了找你。我就知道我一定會找到你。」

奧斯卡用力甩開這個粗魯的傢伙。

「看來你真的沒發現，我是從家裡出來的。所以，並不是你找到我的，是我自己回家，而且我媽剛才才打電話通知你。」

巴瑞雙手握拳插腰，斜眼上上下下地打量他：

「好啊！那麼，胡蘿蔔頭小子剛剛跑到哪裡去了？嗯？跟女朋友在一起，是不是？嗯？」他猛眨眼睛，擺出一副有默契的樣子。「來吧，承認吧！男人對男人，互相都懂的……」

他呵呵大笑地往前走，笑聲一點也引不起共鳴：此時此刻，奧斯卡最不想做的事就是笑，真想往他的脛骨踢一腳做為回答，才不要說什麼知心話。更何況，巴瑞每句話都夾雜一大堆「嗯？」，因而被姊姊和他稱為「嗯嗯先生」，那些「嗯」把奧斯卡惹火到最高點。

「不。」男孩立刻回擊：「我還有很多重要的事要辦，不過與你無關。」

「你還有比把妹更重要的事要辦？嘿，你十三歲了，不是嗎？在你這個年紀，還有什麼比把妹更重要的？嗯？嗯？」

奧斯卡嫌惡地搖搖頭。雖然，從去年底起，他對女孩並不冷感——至少，尤其是對某一個女孩——但他還是很慶幸自己擁有許多其他興趣。目前他最在意的就是自己的醫族命運。但是這件事，他最不想分享的人，就是巴瑞；而且這個頭腦簡單四肢發達的大叔把交女朋友當成第一優先的事，也沒什麼好驚訝的。

「對沒長腦的人來說，」他反唇相識：「沒錯，是沒別的事更重要，除了反戴棒球帽和愛好過時車款之外。」

巴瑞的笑容消失，臉色大變。奧斯卡知道自己攻下一分，很得意。媽媽的聲音在背後響起，提醒他注意規矩。

「奧斯卡，你在做什麼？」賽莉亞出現在小屋門口：「馬上進來！」

她很清楚奧斯卡和巴瑞之間的角力，不希望他們兩人單獨處太久。

但是奧斯卡實在忍不住，拔腿就跑，一溜煙地跑到街上。

「我去通知鄰居們，等下就回來！」他喊給媽媽聽，卻對她的呼喚充耳不聞。

他去每位好鄰居家走了一圈，真心向他們道歉。他知道奇達爾街的居民視彼此為一個大家庭，不管是哪一家的孩子，都有點像是大家的孩子。藥丸沒有父親，所以這層關係更深厚：奧斯卡和薇歐蕾總是得到最特別的關愛和注意。他們一定擔心死了。他一定得讓他們安心才行。

本來，他可以照傑瑞米，巴特和他們的爸媽所提議的那樣，留在歐馬利家吃晚餐，待久一點。事實上，哪怕是一分鐘，只要別再跟嗯嗯先生一起，無論什麼事，他都願意做。但是，他的母親決不會原諒他再多逃家一秒。其實，他也知道，他對巴瑞．赫希萊的厭惡讓賽莉亞很辛苦。他沒辦法強迫自己去欣賞那個傢伙，不過，今天晚上，他必須做點努力。萬般不情願地，他還是回家去。

奧斯卡到家時剛好趕上和大家一起上桌吃飯。巴瑞堅持坐在他旁邊。賽莉亞用眼角監視他的反應，所以他不敢拒絕。嗯嗯先生的腦容量記憶跟一隻金絲雀差不多，似乎已經忘了奧斯卡在半個小時之前所說的那些話，還把他的棒球帽戴到男孩頭上。就這麼一次，奧斯卡沒馬上把帽子摘掉。在別人無法進入的夢境漫長旅行，好不容易回到地球上的薇歐蕾，訝異地看著他。

「嘿！你現在也戴帽子了喔？」

她皺眉搖頭：

「不，脫掉，不適合你，好像一下子就變得很蠢，像……」

她的眼光落在巴瑞身上。這個男人彷彿第一次出現在她的視線中，彷彿至此之前，她從來都沒注意到他的存在似的。

「呃……像他一樣。」

奧斯卡不敢相信自己的耳朵，一時間不知該笑出來，還是確信姊姊真的瘋了。賽莉亞搖晃她。

「薇歐蕾，別這樣沒教養！」

少女吃了一驚，伸長手，用食指觸碰那隻毛茸茸的胳臂：

「啊？這是真正的巴瑞先生？」

她很難過，轉身對弟弟說：

「不過，從剛才起，我就把他從我的腦子裡消除了！」她說，神情非常嚴肅。「看來，我的技術還不是很純熟。」

奧斯卡唯一的反應就是爆笑不止。儘管姊姊有時候會給他惹麻煩，但就是在現在這種時候，他才知道自己多麼愛她！

賽莉亞火冒三丈。

「你們兩個，給我馬上停止！真是的，你們今天到底是怎麼回事？兩個都瘋了嗎？」

奧斯卡正想回應，媽媽卻比了個手勢，打斷他：

「一個字也不准說。你聽懂了嗎？」

嗯嗯先生躺靠在椅背上，很滿意的樣子。

「我之前就跟妳說過了，賽莉亞，妳太放縱他們了。看吧，螺絲稍微鎖緊一點，立刻見效。」

少婦沒回答他。他把沉默當成鼓勵，繼續往下說：

「此外，我也不懂，妳為什麼不把我們的計畫告訴他們……」

她用責備的眼神狠狠瞪了他一眼：

「聽著，什麼時候需要告訴我的孩子，由我自己來決定，而……」

「妳給自己找太多沒有用的藉口。」巴瑞不讓她把話說完，直接宣判。

奧斯卡完全忘了呼吸。「計畫」？她和他的計畫？有那麼一瞬間，他腦子裡閃過最糟的狀況；他寧願立即掃除這個可怕的想法。巴瑞轉身對孩子們說：

「你們的媽媽和我，我們……」

「巴瑞，讓我來。」賽莉亞態度強硬。

嗯嗯先生嘆了一口氣，開始摳指甲。賽莉亞眼睛望著餐盤，嘴裡卻對孩子們說：

「巴瑞很好心地向我提議……呃……」

奧斯卡再也忍不住：

「提議什麼？！」

他幾乎是用喊的，把薇歐蕾嚇了一跳。

「他知道我工作很辛苦，這個夏天又被葛德霍夫先生折騰得很累。」賽莉亞解釋，「所以，他向我提議，跟他去渡幾天假，休息一下。」

奧斯卡長吁一聲，鬆了口氣。不過，他隨即想到巴瑞和媽媽可能去度個甜蜜的兩人假期（他甚至不敢在心裡念出這幾個字），覺得無法忍受。

奇怪的是，率先發難的卻是薇歐蕾。她從椅子上驚跳起來，衝向媽媽。

「媽咪，你們要坐巴瑞的車去嗎？」

女兒擔憂的樣子撼動了賽莉亞，她沒頭沒尾地回答：

「一切都還沒決定，我得先確認歐法努達奇斯太太或歐馬利家能讓你們去借住。一定要先把你們安排妥當，而且不會麻煩到你們……」

「妳在說什麼呀？」巴瑞插嘴：「那兩個小毛頭，怎麼會麻煩到他們呢？」

「媽咪，」薇歐蕾的問題還是一樣：「你們要坐他的車去嗎？」

「對。」那傢伙不等少婦開口，搶著回答。「那是一輛超棒的車，嗯？」他說，像頭孔雀那樣趾高氣昂。

薇歐蕾緊緊握住母親的手。

「可是媽媽，妳不能坐那輛車！它沒有車頂！」

「親愛的，妳在說什麼啊？」

「每當妳有煩惱，或是家裡缺錢的時候，」薇歐蕾說明：「妳總是說：『孩子們，人生在世，最重要的，是頭上有塊屋頂！』而嗯嗯先生的車……」

「妳說誰的車？」巴瑞打斷她的話。

「……它沒有車頂！」薇歐蕾認定這個事實，顯得非常焦慮。

賽莉亞閉上眼睛。

「薇歐蕾，那只是一個說法，只是要說，有一間房子，就能得到保護。妳懂了嗎？別孩子氣了，拜託……」

薇歐蕾轉身朝向巴瑞，全神貫注地檢視他。

「妳看，」她說：「他從來都想不出好點子，因為他跟他的車一樣，頭上沒有屋頂。」女孩小小聲地再加了一句：「跟他在一起，妳永遠也不會受到保護。永遠不會。」

她不等媽媽回應，逕自衝出廚房。奧斯卡盛怒當頭，生平第一次，不知道該說什麼，也不知道，此時此刻，如何反對母親跟他厭惡的那個蠢蛋一起走。賽莉亞堅持在他做出反應之前先跟他說清楚：

「聽好，那不是對你們的懲罰，巴瑞只是想讓我高興……」

「懲罰早就施行了：就是他，那個人。」奧斯卡用下巴指嗯嗯先生。

賽莉亞還來不及說什麼，只見薇歐蕾又衝了進來，跑到巴瑞面前，手裡揮舞著一塊橡皮擦，猛力往媽媽的朋友身上擦抹。

「痛！妳在做什麼？！我的毛都被妳拔起來了！」

「討厭！」薇歐蕾怨嘆著，失望至極：「這樣也沒用，他還是在那裡。」

她就這麼立定在巴瑞面前，胳臂邋啊邋地，有點不知所措。

賽莉亞的眼裡充滿淚水，輪流看著他們。

「你們太可惡了！讓我好丟臉！」她的聲音哽咽顫抖。

奧斯卡怨恨地瞪了嗯嗯先生一眼。都是他，害媽媽說出從來不曾說過的話。

他站起身，默默走出廚房，姊姊跟在他後面。

他靠牆坐在房間的地板上，用腳推著足球，就這麼坐了好久。他一遍又一遍地怨咒著媽媽和那個蠢蛋，直到自己都受不了，於是站起身，走出房間到走廊上。他寧願去街上逛逛，也不想在家裡看見巴瑞．赫希萊。太陽還沒下山，以往賽莉亞也讓他們晚上出門，她知道他們不會有危險。

奧斯卡檢查了樓梯間，確認沒人阻擋，正準備下樓，卻改變了心意，把頭探入姊姊的房間。

他感到一陣心痛，決定不出去了。

他走進姊姊房間，無聲無息地帶上門，走到床邊，挨著她坐下。

「薇歐蕾……」他輕輕喊著，彷彿要把她從遙遠的陌生星球喚回來。

姊姊依然不動，雙手交疊，茫然地望著窗外火紅的天空。她在下巴上套了一條長長的橡皮筋，兩邊固定住一本打開的書，頂在頭上，看起來像戴了一頂古怪的帽子。奧斯卡終於笑了出來。薇歐蕾轉頭看他，也報以一個漂亮的笑容，悲傷的表情一掃而空。

「妳做的對。」奧斯卡看著姊姊頭上的書說：「這麼一來，妳可以確保自己有個屋頂。」

薇歐蕾拉開橡皮筋，把頭靠到弟弟旁邊。

「要不要我讓一點位子給你？」

奧斯卡猶豫了一下，聳聳肩，湊上一隻耳朵緊貼著薇歐蕾的耳朵。

「好啊！」他決定這麼回答，並一起躲進書本下：「讓點位子給我。」

莊園裡的協定

豪華禮車剛離開交通繁忙的市中心。坐在舒適後座上的男人顯得十分焦躁。

「你怎麼這麼慢！就不能開快一點嗎？我們不會整個下午都耗在這裡吧？真不知道當初我為什麼會聘用你，席維歐。你真是個很差勁的司機……下次，由我來開，這樣比較快。」

席維歐迅速地瞄了後視鏡一眼：他的乘客癱躺在軟墊座上，那張陰沉的臉和惡意挑釁的眼神，一天比一天更令他討厭。或許他只是個司機，但從一開始，對這個在他看來既傲慢又沒什麼本事的男人，他除了看不起還是看不起。這種男人深信有錢就能打通一切，隨心所欲，包括不尊重他人。不過，他別無選擇；他需要這份工作。他忍住怒氣，寧願不回答，稍微加重油門。

車子駛出城外，在一條荒涼的道路上，穿梭鄉野，鑽繞林間，開了一刻鐘左右，終於抵達一片私人領地的圍牆邊，高聳的深色石牆上方佈放了酒瓶碎玻璃，防止任何人翻越擅闖。大禮車沿牆而行，終於來到一扇金屬雕花大門前停下。

男人氣沖沖地打開門下車，然後用力拍打前座車門。席維歐降下車窗，眼睛卻仍注視前方道路。

「你給我在這裡等著。」他的老板兇巴巴地喝令：「聽懂了嗎？要是我出來的時候沒看見你，你就準備另外找頭路吧！」

席維歐只按下一個鈕，窗玻璃升上關緊。

男人含混不清地嘟噥著，不知另外又威脅了他什麼；然後，轉身朝大門走去，按了電鈴，正面瞪著那似乎在監視他的攝影鏡頭。

對講機中響起一個濃濃的鼻音：

「哪位？」

「我跟沃姆先生有約。」男人只這麼回應，「開門。」

幾秒鐘過去，來訪者覺得已經等太久，於是再度持續按鈴。一陣匡啷聲響中，大門開了一邊。男人回頭，最後斜眼瞪睨司機一次，消失在門後。

他環顧四周：背後是不討喜的圍牆，前方則是濃密的暗紅色樹叢。他沿著泥土路往前走，發現車胎痕跡，呸罵起來：

「真是的，他應該讓我把車開進來的嘛！這樣就不會害我弄髒鞋子和褲管……這套衣服可花了我一大筆錢耶！」

他滿意地摸摸套裝的質料，走入樹林中。

走出樹叢時，他愣在原地不動，目瞪口呆。距離歡樂谷幾公里外之處，竟平地拔起一座純正的蘇格蘭城堡，一座座小塔樓，鋸齒狀的城牆，窄窄的窗和尖頂牆面，一應俱全！原先，他聽到的是抽象的形容：「文藝復興時期建造的新哥德式宅院」，但他根本不曉得那會是什麼模樣——

而當時他一點也不在意——卻沒想到會來到一座防禦性莊園。在樹林的遮蔽之下，暗色石牆已布滿青苔，讓這棟建築更添幾分陰森。男人突然覺得，在這裡，夜晚似乎比同區域的其他地方提早降臨。

他小心翼翼地登上濕滑的台階，走到豪宅門前。他抓起一圈金屬拉環，用力拍門好幾下。

「請稍等。」

另一支對講機中傳來的沙沙聲嚇了他一跳。他懊惱起來，希望自己莽撞的行為沒被監視畫面拍下。

稍稍過了一會兒——他又覺得彷彿等了天長地久——門自動打開。

他走進門內，門板在他身後沉沉關上。他沒入一座幽暗遼闊的玄關大廳。日光隱約透過高高垂下的黑色窗簾照入室內。他走了幾步，腳步聲在大理石板上迴盪——而大理石地板也是黑色的。在這座陰森的宅院裡，顯然所有的一切都是黑的。他伸長腿，大步向前，走到大廳中央的煤黑色地毯上，以免他深深自豪的手工縫製皮鞋啪踏作響。他抬起頭：藻井天頂上漆成黑色和銀色，似乎永遠無法觸及。天頂周圍是一座精雕細琢的陽台，以烏木圓柱架高，懸在入口上方。他彷彿看見鬼魅般的影子在一根根木柱後方移動。

這裡為何如此安靜，如此黑暗？

他覺得自己置身於一座教堂，或者更糟，在一座修道院內。他對宗教不太熱衷，說真的，也不愛沉思冥想——這是他的基本原則——而在他發財了之後，第一個反應就是想盡辦法讓別人知道，讓人家看見。他始終不懂，像沃姆先生這樣一個在東歐擁有許多化學工廠的人，必然坐擁家財萬貫（比他的不知多上幾倍），為什麼不去住在城裡那些富麗堂皇的區域。他搖搖頭。多浪費啊！說真的！換作是他，他可曉得該怎麼運用這些錢，毫無疑問地……他大可給自己買下附近最豪華的破木棚啊！這個白癡。男人心想。

這個地方安靜得似乎聽得見自己的呼吸。而且，氣氛並不溫馨，也不恬適，正好相反：空氣間瀰漫著一種緊張，彷彿被一股累積多年的重量壓迫；不，事實上，應該說是自亙古累積至今的重量。

終於有個聲響打破這片死寂：從高處傳來，布料晃動的窸窣聲。

他抬起頭：一名身穿長裙的女子從廊柱後方走過，腳步既輕又快。他向後退，想看得清楚些，卻只瞥見暗色布料上的閃亮反光，以及欄杆上的一隻手。

「嘿！上面那一位，請等一下！」他的語氣彷彿在對龐德街市場的魚攤老闆娘說話，忘了自己是被這裡的主人邀請來的。

那位女子昂然前行，只放慢了腳步，轉過頭來。他繼續對她大呼小叫：

「喂！您就不能替我喊一下沃姆先生嗎？因為……」

他的話說到一半就打住。一道微弱曖晦的光線奇蹟般地從窗簾縫隙透進來，女子剛好走入光裡，露出了臉；而她的目光——那黝黑，深邃，令人驚嘆的目光卻黯淡下來。那雙眼睛裡不乏優雅，但亦蘊含悲傷，以及某種冰冷，彷彿那目光的一部分是死的。

「抱歉，」他結結巴巴地說：「我……我有……我事先約好的。」

他這才發現：挽起一頭黑髮，露出頸背的女子，其實頗年輕，而且顴骨飽滿，長相十分美麗，儘管她的面容也宛如死灰。男人把這位美女視為獵豔對象，鼓起原本就雄壯的胸膛，露出一付粗鄙歪笑。

「如果沃姆先生不在，或許可以由您來代替他，相信我們兩人一定有很多話可說。」

「沃姆先生正要接見您。」

聲音來自他背後。他猛然轉身：一名穿著圍裙的女僕動也不動地立在大廳中央等他。他再次抬頭望：剛剛那位女子已經不見蹤影。他極為失禮地伸出手，指著適才恍惚邂逅美女的那一排廊柱。

「那位是誰？」

女僕挺直背脊。她真想把這個沒教養的男人揪到門口丟出去；不過，主人的確在等他。

「沃姆夫人不見客。」她冷冷地說。

男人又往廊柱通道瞧了一會兒，終於死心。

「好吧！那就帶我去見您家主人。」他輕蔑地回她一句。

他們走入主建築角落的一座塔樓，登上一道隱藏在門後的迴旋梯，爬了三層樓。走廊上，男人故意用鞋跟狠狠踩踏木板發洩，直到領路的女僕停在一扇高大的漆釉門前。女僕輕輕敲了一下門。

「讓他進來。」門後只傳來簡潔的一句話。

她打開門，然後像貓一樣無聲無息地退下，沒再招呼訪客。

訪客進入一間長型的書房，看起來像是沿著城堡的門面打造的；不過，他之所以這麼認為，只是根據那排成一列的窗戶。事實上，所有的窗簾都拉上了，根本不可能透過窗玻璃看見什麼。唯一的光源是書桌上的檯燈，放置在書房最底端，散發微光。

「請坐。」一個微帶著鼻音的聲音說。

「沃姆，您在哪裡？這裡一團烏漆抹黑的，什麼也看不見！您怎麼有辦法在這種地方工作和生活？夥伴，我說啊，您該開敞一點，不該整天像這樣把自己關著，會發霉的！」

男人逕自走向離他最近的那扇窗，伸手拉開窗簾。

「什麼都別碰，給我坐下。」

沃姆剛從幽暗中現身。他的訪客儘管再沒教養，也覺得自己最好乖乖服從。少廢話。男人看著這座宅院的主人：暈黃的燈光下，他的剪影突出，彷彿三兩下就勾勒出來。長長的鼻梁沿著額頭的線條延伸，狹長的眼尾拉到太陽穴旁，短短的平頭，平常看來是銀色的，現在則呈現赭紅色澤。醫族最高長老會成員，弗雷徹·沃姆把一隻手放在書桌上，來訪的男子被他透明的皮膚嚇了一大跳：連手指頭上的血管也看得一清二楚。醫族長老在書桌後面的一張皮沙發上坐下，沙發的椅背豎得非常高。

訪客坐進一個明顯較低的座位。這樣的安排難道是故意的嗎？讓他感到自卑？他很希望能重新站起來，用他魁梧強健的體格，壓制身材削瘦，裹著一件毛領裝的沃姆；但他不敢。長老極具影響力，影響範圍遠超出一座城。即使他依然不明白自己為何會被召見，但他很確定，有沃姆這號盟友，他穩贏不輸。對他現在所從事的可疑買賣來說，任何支持都有好處，特別是來自長老會的力量……他決定讓沃姆先開口；而主人並沒讓他等太久。

「您的反應我能理解。」長老改以稍微柔和的語氣說：「在您看來，這一切應該顯得非常……悲慘，陰暗，特別是與您漂亮的豪宅相比。」

男人露出趾高氣昂的神情：沒有什麼比談論自己和自己的財富更令他開心的了。

「啊！要說我的房子漂亮，它還真是漂亮！您應該來看看，帶您美麗的夫人一起來。」

聽他提起自己的妻子，沃姆僵直了一下，隨即恢復平靜的態度。

「不過，請小心，」他的訪客進一步說：「別忘了帶太陽眼鏡。因為，我家和這裡不一樣。」他一面說，一面環顧四周：「哀傷的畫作，暗色地毯，酒紅色的天鵝絨沙發，這些都與我的風格迥然不同。在我家，一切都比較閃亮些！」

他哈哈大笑起來。沃姆嘴唇微微上揚，陪笑一下之後，回應他：

「當然。肯定比較閃亮，當然。這樣的轉變想必有著天壤之別吧！……對你們這種人來說。」

他的訪客過了幾秒鐘才剛剛那句話中帶刺。

「您又自以為是什麼人？沃姆！」他霍地站起身，氣沖沖地抗議。「如您所說的，我們這種人，擁有的錢跟您差不多，好嗎？只是我們不住在一副黑色的棺材裡，懂得怎麼享受運用那些錢！我們的屋子點亮的燈稍微多一些，不是只有一盞可憐的小桌燈！」

沃姆的唇角始終掛著那抹微笑。

「你們當然有錢，但賺錢的方法不一樣，這可是天差地別。」

男人氣得跳腳，握拳揮向長老。

「沃姆，如果您找我來是為了侮辱我，省省……」

「請您冷靜。」沃姆打斷他：「您的財富是怎麼來的，我完全沒瞧在眼裡。我所說的差別，在於沒人會來調查我的資產來源，但是您就沒辦法如此篤定。」

男人雙手按在書桌上，俯身湊向沃姆，面露兇光，同時卻也有一絲擔心。

「您現在是在告訴我什麼？有人調查我？這是在威脅我嗎？我才不在乎。」

「不是威脅，是事實；而且您不應該輕忽：您很有可能很快就要回去睡破床單了。我請您來，是念在我們有交情，所以先警告您。如果沒記錯的話，您是我們自己人。有幾個位居要職的朋友給我通風報信，我也給您報個信。您該慶幸才對。」

沃姆給訪客一點時間去消化這個消息。男人轉了一圈，觀察窗簾，木製家具，滴答滴答響個不停的瑞士掛鐘。這間書房似乎比剛才進來時更讓他透不過氣。他轉身面向長老。

「您要跟我說的就是這些？」

「不。」沃姆回答：「我對您的情誼和對族裡的向心力不僅如此：我可以幫您處理說閒話和刺探隱私的人，特別是在您遭受攻擊時，提供您一項防衛工具。」

那傢伙朝桌上重重地捶了一拳。

「這就是我的防衛工具。我不需要任何其他東西。相信我：這招向來很有效。」

沃姆的反應比閃電還快：一隻手從書桌下冒出，抓住男人的手腕，慢慢握緊，直到他呻吟喊痛為止。他鬆開手，男人後退，驚愕不已：他從來沒想到，長老的年紀應該比他大三十歲以上，那又細又瘦的手指卻竟然蘊藏這麼大的力量。

「您看吧！」沃姆繼續說：「您那招不見得有效，依您現在的處境，更派不上用場。他們握有的資料，足夠讓您吃好幾年牢飯。」

男人搓著雙手，滿懷戒心，逐步遠離書桌。他猶豫著：是該謹慎對付一個力氣超出他想像的對手，還是該把那個瘦弱矮小的老頭子壓扁。

「那麼，您怎麼幫我？」

「只有一個人能讓您脫困，而且，易如反掌。」

易如反掌。沃姆嘴裡說著，眼睛則看著訪客那隻腫痛的手，露出微笑。男人實在不欣賞長老的文字遊戲。

「夠了，別耍我，把話說清楚。」

「布拉佛。」弗雷徹・沃姆簡潔地說。

「溫斯頓・布拉佛？大長老？算了吧！我認識他，早就試過請他替我辯護……這麼說吧！辯護另一個案件。他斷然拒絕了。」

「他是城裡最好的律師。您需要的就是他。我會跟去他談，提醒他，我們之間有著緊密的關係。他不會拒絕幫助一個陷入困境的醫族。」沃姆輕蔑地看著面前的男人，又補上一句：「無論那是個怎樣的人。」

那傢伙考慮了一會兒，眼裡閃過一道陰險的亮光。

「的確，您說的沒錯，他可能願意為醫族子弟做這件事，以彌補他的錯誤。」

沃姆坐直身子，投以詢問的眼神。男人進一步說明：

「聽說，他同意把藥丸的兒子納入自己的陣營。您懂嗎？藥丸家族的成員！但那個姓氏早已被除名，而且那孩子的父親所贏得的功勳也都……」

「我知道。」沃姆打斷他。

「這其中有機可乘，不是嗎？他替我辯護，我就閉嘴。」

沃姆反手一揮，否決這項提議。

「所有人都已經知道這件事，而溫斯頓．布拉佛是一位非常受愛戴的大長老。所有人都信任他，尊重他的選擇。」

男人大笑起來，沿著書房繞一圈，走向沃姆。

「『非常受愛戴的大長老』……啊！您並不喜歡這種情況，不是嗎？沃姆？感覺上，您並不順心啊！」

沃姆緩緩起身，改變了心意。

「我本人對他百分之百信任。」他恢復冷靜，說道。「而且在我看來，他對我也同樣禮遇信任。我也確定，只要我去跟他談，他一定會幫您。他是個講信用的人。請您以他為榜樣，這樣能為您免去許多麻煩。話說，如果您寧願自己解決，那我就不多留您了。」

沃姆送客人往門口走。男子抓住他的手臂。長老一個眼神就讓他趕緊放開。

「好吧，沃姆。」男子妥協：「我答應。您想藉此交換什麼？因為，這背後一定有利益交換，不是嗎？提醒您一件事：是您虧欠我，因為，幾年前，我曾幫您一個大忙……需要我替您恢復記憶嗎？」

沃姆整裡衣袖，直挺挺地站在他的訪客面前。

「我沒想要您回報什麼，正好相反：我還要繼續支助您，正打算給您另一項提議。」

男人已不信任的眼神看著他。

「事實上，您的支助，我並不在乎。好東西請別隨便浪費。」

「您別搞錯了。總之，這件提議並非針對您本人。」

「那是對誰？」

「這一次，我要幫的，是您的兒子。」

「我的孩子？這……」

沃姆帶他回沙發坐下。

「您還有幾分鐘時間嗎？我請您喝一杯。」

門再度打開。男人走出書房時，一則滿意，一則猶疑。

「什麼時候？」

「明天。」弗雷徹．沃姆回答。「愈快愈好。」

男人遲疑了一會兒，終究點頭答應。

「我可不是笨蛋，沃姆，總之，不是您以為的那種笨蛋。您並不是一位善心人士，我可以想像，這些提議絕非無利可圖。對我的兒子，我很在意，所以，我會好好盯住您。」

「別擔心，此事有利無弊。」

「別忘了，」他說，「您做多少，我做多少。」

「明天我就會跟布拉佛談您的事。」

男人正準備帶上門出去，卻臨時退回來。

「沃姆？」

長老已回書桌後方坐下，僅抬眼看他。男人對他露出一絲奸詐的微笑。

「代我向您的夫人致意。」

跨界通道

奧斯卡睜開眼睛，一道鮮亮的黃色光線讓他一時看不見東西。他摸索著，尋找手錶。他的手錶和有爸爸照片的家庭相簿放在一起，絕對不離身。早上六點十五分！他轉頭面向牆壁，往枕頭下摸了摸，鬆了一口氣。昨天夜裡，他被惡夢驚醒；今天是星期六，可以睡懶覺的日子，他卻忘了關掉床頭燈……他小心翼翼地抬起枕頭一角；光線也換了方向，現在又照在他眼前！這一次，他整個人清醒了：直到目前為止，他的床頭燈從來沒換過位置，不可能跑到床的另一邊！

他坐起身，揉揉眼睛。當他弄清楚究竟是怎麼一回事時，不禁用手摀住嘴巴，以免欣喜地尖叫出來：黑帕托利亞之瓶，他的第一項戰利品，在他眼前飛舞，而且閃耀著前所未有的光亮。

他蹦跳下床。

衣櫃的門還開著，擺放戰利品的箱子也是。此時傳來一個聲響，下一秒，五囊腰帶飛進房間，跟當初一樣！奧斯卡不假思索，套上牛仔褲和T恤，跳進籃球鞋內。在他急著從衣櫃拿出披風裹上時，腰帶自動纏上他的腰間。他檢查披風口袋，確認醫族魔法書還在。行頭配件齊全，所有讓他恢復醫族身分的一切都在剛剛活了過來；這真是他這一年來最美好的一天。

他想抓住裝滿漿液的小水晶瓶，但瓶子卻躲開，並飄向房間門口。

「大家都在睡覺。」奧斯卡警告它：「遇到薇歐蕾不會怎樣，即使是在大白天，她也不見得聽得見我們；但媽媽可不一樣，她很淺眠。只要我一開門，就會吵醒她……」

小瓶子似乎猶豫了一會兒，然後往窗戶飛。奧斯卡跟著它。

「你要做什麼啦？」男孩壓低聲量問。

後來他終於懂了，於是打開窗戶；同時，他感到腰帶把他往窗台拉。

「喂……我會跌下去耶！」他摀住尖叫，慌張地說。

還來不及弄清狀況，他就被腰帶翻下窗緣！他緊緊抓住披風，攤開當成降落傘，輕輕地在花園中央著陸。他放心地呼了一口氣：幸好，過了一年多，這條反射神經還沒退化，披風的魔力也沒消失。他環顧四周。他家的花園跟隔壁羽翼太太家的一樣，一片寂靜；街道才剛甦醒。奧斯卡走到柵門前，只有道威薩先生的香料店有人煙動靜。他抬頭看家裡樓上的窗戶。選在一大清早出門，是明智之舉嗎？萬一媽媽比平常早起床，發現他的床上沒人怎麼辦？小瓶子直接幫他做了決定，在半空中加速往街上衝去，根本不管可能會吵醒鄰居。奧斯卡也沒猶疑太久，跟著它往前跑。

他沿著奇達爾街跑到佩尼摩爾街，然後向右轉。戰利品不時放慢速度，讓氣喘吁吁的奧斯卡跟上。他們跑遍巴比倫莊園，太陽已逐漸升起。奧斯卡雖然熟知社區的每個角落，在這清晨黎明時刻，卻彷彿發現了一座新城市，覺得處處新鮮，因而跟丟，小瓶消失在郵局後方一座公園濃密樹叢中。

奧斯卡連忙再度奔跑起來，沿著一條小徑，來到音樂亭。自從小瓶從他視線中消失後，公園就顯得不如白天時宜人。一個低沉的聲響嚇了他一跳。他這才發現，獨自處在一個令人不太放心的環境中有多麼孤單。他低下頭，躲避鐵欄杆後的目光，半蹲著走到音樂亭對面。那個雜聲更響了：現在聽起來像是一頭河馬浮出水面時會發出的聲音。他湊近鐵欄杆，在押花曲線的鐵條之間，發現水晶瓶的光芒，鬆了一口氣。他緩緩站起身。小瓶位於一張長椅上方，靜止在空中。最後，奧斯卡發現一個男人熟睡的身軀，毫無困難地認出他：是帕華洛帝，巴比倫莊園的流浪漢，以公園為家，尤其把這張長椅當作住所。

當初是傑瑞米把帕華洛帝介紹給奧斯卡的，也把這個綽號的由來解釋給他聽：這個醉漢總在半夜十二點左右醒來，扯開喉嚨，大唱一段歌劇，讓附近鄰居起一身雞皮疙瘩後，又倒下睡得不省人事。奧斯卡和好友們曾偷偷侵入他的體內，與醫族的死敵，病族，打了第一場仗。

男孩痛苦地憶起去年那些事：他之所以覺得這靜默的一年如此難熬，另一個原因是，瓦倫緹娜跟勞倫斯也音訊全無。那兩名夥伴來自體內世界，三人之間的友情堅定。一想到好友們一點也不掛念他，沒打一聲招呼，一句話也沒說，就這麼失去了蹤影，他實在難以接受。自從水晶瓶在稍早的時候又亮了起來，顯示他的醫族生涯尚未結束，還早得很，奧斯卡心中又湧現無窮希望——而那許許多多的心願之一，就是與好友們團聚。

水晶瓶在空中畫了一道弧線，來到奧斯卡面前，強迫他離開音樂亭，往帕華洛帝的方向走。當年輕醫族來到長椅旁邊，小瓶便輕輕回到他腰帶上的第一個皮囊中。

所以，這就是了：戰勳小瓶把奧斯卡帶到這裡來，是為了赴一場會面；而這場會面的地點，很可能就在帕華洛帝的身體裡。奧斯卡彎腰探看醉漢，腳尖踢到滾在地上的空酒瓶。帕華洛帝猛然吸了一口氣，做出一堆怪表情，撓撓下巴、耳朵、屁股，翻過身，找個比較好睡的姿勢。

一直摒住呼吸的奧斯卡悄悄鬆了口氣。沒有多餘的時間可浪費了。既然他的披風、腰帶和水晶瓶都活了過來，為什麼他就不能重新擁有那超凡的特異能力？直到今天早晨為止，每次試圖做體內入侵都令人氣惱地宣告失敗。現在，做最後一次試驗的機會來了。

魏特斯夫人教他的方法和原則，他一點也沒忘記。魏斯特是他的監護人，負責啟發他，曾耐心地指導他。而由於他只帶回第一個小宇宙的戰利品，也就是黑帕托利亞之瓶，所以無法進入其他四個宇宙。因此，他將進入黑帕托利亞。

他繞過長椅，以便集中目光，專注於帕華洛帝那張隨著打呼而抖動的嘴。奧斯卡的心跳得好快，惶恐，激動又歡喜。他抓緊鍊墜，那個以金環框住的M字，一鼓作氣，朝流浪漢衝過去。一道炫目的閃光，但並沒有打擾逍遙醉漢的美夢。不到一秒鐘的工夫，公園裡只剩他獨自一人。

奧斯卡鬆開披風衣襬，四處觀看。在進入帕華洛帝體內那一瞬間，他並未在第一世界找任何特定地點當目的地。既然要他來這裡會面，他選擇順從指引，並深信來到了對的地方，因為負責帶路的是他的水晶瓶。小瓶把他送到哪裡了呢？只看一眼，他就認出眼前的風景：山谷，漆黑的天空裡閃著斑馬條紋似的電光，還有幾百公尺下方，大門河轟隆隆的水流……毫無疑問，他在黑帕托利亞山上，幾乎已抵達兩座頂峰中的其中一座！

他深深吸一口氣，彷彿抵達度假地，受夠了城市汙染嚴重的髒空氣，趁機享受清新好空氣。現在該找出一個線索，顯示另一名醫族蹤跡的記號，任何能指引他的東西。他確認魔法書好好地在披風內側的暗袋裡。他知道，在需要的時候，這本珍貴的書冊會回答他所提出的問題。

「您有何貴幹？」

這個雷鳴般的聲音在他身後響起。他猛然轉身，看見一個臉圓嘟嘟，身材高大，穿著制服的男人。那人梳理著鬍子，往上梳得尖尖翹翹的；一手壓在軍帽上，朝他走來。

「你剛走進了跨界通道。」他說，注意到奧斯卡年紀不大，改口換了稱呼。「所以，你有什麼事？」

「通道？什麼通道？」奧斯卡問。在這個陌生人面前，他有點迷糊了。

關卡人員吃了一驚。

「你就這樣，什麼都不知道就跑來這裡？這裡可是從一個世界通往另一個世界的通道啊！拜託！」

那傢伙皺起毛茸茸的濃眉，從背後拿出一塊大理石板揮舞，然後交叉雙臂。

「好吧，」他粗聲粗氣地說：「出示證件，年輕人。」

奧斯卡目瞪口呆地看著他。要他出示證件！到底從什麼時候開始，在體內世界竟需要帶身分證？這裡有跨宇宙警察嗎？魏特斯夫人、布拉佛先生或任何其他人，從來沒人跟他提過這件事。

男人堅持不讓，態度強硬。

「你正要通過界線，所以我要看你的證件。」

界線，通道……奧斯卡突然靈光一閃：當然啦！水晶瓶把他帶到一條通往其他體內世界的通道上了，就在黑帕托利亞和第二個小宇宙的交會點！他露出微笑：來到這裡，他既驕傲又高興。他即將認識兩國世界，也就是氣息國和幫浦國。所以，這就是了，就是這次的神祕會面：時候到了，他該重拾先前沒完成的啟蒙教育，繼續往前，成為一個資歷完整的醫族。

他興奮過度，幾乎已忘記關卡人員的存在。那人斜著眼，從頭到腳地打量他。

「我懂了。」他的語氣和緩下來：「你是一名年輕醫族，對吧？」

奧斯卡連忙點頭，用力地猛點頭。男人翻找囊袋，拿出另一張小板子——這一次是綠色大理石做的。

「那麼，你一定有個身分證件。」

奧斯卡試圖恢復清醒，迅速往石板上瞄了一眼：一讀懂鑲嵌在大理石上的飾紋，答案就再明顯不過。他急躁地伸手探入T恤搜尋，然後遞上他的鍊墜。

「啊，總算。」關卡人員嘆了口氣。「來試試看吧！」

他把M字扣在石板下方的部分。板子上顯現一個螢幕，一個影像逐漸成形：是一張臉。他用食指在螢幕上輕輕滑了一下，把影像轉了過來，然後仔細對比奧斯卡的臉。

「這人是你嗎？」男人問，露出狐疑的表情。

奧斯卡湊近那個互動式螢幕。

「是。」年輕醫族確認。「不過那是去年的。我變老了一點。」他直起身：「現在十三歲了。」

男人輪流注視影像和真人的臉孔好幾次之後，總算翻頁。

「姓名？」

「奧斯卡．藥丸。」

關卡人員梳理鬍子，露出贊同的表情：

「的確沒錯。生日是十二月七日。」他核對細節：「父母親是賽莉亞．菲爾汀和維塔力．藥……」

名字念到一半，他猛然停頓，似乎剛意識到自己讀到什麼。

「你是維塔力．藥丸的兒子？！」

「對。」奧斯卡得意洋洋地承認。「怎樣？」

關卡人員搖搖頭，抬起眉毛，最後把鍊墜還給男孩。他折返回崗位，又轉過身來。

「孩子，你準備好了嗎？」

「準備？準備什麼？」

「過關挑戰。時間到了：我們總不能整個上午耗在這裡。」

奧斯卡看看四周。他走了幾步，探出上半身往下看，發現自己位於一座岩石峭壁的平台上，類似懸崖的地方。懸空下方，冒泡沸騰的大管道穿越山谷。

他聳聳肩，終究不是很有自信。

「是，我……我準備好了。」

關卡人員只微笑了一下，並揮揮手中還顯示著奧斯卡照片的大理石板。

一族少年發現腳下傳來一陣震動，迫使他不得不蹲下。關卡和他之間的岩石迅速裂開一條縫。

他正想跳回來，關卡人員卻阻止他。

「你不會有危險的。總之，現在還沒有。」

奧斯卡所在的岩塊平台剛脫離了峭壁。不過，男孩所擔心的事並未發生，他沒有從半空中掉下去。平台像一塊魔毯似地飄浮在空中，漸漸朝兩座山峰之間前進。強風灌入山谷，猛烈狂吹。奧斯卡整個人幾乎趴了下來，驚恐不已。

關卡人員留在山脊上，把手圈成傳聲筒：

「快站起來！注意看即將出現在你周遭的東西！」

回聲傳到奧斯卡耳裡，於是他站起身來。他選擇不往下看，也不朝前傾：他距離山谷有好幾百公尺的高度。他覺得自己像一粒微乎其微的小塵埃，懸浮在世界上方！儘管陣陣狂風吹得他站都站不穩，他仍努力在平台上保持平衡。附近有一個亮光，迫使他抬頭去看：他周圍飄浮著各種奇怪的形狀，是一些發亮的符號。

「數數有幾個！」關卡人員大喊。

奧斯卡聽從他的話照做。

「一共有七個。」他專注地觀察之後回答。

首先，他發現有條鍊子上掛著一只鍋子，然後又注意到一輛推車，一隻大鳥，一個帶著灑水器的金屬人，疊在一起的泡泡，一圈圓環加上波浪，最後是一個三角形中間鑲了一個圓。他本想再重新看一次，不過關卡人員又在山的那一邊扯開喉嚨高喊。

「大聲點！」那人氣沖沖地喊：「我聽不見！」

「一共有**七個**！」奧斯卡對著狂風大吼。

「很好！你必須從中選一個符號，並且用你的鍊墜去指出來。選擇正確，你就可以走過通道。我的話，你聽懂了嗎……嗎……嗎……？」

山谷之中，字句零散不清，大管道裡水聲轟隆，奧斯卡全神貫注，以免漏聽任何一個音節。

「好，我懂了。但是要怎麼選？萬一沒選對，我會怎麼樣？」

「我什麼都聽不見！」關卡人員大吼。「啊！今天的風真該死！你說什麼？」

「**萬一選錯了我會怎麼樣？**」

「會有第二次機會！現在，拿出你的鍊墜，凝聽兩國世界的**聲音**，它會給你線索，幫助你做出選擇！」

奧斯卡聽懂了最重要的部分。他拿出鍊墜，伸長手臂。狂風開始旋轉，在那些符號和飛天岩塊上的奧斯卡周圍形成一條巨大的長柱。風的呼嘯變成一個低沉的聲音，而且彷彿來自深山內部。

奧斯卡．藥丸，
你避開了刀鋒
經歷比火焰更燙的燃燒
空中飛翔
地底打滾
橫渡汪洋
只為取得玻璃後的火光。

奧斯卡轉身面朝每個方向，慌張失措。狂風再次呼嘯，每個符號皆發出閃耀無比的亮光。剛才那些字句已從他腦海中抹去。不過，他依稀記得那個聲音說了六個句子，但他周圍卻有七個符號。要怎麼利用那幾句話來選出開啟兩國世界的獨特符號呢？他努力沉著思考，突然有了個主意：既然有六個句子，或許可從每個句子辨識出一個符號，然後剔除！那麼就只剩一個，也就是那個聲音沒隱射到的那一個……所以，就是該被選出來的那一粒能開門的芝麻，讓他穿越通道的通行證？

奧斯卡心灰意冷，朝關卡人員看了一眼，感覺離他好遠。男人的喊聲被嘈雜巨響蓋過，僅傳來斷斷續續的幾個字：

「……鍊墜……聲音……重複！」

就算聽到再多也沒有用，男孩伸長手臂，就聽見那聲音不知道從哪裡又冒了出來：

「我只再重複一次，奧斯卡．藥丸。」

醫族少年努力忽略周遭的一切，全神貫注。

「你避開了刀鋒……」

他的眼睛在成串起舞的符號中搜尋。「刀鋒……」他的目光停在鍋子圖案上。鍋子……說不定是鍋槽！指的其實就是研磨工廠裡的食物儲存槽，底部有刀刃旋轉！所以必須排除第一個符號。

「經歷比火焰更燙的燃燒……」

奧斯卡盡力以最快的速度瀏覽記憶。在黑帕托利亞的世界裡，他是否曾遭遇燃燒得比火焰還燙的東西？當初是莫倫．茱伯特帶領他進入那個國度。現在，他想起了莫倫所說的話：「小心，奧斯卡：唾液的濃度非常高，可以分解一頓餐點！」回想起來，他的T恤甚至還被燒了個大洞……奧斯卡再次看看剩下的符號，目光停在相疊的氣泡上：這些充滿口水的巨大泡泡一定就代表唾液。那個聲音指認出第二個符號——所以，能帶他越過界線的不是這一個。還剩五個。

一陣狂風把浮在半空中的岩石平台吹得搖搖晃晃，那些符號也擺盪不已。奧斯卡蹲下來，緊緊抓住鍊墜不放。

「空中飛翔……」

他本能地抬頭望向大鳥的符號。當然，那是一架飛機，而非他一開始猜想的維克多，布拉佛先生在庫密德斯會裡養的那隻討厭的孟加拉金絲雀。那是曾帶他跟瓦倫緹娜和勞倫斯一起飛出大山的飛機。又少了一個符號。

「地底打滾，橫渡汪洋……」

這一次，奧斯卡對這兩句話都沒有疑慮：在黑帕托利亞的儲存工廠裡，他曾跌入一輛貨車，在「地底打滾」；而波浪符號立即令他聯想到他去年在那個小宇宙裡探索過的河海。他把推車與波浪這兩個符號一併剔除。

現在只剩一個句子，兩個符號，他必須從中擇一。

「只為取得玻璃後的火光。」那個聲音說出最後一句之後，就被旋風捲走吹離。

奧斯卡站起身。只為取得玻璃後的火光。他已忘記風的存在以及漂浮岩塊下方的危險，腦子裡不斷重複這個句子，一面觀察剩下的兩個符號：中央鑲著一環黃色圓圈的黑色三角形，以及身穿銀色連身工作服，頭戴銀盔，手執長管的人形。後面那個符號讓他聯想到消防隊員……「玻璃後的火光」：會跟消防隊員有關嗎？假如是的話，聲音沒提到的符號僅剩那個三角形。所以，就該選它，它會帶他到通到另一端。

他猶豫了一下，凝聚所有勇氣。他還記得關卡人員告訴他的：選錯沒關係，還有第二次機會。不過，他確信自己的辨識與淘汰其中五個符號的方式沒錯。所以，正確的符號一定就在僅剩的這兩者之中，而關於火的那個句子正是排除消防隊員的依據。該做出決定了。

他高舉鍊墜，對準三角形符號。

一道光束從M字射出，穿越那個符號，然後……然後就這樣。

奧斯卡環顧四周。什麼也沒改變：他依然在岩石平台上，懸在黑帕托利亞山的兩座山峰之間，沒看見任何新的世界出現。顯然，他選錯了，另一個符號才能帶他進入兩國世界。

他正準備把醫族字母對準另一個符號，唯一的變化出現了。可惜，完全不是他所期盼的。他極度驚恐地發現一道裂縫，而且不是在無關緊要的地方，而是在他腳下。

一聲轟隆，岩石劇烈晃動，奧斯卡差一點摔下去。他撲倒在地，瞪著眼前的災禍，嚇得半死。岩塊到處都出現裂痕。他抬起頭，發現關卡人員拚命揮動四肢，活像個木偶。奧斯卡使出全力大喊：

「這塊岩石要碎掉了！您不是說假如選錯了，我還有第二次機會的嗎？！」

「你有十秒鐘，再試最後一次，找出正確的符號！快啊！孩子！動作快！」

七秒鐘。

奧斯卡努力抵抗那蔓延全身的慌張失措。萬一他從一開始就想錯了呢？句子有沒有聽錯？岩塊處處剝落，一秒一秒地過去。

五秒鐘。

不，他要對自己有信心才對。只有最後弄錯了。兩個之中選了錯的那個，一定是這樣！

兩秒鐘。

玻璃後的火光，奧斯卡再度默念。火光……當然！大山，大山裡的礦產！那是黑帕托利亞礦山中的火光，在幾千個凹室後面，高溫加熱之下，水晶小瓶中的珍貴漿液淌淌而流！黑色三角形中央的黃色圓圈，原來是這個！所以，該剔除的是這個符號，而不是另一個！

一秒鐘。

鍊墜。他心想。這時，最後幾塊岩石開始剝離。把鍊墜對準另一個符號，消防隊員那個符號！

大勢已定。他的腳踩在空中，身體失去了重心。這次墜下將跌落幾百公尺，沒有任何東西能保護他，到底之後，他將在山谷中粉身碎骨。然後，跟所有死在人體中的醫族一樣，他這個人將什麼也不剩，沒有軀體，沒有靈魂，無法依附在某件事物中，超能力也將永遠失去，沒有機會傳給其他人。他感覺不到任何東西能托住自己，絕望之餘，將他的金色M字鍊墜往上拋出。鍊墜穿越消防隊員的符號，下墜中的奧斯卡被一道炫目的閃光吞噬。

他爬起來的時候，發現自己位於一個陌生的地方。或者該說是幾乎陌生的地方，對這裡，他有某種說不清楚的記憶。一道亮光吸引了他的目光，其實就在他身邊：他的鍊墜躺在滿布泥灰的地上。他鬆了一口氣，把墜子撿起來，把項鍊戴回頸子上，全部藏進T恤裡。

然後，他仔細地觀察此處的景觀。

一座平原，一望無際的荒蕪平原，這就是無盡延伸在他眼前的景觀。與黑帕托利亞相反，這裡的天空一片晴朗，清澄，陽光毒烈。然而，怎麼躲也躲不掉，根本沒有任何一點能遮蔽的東西。最先可見的地貌出現在很遙遠的地方，像是從沙地中冒出的暗紅色岩丘。持續吹拂著的風逐漸變弱，最後完全停息。並沒有暫停多久，下一秒，風又再次吹起……卻改成相反的方向！很快地，相同的現象反覆出現，風向不斷地顛倒改變。奧斯卡不再有疑慮：他的確在兩國世界，而且，很可能是在氣息國內。魏特斯夫人曾跟他說過著名而且危險的……逆風草原！所以，這就是了，反向逆風！

他並未替自己成功抵達高興太久。以目光探索了遠處的地平線之後，他認出，大約一百公尺外，那片光禿禿的黑森林，就在最近幾個晚上不斷出現在他的惡夢中。所以，就是這裡，睡夢中的他就是在這座平原上。他的預感沒錯，夢境預示了他即將重返醫族的行列。但是，夢裡還有那恐怖的一幕：許多妖獸從四面八方攻擊他……所以，那些怪物，他是否也該期待牠們的出現？

他往後退了一步，覺得不太放心。魏特斯夫人是這麼告訴他的：對一個經驗不足的醫族來說，逆風平原危機四伏，就連某些身經百戰的老手也曾開口求援。奧斯卡很有勇氣，卻也愛惜生命：難得一次，他乖乖聽從大人的建議，不願莽撞冒險。他已成功通過第一道跨界關卡，這才是重點。

但是，要離開這裡，只有一個辦法；而有了去年多次進入體內的經驗，他很清楚該怎麼做。首先最要緊的，就是必須拿出超凡的專注力。於是他開始仔細偵察這片景觀，不放過任何細節，卻突然感到一陣震動。奧斯卡靜止不動：接下來又沒事了，一切恢復平靜。他走了幾步，小心翼翼地，繼續四處探索，卻怎麼找也找不到。現在，他真的緊張起來了，從剛才開始，就有個小小的警報聲再他心裡不斷鳴響，他的當務之急，就是立即離開這個地方。

於是，當地震再次出現，他心下明白：危險果然蠢蠢欲動，而且愈來愈近。

在惡夢中，慘劇發生在樹林附近，所以應該遠離那個地方。他快步跑了起來。地震愈來愈強烈，彷彿有一大隊騎士正朝他奔馳而來，坐騎的足蹄撼動了整片大地。地平線上什麼也沒有，但那轟隆低鳴的聲響卻伴隨晃動傳來。天空和平原似乎都黯淡下來，暗影追上了他。他氣喘吁吁，回頭觀望：一道黑線在地平線上延伸開來。幾秒鐘後，黑線長高長胖，變成帶狀，彷彿有人在一張白紙邊緣上滴墨，墨汁流淌成一片。只是，在這裡，那應該不僅是墨水而已……

他慌張失措，環顧四周，目光掃過盤結糾纏的樹木，停駐在林中。在奔逃途中，他稍微偏往北方，而從這個角度望去，樹幹排成了一個奇怪的形狀，宛如一個朝天開口的高腳盃。盃座的地方有一段樹枝纏繞，彷彿一條蛇。中間，枯死的枝幹垂下，排出一個形狀──或應該說像一個字母。一個可以遠遠就認出的字母，好比在樹幹之間劃下簽名：一個M字。一條蛇纏著的高腳盃上印有字母……

奧斯卡把自己裹進披風裡，拿出鍊墜；他目不轉睛地望著醫族蛇盃，不再遲疑。只見一道炫目的閃光，他從那片令人不安的平原上消失。

來得早不如來得巧

起初，奧斯卡只是單純鬆了一口氣，終於遠離那個恐怖的兩國世界。很顯然地，他在那裡並未受到熱烈歡迎。接著，他看了看四周，認出自己在哪裡之後，驚懼如變魔術般瞬間消失。

他旋轉一圈，眨了眨眼，臉上掛著微笑，彷彿看到聖誕老公公本人站在面前，有血有肉，行囊中裝滿專屬於他的禮物。

庫密德斯會的藏書室。終於。

此時此刻，世界上沒有其他地方會比這裡更美，更令人嚮往。他回到了布拉佛先生的豪宅。醫族大長老的房子，他的十二歲在這裡度過，不僅發現了與眾不同的醫族世界，更學到了更多能力。而在那之後這麼久以來，這裡的門始終不曾再為他打開……

他繞著長老會的會議桌走了一圈，特地向魏特斯夫人的座椅提圖斯致意。提圖斯隱隱彎了彎椅背。另外他也跟西西打了聲招呼，那是崙皮尼女爵的椅子。西西把她所有的蝴蝶結弄得嘩啦啦響，一陣醉人的香氣充滿整座圖書室。唯獨這一次，奧斯卡滿心歡喜，當成是高山上新鮮又養生的空氣那樣，深深吸了一口。然後，他沿著釉亮的書架瀏覽，幾百部作品林列，類型應有盡有。他用手指輕撫幾本書的書背，目光搜尋著，最後快步走向一個資料夾，拿到桌上。他解開綁繩，翻到一張空白頁。

「茱莉亞！」他欣喜地喊出來。「您還記得我嗎？真的好久不見！我好高興能回到這裡！」

當然，他並沒忘記大長老的藏書擁有多麼特別的功能：已逝的作者們依附在自己的作品中，想與他們對話的人將問題寫在蝴蝶頁上，就能得到回應。茱莉亞．賈柏曾擔任布拉佛先生的秘書，她的靈魂選擇居住在這本資料夾中。奧斯卡第一次客居庫密德斯會那段期間，她是他忠心耿耿的盟友。

奧斯卡興沖沖地想跟她「說話」。可惜，等了好久都沒反應。

「茱莉亞，您聽見了嗎？我是奧斯卡，奧斯卡．藥丸啊！」

空白紙頁幾乎難以察覺地輕顫了一下，就沒有下文了。醫族少年滿腹狐疑，把資料夾歸回原位，激動地去找另一本書。他連鞋帶都沒解開就脫掉籃球鞋，跑去找提圖斯。

「提圖斯，拜託您，請您允許好嗎？」

單人座椅猶豫了一會兒，還是滑到了書架旁。奧斯卡毛毛躁躁地跳上去，提圖斯前後搖晃，表示抗議。

「對不起。」奧斯卡表示歉意：「我都忘了您又不是彈簧床……」

他轉頭看看門口，但願那個刻板嚴肅的管家彭思，別在這時候發功，使出絕招：在最關鍵的時候闖進來，狠狠訓他一頓。他把音量壓低了好幾個分貝：

「我只是有點等不及了。」男孩對單人座椅好聲好氣地說。座椅穩定下來，非常寬宏大量。

他伸出手臂，目標是一本厚厚的，飄著點霉味的皮製精裝書。他小心翼翼地取下《醫族傳奇史詩——從中古世紀到當代》，放在桌上，攤開發黃的蝴蝶頁。

「阿爾逢思，親愛的阿爾逢思，我是奧斯卡．藥丸。」醫族少年再度嘗試：「您……您在家嗎？」

這一次也一樣，沒有任何回應。奧斯卡苦苦空等阿爾逢思．德．聖賴林克斯，布列維爾公爵兼卡拉邦侯爵，這位迷人的老先生，是醫族中赫赫有名的史學家；但就是等不到他不拖泥帶水的飽滿字跡。老人家唯一的缺點就是記憶力有點衰退……難道這就是他沉默不語的原因？奧斯卡很想就這麼相信——即使並沒患失憶症的茱莉亞也始終一言不發。他隨意翻動書頁，一肚子氣。就連這樣也不行。作者又端出這座迷人圖書室裡所有作者都享有的特權：如果不想被閱讀，或者未經布拉佛先生授權，可將頁面上的內容消除。奧斯卡瀏覽到哪哩，那裡的文字就消失，頁面逐漸恢復空白。他闔上書本，把書放回原位。看樣子，並非所有人都認可他回到庫密德斯會。

各種回憶如潮水般湧出，去年夏天結束前的事件浮上腦海。他想起艾絲黛．佛利伍德的書悲慘的命運，還有她永遠沉在第一世界的靈魂。都是他的錯——他怎麼忘得掉？許久之後，那痛徹心扉的慘叫和從研磨槽底浮現的綠光仍時時出現在他的惡夢中……其他書是否還記恨這件事？他的目光停駐在一冊書的書背。那部作品汙漬斑斑，破損嚴重，就在離他不遠的書架上。奧斯卡移開目光：經歷那本書去年給他惹的一大堆麻煩後，現在他絕不會去詢問《病族文選》和它的作者比利．波依德。

他決定掃除那些最黑暗的記憶，只留下曾在這裡度過的美好時光。他離開書架，沿著掛滿畫像的那面牆走：所有醫族最高長老會的知名成員，最優秀的犧牲者，都在此成為受後人永世景仰的肖像，從地面到天花板，形成四公尺高的五彩繽紛。有史以來第一次，所有畫像都發亮，彷彿聚光燈特意調整到每一位的角度；但其實水晶大吊燈散發的是柔和的光芒，而這些肖像通常都埋沒在暗影中。強光之下，畫中的臉孔顯得更嚴肅。

奧斯卡知道畫作上不尋常的光代表什麼寓意。

他面對牆壁，左手握住鍊墜，咒語自然而然地浮現，當初魏特斯夫人所教的，一字不漏；彷彿從那時起，他就不斷背誦，以免忘記。

於此牆後，顯現吧！不朽之身！
對我們宣告更美好的人生。

就在這一刻，牆壁和畫像都化為一陣煙消失，顯露一座廳室，與奧斯卡所在的藏書室一模一樣：那是不朽之身廳。這裡的優秀醫族亡魂選擇用生前的形象來包裹自己。他們的軀體看似透明，彷彿煙霧，活像古時候的幽靈。奧斯卡喊不出每一個人的名字，差得遠了：他們之中有不少活在幾十年前，甚至幾個世紀以前。他們的智慧與經驗提供現今還活著的長老們無窮的協助，例如布拉佛先生、魏特斯夫人，或令人不安的弗雷徹．沃姆：奧斯卡可沒忘了他。相形之下，他覺得崙皮尼女爵人很和善，但是瘋瘋癲癲。他打從心底欣賞莫倫．茱伯特和熱血沸騰的阿力斯特．

麥庫雷；至於第六位，沃姆長老，奧斯卡立即敬而遠之。不過，每一位長老，包括沃姆也不例外，皆定時來向老祖宗請益，並虔敬地凝聽他們的教誨。他們是否在這間密室，看牆上的畫就知道：當畫像發亮，就表示畫中的不朽之身在此。因此，奧斯卡看見他們全部都在，並不訝異。話雖如此，全員到齊這個陣仗仍令他十分震撼。醫族少年對他們點點頭，微笑致意。他立即認出一身黑色禮服，右手放在胸前，直挺挺地站在其他老祖宗前面的那位老先生：西吉斯蒙・布拉佛——布拉佛先生的曾曾祖父，本身也曾經是醫族大長老。顯然，他有點算是這個超脫時光掌控之奇特長老會的首領。

西吉斯蒙比了個注意的手勢，奧斯卡踮起腳尖，走進密室，彷彿穿越鏡子——只有一個細節例外：密室裡沒有圖書室，老祖宗們不讀書。

奧斯卡走到老大長老眼前才停下。西吉斯蒙張開嘴，看起來在咬字說話，但男孩聽不見。他的聲音彷彿只有氣息和呼吸。

「很抱歉，」奧斯卡說：「我聽不懂。其實……我根本聽不見。」

老先生用力拍額頭，彷彿怪自己忘了件不該忘的事；然後，他抓起披風一角，擋在嘴巴前面，當成一片薄膜。在他雙唇的吐納之下，披風開始輕輕振動，一種古怪的聲音，宛如來自山洞深處，在廳內回響。

「你……是……誰？」

奧斯卡觀察到這個現象，覺得驚奇。他想起自己曾在學校和家裡隨意亂做的小鼓：只要拉緊一塊布就能擴大音響！老祖宗的披風應該就是製造出了這種效果。這又是一種他原本不知道的特性。看樣子，他還有很多東西要學，而這正是他一心期盼的！

老祖宗嚴厲地瞪著他，奧斯卡把注意力拉回到他的問題上。

「抱歉……我叫奧斯卡．藥丸。」他回答，詫異西吉斯蒙竟然沒認出自己。

西吉斯蒙轉身看夥伴的反應：所有人都表示讚許。

「你……從……哪……裡……來？」

他的聲音變大了，回聲充斥密室的每個角落。奧斯卡吃了一驚，被籠罩在音波中。

「第二個小宇宙，也就是兩國世界。」

全體畫像都點頭，動作整齊劃一。西吉斯蒙繼續問：

「你……要……去……哪……裡？」

奧斯卡猶豫了一下。這場審問像一場神秘儀式，也像他在騎士電影中看過的某種歡迎儀式；他不知道結果會有什麼影響，但此時此刻，他感受到的是尊敬與某種程度的驕傲。不知道為什麼，他想到爸爸，深信爸爸也分享到他榮耀的感受。

「我要……我要去兩國世界的盡頭！然後再去其他世界！」他充滿自信地說。「這是為了成為一名醫族，像……」

他不需要把話說完，老祖宗們都和藹可親地注視他，聽他說。

「去……那裡……做……什……麼？」西吉斯蒙．布拉佛又問。

「去找到我的戰利品，把它們帶回來。而且我要跟病族作戰。」奧斯卡補上最後一句，坦率正直。

在他腰間的黑帕托利亞之瓶，也就是他的第一項戰利品，閃耀亮光，散發一股柔和的溫暖。憑著小水晶瓶和顯得很歡迎他的密室畫像們，他暗中堅信自己會被接納，並得到指引。

老大長老放下披風一角，聲音在最後一次回聲中飄遠。他隱隱微笑，很是滿意，與其他所有成員一樣。西吉斯蒙的雙唇最終又動了一次。奧斯卡試圖解讀，卻得不到答案。

「歡迎，奧斯卡．藥丸，並祝你一路順風。依照慣例，這是我的祖先給你的祝福。」

奧斯卡回頭轉身，神采煥發。站在他面前的高大身影是溫斯頓．布拉佛，此地主人，也是醫族大長老。藏書室的書架上，幾十本書紛紛用書背去撞擊木架，表示鼓掌之意。男孩真想開懷表達喜悅之情：他好高興能回歸醫族，再見到庫密德斯會和此處居民，並重新執起放下了一整年，卻從未熄滅的激情火炬。他向前傾，對面前那位老太太展現燦爛的笑容：她身穿白色洋裝，頸子上結著絲巾，特別特別是，還戴著那付令人難忘的紅眼鏡。

「日安，親愛的，我最親愛的奧斯卡。」魏特斯夫人顯得跟他一樣高興。

「奧斯卡。」布拉佛先生接著說：「不朽之身們特地為你舉辦的歡迎儀式，你當之無愧。並非每個進入第二個學習階段的人都有這個榮幸。西吉斯蒙和其他老祖宗一定是特別器重你。」

奧斯卡開心地紅了臉。

「我想，還有幾位熟朋友等不及要跟你重聚，急得猛剁腳呢！讓他們進來怎麼樣？」

門一下子被打開，一個綁著紅辮子的小女孩和一個戴眼鏡的金髮小胖子衝向奧斯卡：是瓦倫緹娜和勞倫斯！活生生的，有血有肉的，就在他面前！歡笑一陣之後，奧斯卡忍不住責備他們這麼久都不給消息。

「沒辦法呀！」瓦倫緹娜的反應超激動：「人家不讓我們回應你。好吧，我曾經偷偷試過好幾次，你知道嗎？就連勞倫斯也一樣呢！那傢伙變得有點煩人，只稍微離開一點點……」勞倫斯推了她一把，一面不斷衝著布拉佛先生微笑。大長老顯得對瓦倫緹娜的爆料興趣勃勃。

「喂！……現在是怎樣？」小女孩嚷了起來：「真是的，你弄痛我了啦！」她終於看見大長老雙手抱胸，面帶笑意地站在角落。她一下子漲紅了臉，紅到皮膚跟她的紅血球髮色一樣紅，並猛眨眼睛。

「那是……是陳年往事了，布拉佛先生。而且，就只有一次，一次而已。」

布拉佛的手指在胳臂上敲啊敲，表示懷疑。

「好啦！」瓦倫緹娜投降：「兩次。有兩次，我們試圖跟奧斯卡連絡。不過，都沒成功。所以，根本不能算數，對吧？」

「可是，為什麼他們不准寫信給我，或跟我說話？」奧斯卡感到意外。

「因為必須遵守你的戰績行事曆，奧斯卡。」魏特斯夫人說。

「我的行事曆？我的什麼行事曆？」

瓦倫緹娜當場抓到瓦倫斯的小辮子。

「看吧！我剛才就說了：你總是拿那些事來煩我：你的作息，行事曆，計算什麼的……教訓就是：這造成大家的麻煩！這些通通不管，事情就好辦多了！」

「每個醫族都必須遵循其內在的行事曆，奧斯卡。」魏特斯夫人說。「用看的吧！這樣比口頭解釋容易瞭解。」

他們走到藏書室中央的橢圓大桌旁，而肖像畫的不朽老祖宗們也紛紛從密室探出頭，以便一起觀看解說，但並未真的穿出畫框。

「請把你的鍊墜給我。」老夫人說。

奧斯卡把整條項鍊取下，將金色字母交給她。魏特斯夫人一把抓過來，把墜子鑲進一個刻在正中央的凹槽裡。M字完美地契合。桌面裂出一條縫，分成兩半，露出一張大玻璃板。玻璃板旋轉，垂直升起，直到方便觀看的高度。板子中央，金色字母開始閃閃發亮；而彷彿在做出回應似地，奧斯卡的腰帶自動解開，也升入空中，飛越圖書室，然後緩緩停下不動，長度延伸整座廳室，飄浮在桌面前方。於是，在它的五個囊袋下方，五座世界的名稱顯現在玻璃板上。

「哇！我從來沒看過這個，就連在阿爾逢思侯爵的書裡也沒有！」勞倫斯興奮地大喊，深深著迷。

等他發現自己剛才說了什麼，已經太遲了——或者，應該說是他自己爆的料：未經大長老許可，他曾在作者們的默許之下，偷偷翻閱藏書室的書籍。

布拉佛先生以懲罰性眼神瞪著瓦倫緹娜。

「看樣子，某些小姐對這屋子裡最認真的男孩產生了令人遺憾的影響。」他雖這麼說，卻並沒有真的責備她。

瓦倫緹娜露出最可愛的笑容作為回應：

「我花了好多時間喔！」她得意地說：「不過，終究還是教了他一點東西。我承認。」

「把妳『那點東西』留下來自己用，小女孩。」布拉佛先生溫和地斥喝。

他轉身對奧斯卡說：

「你的戰績行事曆有兩項特點：只配合你的醫族發展，而且隨時間演進。」

奧斯卡睜大眼：玻璃面板右上方的角落裡，顯現出他的臉和身分檔案，跟通道前方那位關卡人員所拿的石板一樣。所有資料都在上面：他的出生年月日，國籍，通訊住址，學校的地址電話……

「你看見腰帶上那個小M字了嗎？」魏特斯夫人接著問。她總是比大長老，以及其他人有技巧（她之所以會是傑內提斯國的負責人，並非沒有原因。）「就是它，隨著時間流逝，慢慢往前進。去年，它在第一世界的名字上，也就是黑帕托利亞。從你第一次進行體內入侵那天起，它就開始出發，展開漫長的道路。今天早上，它抵達了第二個小宇宙的名字，來到兩國世界。這表示你已經具備資格，能去那裡遊覽；而且，要等到現在才可以。」

勞倫斯把眼鏡扶正；各種說明與知識對他來說永遠不嫌多。

「它會像這樣一直前進到第五個小宇宙，也就是最神秘的那個……」他說。「到了那一天，魏特斯夫人，那就表示，奧斯卡將能進入那個神祕國度冒險，並帶回他最後一項戰利品，是這樣嗎？」

「完全正確。小M字將抵達賽瑞布拉，你朋友的訓練就將完成，到時，奧斯卡將成為一名資歷完整的醫族。」

「什麼？！」奧斯卡驚呼，嚇了一大跳。「這表示，我每次都要再等一年，才能進入下一個小宇宙？」

「就某種程度而言，你的行事曆懂你。它會決定M字的前進速度，以及你前往下一個小宇宙之前需要多少時間。不過，放心吧！下一次，你可以在兩個階段之間使馭侵入術。僅在前兩個小宇宙有限制，因為這時候你還經驗不足。」

「也就是那塊紅色的區域。喏，腰帶下方那裡。」勞倫斯進一步指出。「奧斯卡，一直到賽瑞布拉之前，都沒有紅色區塊了。」

「這件事也必須由你的行事曆來決定。」布拉佛先生糾正他們的說法。「如果它認為你必須耐心等候才能再施展入侵術，就會讓你知道。」

瓦倫緹娜的問題早已到了嘴邊，急忙插話：

「布拉佛先生，奧斯卡的行事曆有沒有說明能不能帶朋友去各個小宇宙探險？」

大長老搖搖頭。

「沒有。」他回應：「這種事不是由它來決定。」

「那是誰決定？」瓦倫緹娜懇求：「我一定得跟他談談！」

溫斯頓．布拉佛俯身看她，身形高大驚人。她低下頭，有點不好意思；不過只有一點點……

「已經在談了：決定的人就是我。至於現在，」大長老下令：「我決定，勞倫斯和妳，你們必須先離開。至於奧斯卡，你留下來，解說還沒結束。」

兩名來自體內的孩子不甘願地遵從。瓦倫緹娜對奧斯卡眨了眨眼睛。

「我們在我的房間等你。」她說。「這一次，我們要好好在一起！我們有好多話要說……」

勞倫斯本來已經打算乖乖走出去，卻在門口被堵住，動彈不得。一個花腔女高音在圖書室中迴盪。

「我說啊，孩子，您別杵在這裡啊！明明知道這樣我過不去嘛！」

崙皮尼女爵人還未到，香氣已經先飄了進來。看見她好比十八世紀的法國皇后，穿著一套華麗長裙走近圖書室，就連魏特斯夫人也得扶住最近的座椅才站得穩。

「安娜瑪莉亞，」她從袖子裡掏出一條手帕，摀住鼻子：「撐件蓬蓬裙來參加長老會，這還真是個好主意！這絲綢、珍珠、蝴蝶結……怎麼說才好……真的很讚，不過……不會有點……太占空間嗎？」

「這是個人習慣問題，親愛的。」女爵回答，一面扶住她那頂灑了金粉的超級假髮，因為它剛擦撞到離地三公尺高的水晶吊燈。「這件的款式很樸素，只是平日穿的洋裝而已。」

一個低調但是充滿活力的聲音在她身後響起。

「如果沒有人覺得不得體的話，我還是愛穿牛仔褲。日安，貝妮斯；日安，溫斯頓；哈囉，奧斯卡！」

奧斯卡立刻認出莫倫．茱伯特，曾在黑帕托利亞為他導覽的親切女長老。莫倫的簡樸與女爵的派頭剛好成對比：一件白襯衫和莫卡辛平底鞋，簡簡單單。一頭金色短髮，露出後頸。她輕輕地把劉海撥到一邊，目光試圖尋找前面那位的假髮頂端。

「我投降。」她以極低的音量喃喃自語：「實在太高了……」

她對奧斯卡使了個閃亮亮的眼神，男孩報以一個微笑。接著，她坐進自己的座椅，金姐羅傑斯；而女爵也剛把西西淹沒在她的蓬裙鯨骨架下面，像是在一塊蛋糕上擠滿了奶油。

阿力斯特．麥庫雷忽然滾入藏書室，彷彿剛跟一百名病族打了一場仗似的，激動不已。他的襯衫皺了，棕髮散亂，簡直像一條瘋狗。

「但願我沒來得太晚？」他大呼小叫，氣喘吁吁，直奔座椅加夫洛許一屁股坐下。

「沒有。平靜下來，我的朋友。」魏特斯夫人安撫他：「您甚至不是最後一個到的。」

「我剛結束一個車臣醫族的會議。」阿力斯特顯得十分亢奮。「一定要講給你們聽：我們要組織一場真正的革命！」

他的眼神停駐在桌子另一端那堆絲緞上，皺起眉頭：

「咦？說到革命，瑪麗安東尼不是已經被送上斷頭台了嗎？喔！安娜瑪莉亞，原來是您……」

女爵被困在她的蓬蓬裙中，而且必然正為了一些同等異類的事出神，女爵一點也不在意他的批評。所有人都圍著會議桌坐下，奧斯卡只能遷就藏書室盡頭的椅子。溫斯頓．布拉佛發言：

「幾乎全員到齊，我們馬上可以開始了。」

「已經全員到齊。」一個尖酸刻薄的聲音從他們背後響起。

弗雷徹．沃姆剛進入圖書室，身裹醫族披風，然而其他人都穿一般市民的服裝——的確，有的人採用的是革命前的款式。他僅向長老會其他成員點頭招呼，完全無視奧斯卡的存在，直接坐入自動拉開迎接他的座椅馬基維利。醫族少年迅速觀察了他一下：沃姆沒變，看起來還是像個蠟像，面不改色，皮膚蒼白得嚇人，外加一頭銀髮。他的出現讓奧斯卡覺得稍微有點掃興。男孩本來想乾脆忘了他，雖然要忘了他很難。

有人敲門。然後，庫密德斯會迷人又多話的廚娘雪莉走了進來。她的托盤上擺了茶杯、茶壺，以及一個小盤子。為了這次機會，她特地用一圈細髮箍紮起那一頭稻草般的黃髮，並穿了一件白閃閃的圍裙，衣襬在她瘦長的身軀周圍飄盪。她與奧斯卡目光相交，臉上綻放明亮的神采。很顯然地，男孩回來，她歡喜極了。她繞著桌子走了一圈，腳下的木面地板發出滑冰般的細碎雜音——雪莉有恐怖的潔癖，在她的廚房裡，一切都亮晶晶。她在每位長老面前擺了一杯茶。給沃姆先生時，她的表現有點粗魯，連看都沒看他一眼；停在奧斯卡面前時，才又露出笑容。

「能再見到您真是太令人高興了！」她大聲嚷嚷，完全無視其他在場的與會者。「為了慶祝，我替您做了一個蛋糕！」她說，一面將一個和西班牙海鮮飯鐵鍋大小差不多的盤子擺在他面前。

奧斯卡驚恐地垂眼觀看：只要吃過雪莉的料理，任何人永遠也不會忘記她是個多糟的廚娘。

「蘿蔔蛋糕，加柳橙和橄欖油，淋上肉桂糖漿。我曉得您很想念這款滋味。」她滿懷自信地說。

「超乎您的想像。」奧斯卡表示肯定；但一想到必須吃下眼前的不明飛行物體，他已經感到喉頭宛如被掐住了一般。

布拉佛先生救了他。

「謝謝您，雪莉。我會注意監視，不讓任何人從奧斯卡的盤子裡偷走一粒渣渣。」

所有人連忙點頭。廚娘退下，大長老鬆了一口氣。

「奧斯卡，首先，長老會要恭喜你：你通過了晉級測驗，不朽之身全體成員特地為你舉辦了一場別開生面的歡迎儀式。」他說，並轉身向每一位聚集在此，默默參與會議的可敬靈魂致意。

「從現在起，你將能進入第二個複雜的小宇宙。」

沃姆終於用他那細長的雙眼狠狠瞪視醫族少年，一言不發。奧斯卡迎對他的目光。十分明顯地，這位陰沉的長老並不認同其他人如此欣喜激動。

溫斯頓．布拉佛提高聲量，提醒男孩：

「複雜而危險的世界。」他進一步補充。「我們之中對兩國世界最了解的那一位所告訴你的一切，你都必須非常仔細凝聽。」

「奧斯卡，我的老朋友，歡迎來到氣息國與幫浦國！」阿力斯特・麥庫雷從座椅上跳起來，開心地大喊：「很快地，我們就要成為隊友了。你覺得自己準備好了嗎？」

奧斯卡猛點頭。他覺得阿力斯特是個可靠的人。首先，因為在長老會中，他是第二個小宇宙的負責人，這一點他早已知道。不過，也因為他立即就給人真誠的印象。最後，因為他看起來跟奧斯卡自己一樣，不愛守規矩，衝動暴躁。毫無疑問，他們兩個合得來。

「關於組隊的事，」魏特斯夫人插話：「阿力斯特，我得提醒您：昨天我們達成了共識……」

「完全正確！」年輕男子打斷她的話：「由於兩國世界與前一個小宇宙大不相同，我想，還是不要讓你獨自旅行比較謹慎……」

「這表示會有其他醫族跟我們一起去？」奧斯卡好奇地問。

「沒錯，像你一樣的醫族少年。他們都取得了各自的第一項戰利品，並成功通過通道關卡。總而言之，團隊合作。」阿力斯特信心堅定：「我們愈瘋狂，力量就愈強大！就像進行一場革命，懂嗎？應該……」

「是的，謝謝您，阿力斯特。正是如此沒錯。」魏特斯夫人打斷他，擔心這位年輕長老的熱情火力全開。「那就請奧斯卡未來的夥伴們進來如何？」

是他！

奧斯卡瞄著藏書室門口，既期待又焦慮。他合群，但是也非常獨來獨往——特別是在出發冒險的時候；所以，他擔心被迫與相處不來的隊友一起探訪未知的國度。門開了，古板的管家彭思走進來，後面跟著一名身材瘦弱眼神聰明的男孩。奧斯卡很高興地認出艾登．史賓瑟。去年，跟他一樣，這位害羞的同班同學，表明自己也是一名勇敢的醫族學徒。原來如此，所以，昨天開學日放學前，艾登就已經不見人影。他一定也危立在一塊岩石上，懸在半空中，想辦法迎對關卡人，解開那聲音之謎……

一名青少年跟在艾登後面。奧斯卡猶疑了一下，發現那是一個女孩：她身穿牛仔褲，藍色套頭衫，黑色球鞋，栗色頭髮剪得超短。她雙手插在褲袋裡，兩腿打得直挺挺地，闊步邁開，看起來比艾登強壯兩倍。

「奧斯卡，艾登你已經認識了。這一位是莎莉．邦克。她的爸爸是巴比倫莊園的肉舖老闆。」

奧斯卡注視觀察女孩，她於是跟他打了個招呼。莎莉肌肉健壯，似乎能抬起她爸爸店裡的一頭牛！

「好了，朋友們，彼此引見之後，我們可以進入說明了。」阿力斯特又說，聽起來彷彿要領隊去世界盡頭的冰河探險。

三個孩子自動聚集在桌前，專注聽講。他們都知道：第二個小宇宙必然處處驚奇，阿力斯特的建議絕對不嫌多。

「首先，你們知道，兩國世界，表示有兩個國度……」

安娜瑪莉亞剛從她那堆蕾絲中冒出頭來，歎了一口長長的氣。

「拜託，阿力斯特，這些孩子看起來比您還靈巧——這可不是說著玩的，您真讓我大開眼界——他們會不懂這件事！兩國世界有兩個國度！」

阿力斯特的比手畫腳的動作更大了，顯得很不耐煩。

「這件事卻正好十分重要：兩個國度……兩項戰利品！或者，應該這麼說：是兩項互補的半個戰利品。」

幾個孩子面面相覷，目瞪口呆。

「在一個小宇宙中，必須拿回兩項戰利品？」艾登複誦他的話，覺得難以置信。「弄得好像拿一個還不夠困難似的……」

「人家說必須帶回兩項，我們就帶兩項回來，就這樣。」莎莉直接了當地說。「我們什麼時候出發？」

「您會跟我們一起去嗎？」奧斯卡問。

「一開始，會。先把你們帶上路。」阿力斯特回答。「然後，你們得自己繼續往前。等時機成熟，我會跟你們解釋清楚。」

「那兩項戰利品是什麼？」奧斯卡鍥而不捨地追問。他不喜歡事情神秘兮兮，也討厭話只說到一半。

「耐心點。」阿力斯特反駁（但他本人什麼都有就是沒耐心）。「不過，在出發之前，我們會再見面。旅行途中，你們會需要幾樣東西。」他進一步說，卻又賣了個關子。

「既然一切都解釋清楚了，」大長老做出結論：「我堅持詢問在座每一位長老的意見：諸位是否都同意讓這三位醫族少年一起開始進行這趟旅行？」

四名長老都點頭，只有沃姆保持沉默。

「好的，既然沒有人反對，那就表示所有人都同意。」布拉佛宣布，一面注意觀察沃姆的反應。「各位都知道這表示什麼嗎？這幾位年輕人必須能仰賴你們，這是前輩該扮演的角色。當他們在你們所負責的小宇宙中時特別如此，而在其他地方也一樣。我能信賴你們吧？各位都知道，事到如今，團結一致比任何時候更不可或缺。」

奧斯卡猜到大長老話中影射的是去年黑魔君拉茲洛．史卡斯達爾再次來勢洶洶，有如一陣粉塵瀰漫。全人類又被籠罩在他的威脅下：病族能引發無法治癒的絕症，而唯有醫族能在體內與他們對抗。溫斯頓．布拉佛和長老們最近是否從哪裡接獲了什麼壞消息？這終究是避免不了的，他知道。為了拯救管家彭思，他和朋友們曾跟病族作戰。可想而知，那些敵人不會就此善罷干休。

安娜瑪莉亞．崙皮尼覺得氣氛太嚴肅，於是緩頰：

「這些孩子，我們當然會幫，這一點您是很清楚的，溫斯頓。而且，他們看起來都不呆，尤其是那個紅毛小鬼，那邊那個——他是個小藥丸，對不對？貝妮絲，您不覺得他像極了帥哥維塔力嗎？簡直就是同一個模子印出來的！」

「他可不只臉蛋像而已。」魏特斯夫人只這麼說了一句，隱隱微笑。眼鏡框後面，她的綠色小眼睛閃閃發亮。奧斯卡從不懷疑：打從一開始，她就是個值得信任的人。

莫倫．茱伯特從她的座位走出來。

「奧斯卡，你知道嗎？自從你離開黑帕托利亞之後，我駕駛黑金剛快艇的技術進步很多！現在，馬達船再也難不倒我了，就算在瀑布中也一樣！你大可跟朋友們安心出發：無論你們在黑帕托利亞或其他地方，一旦需要我，我一定會到。」

「太好了。」布拉佛起身結語：「那麼，長老議會就到此結束，大家可以解散了。貝妮絲，您是否願意……」

「您或許會對我的意見感興趣，親愛的溫斯頓。」

直到目前為止都像尊雕像似的沃姆終於說了開會以來的第一句話。大長老重新坐下，魏特斯夫人則站起身，專注謹慎。沃姆有一種自信好本事，每每在一切都定論之後才介入發表意見，並且，想當然爾，推翻已建立好的秩序。

「當然。」大長老回應，一面抑制惱怒的情緒。「我們聽您說。」

沃姆緊閉雙唇一會兒，彷彿刻意在開口前先製造沉默。

「您知道我對於藥丸的兒子在場有什麼想法。」沃姆長老僅老調重彈，而這已經不知道是第幾次了。「不過，好吧，我不反對這三個孩子去爭取第二項戰利品——或者該說，是兩項半個戰利品。而且，我覺得……麥庫雷這個小伙子的點子好極了。」

阿力斯特面露慍色：沃姆不懷好意地挖苦他，強調他年輕不經事，把他說得像個青少年似的。他正想回嘴，布拉佛只使了個眼色就阻止他，並請沃姆繼續。

「這些少年沒有經驗，組成一隊，互相幫助，團結合作，再好也不過。」

「這正是您的個人價值，大家都知道。」阿力斯特趁機插進一句，反攻一分，高興得不得了。

沃姆僅嘲諷地微笑一下，做為回應。

「當您決定加快啟蒙年輕醫族的腳步時，我曾提議幫忙。您應該沒忘記吧？溫斯頓。」

「而我當時回答您：在我認為需要的時候，一定會借助您的力量。」布拉佛強調。他跟其他人一樣，懷疑沃姆腦子裡可能藏有奇怪的盤算。

「我寧願先提前實現您的要求。」沃姆長老用他那刺耳的語氣緩緩地說，同時非常輕微地聳聳肩。

儘管他說得保守，但是除了他，沒有人敢如此大膽地承認自己正在挑戰大長老的威權。這一次，輪到溫斯頓．布拉佛壓抑滿腔怒火。他握緊拳頭，不發一言。

「而且，我也照您所說的去做了。」弗雷徹．沃姆繼續說。「我鼓勵幾位年輕醫族參加教育訓練……也把他們納入羽翼下保護。類似您對這個男孩所做的方式。這是前輩所該扮演的角色，對吧，溫斯頓？」

布拉佛兩手撐著查理曼大帝的扶手，霍地起身。查理曼大帝是他的座椅，椅背上方突出一個M字。字母中央的綠寶石散發冷冷的光芒，反映出大長老此時此刻的心情。

「這件事我們以後再談。」他回答。「如果您沒有其他事要告訴我們，我建議現在就讓大家解散。」

「沒有，我沒有其他事要對你們說。」

這一次，所有人都站起身。所有人，除了他以外。

「……我只是要向大家介紹他們。」沃姆補上一句，老神在在地靠在座椅馬基維利裡。

「介紹他們？」女爵大吃一驚，盡可能地扶正頭上層層疊疊的瀏海捲燙假髮。「介紹誰呀？」

沃姆不慌不忙地站起來，走過整座藏書室，來到門口，然後開門。他比了個手勢，一名年紀與奧斯卡相仿的女孩現身。門框裡，她筆直挺立，巡視廳內，彷彿猶豫著是否該發慈悲進入。最後，她還是決定跨步近來。奧斯卡不認識她，從頭到腳打量這個女孩：她穿著一件海藍色的裙子，深色涼鞋配上藍色短襪，條紋襯衫扣到最上面一顆鈕扣。沒有一個地方看起來很順眼，奧斯卡忍不住想像，她的個性恐怕好不到哪裡去。她生著一張三角尖臉，不美也不醜；不過，配上她的小髮髻，薄嘴唇和高挺的鼻子，活像個不隨和的女管家。

沃姆把她拉進圖書室。她狠狠地瞪了他一眼，冷冷推開他的手。長老本人也不敢再繼續拉她。

「我特地請伊莉絲．弗洛克哈特過來，讓我們把她未來在體內旅行的夥伴介紹給她認識。她跟其他人一樣，已經取得第一項戰利品，也通過了關卡測驗。我相信她準備好了。」

貝妮絲．魏特斯第一個做出反應。

「弗雷徹，為什麼沒有事先告知長老會？您讓我們措手不及，我們有權發表意見才對。」

「在我看來，我們應該享有同樣的權利。但是當初，你們決定，沒告知我，就擅自決定，啟蒙小藥丸，而大家都知道維塔力．藥丸最後是什麼下場。伊莉絲的父親，你們大家都認識，他可沒在監獄度過餘生，名字沒被族規消除。所以，我不知道你們有何理由接納另一位，卻拒收這一位……」

魏特斯夫人和溫斯頓．布拉佛對望一眼，然後又與其他長老交換眼神。他們陷入圈套，被迫接受沃姆旗下的女孩進入團隊。

莫倫最後再試一次，提出反對。

「在我看來，第一位受到影響的，應該是籌畫探險的領導人：阿力斯特。所以，由他來決定才合理。所有人都應遵從他的想法。」

沃姆轉身面對阿力斯特，不給他插話的機會。

「您剛才是怎麼說的？小伙子？愈瘋狂，力量就愈強大？我確信，小弗洛克哈特一定完美地融入團隊，讓它的力量更強大。」

阿力斯特探詢布拉佛的目光。溫斯頓點了點頭。

「那麼，伊莉絲將加入探險隊，就這麼決定了。」大長老斷定。

沃姆心滿意足，走向門口。

「既然這場對抗惡勢力之作戰分秒必爭，就讓我來為各位介紹最後一位入選者。他的家族也是眾所皆知。」

為了堵住任何可能出現的反對聲音，沃姆斬釘截鐵，把話說死：

「溫斯頓，我對這位醫族少年信心十足，堅持一定要讓他參加探險旅行。」

門被粗魯地推開，一名身材高大魁梧的男孩現身圖書室。

而奧斯卡感到天花板彷彿崩塌了下來。

意外

「摩斯！羅南．摩斯！」

勞倫斯驚愕萬分，把剛剛從奧斯卡嘴裡聽到的話喊了三次。

瓦倫緹娜則憤怒得滿臉通紅。

「那個粗魯的胖子，他竟然是醫族！不可能，我無法相信。何況，他還是那個弗雷徹．沃姆旗下的一份子，這已經說明了一切……總之，我呢，我永遠也不會信任這個人，沒什麼好說的。等他跟我一起搭乘環球紅牛艇，那可就好玩了！」

奧斯卡自己則始終無法回神。光是看見摩斯的腳跨入門口，他就已經認出他來，也隨即瞭解為何從現在起，一切都變得如此複雜。

「光是想到他將跟我一起出發前往第二個小宇宙！就連那個伊莉絲看起來都比較順眼一點……我想這簡直比兩國世界中所有虎視眈眈的危險更糟！」

「但是布拉佛先生為什麼要答應？」

「他沒有選擇。」勞倫斯回答；他已逐漸恢復理智。「妳明明聽到沃姆怎麼說的……」

瓦倫緹娜用責備的眼神瞪了他一眼。奧斯卡看著她，一副納悶的樣子。

「沃姆怎麼說的？可是……你們不是應該待在這裡才對嗎？彭思竟然會讓你跑到圖書室門口

偷聽，太令人驚訝了！」

瓦倫緹娜掐了黑帕托利亞人的胳臂一把。

「滾啦！你這個叛徒！好吧，好啦！」她向奧斯卡招認，並站起身來。

她跑到燒柴的火爐後面，胡亂翻找了一陣，拉出一個手工製作的奇怪儀器，遞給奧斯卡。

「這是什麼玩意兒？」男孩好奇地問，把那個像是從傑瑞米市集買來的怪東西轉來轉去。

「一種音波捕捉器。」勞倫斯回答，完全專注地在他周遭搜尋著什麼。「你一定知道，金屬能傳導波動。所以，我在暖爐的管子上纏了鐵絲。管道從藏書室和客廳沙龍出發，然後接上樓，引到我們的房間。我把鐵絲纏在一個罐頭上，增強傳導性，並在罐頭頂端設置一個擴音器，讓這個好奇小鬼聽到所有的悄悄話。反正，我呢，我提供理論，她則去偷所有需要用到的東西，去樓下，還有傑瑞米的工作坊，可想而知……話說，有人看到我的眼鏡嗎？」他終於詢問。

「一如往常，被你坐在屁股下了。」瓦倫緹娜回應，一面收拾她珍貴的竊聽器。「好嘛，那又怎樣？總要隨時掌握情報嘛！不是嗎？」

「棒極了！」奧斯卡笑著說：「做得漂亮，勞倫斯！看得出來，你轉投效小混混的陣營了……」

「我堅持逼了他一下。」小女孩說，手指繞著一條紅髮辮。「既然這位先生愛讀書，喜歡物理，估測計算以及這些複雜的玩意兒，正好合他的口味。阿力斯特說得對：團結就是力量……」

勞倫斯推高鏡架，恢復一本正經的模樣。

「總而言之，用這些拼湊出來的東西，你是沒辦法贏過摩斯的，奧斯卡。我驚訝的是，」他用完美無缺的邏輯天分推論：「沃姆堅持讓這兩人加入團隊。為什麼呢？他大可以讓他們獨自旅行，或陪在他們身邊都行啊！」

「沃姆不喜歡我。」奧斯卡直言：「這是明顯的事實。想必，他希望摩斯阻止我帶回戰利品……」

「你的意思是，摩斯要阻止我們帶回你的戰利品！」小女孩糾正他。「我們會跟你去，我負責說服所有人幫你。」她自信滿滿地宣稱。

「不可能的。」醫族少年回答。「我必須盡快找到這些戰利品，然後進入第三個小宇宙。而且，這樣太危險了。」

瓦倫緹娜站起身，雙手插腰。

「天啊！真是的！看看這個假仙的傢伙！」她挖苦嘲諷地笑：「『這樣太危險了……』讓我提醒你，在去年，有人遇過更糟的狀況。要不是我們，你永遠也無法帶回你的黑帕托利亞之瓶，迷你小醫族先生！」

「好啦！」奧斯卡讓步，讓她冷靜下來。「這件事再說啦！」

一大早離開自家的房間後，他第一次看了看手錶：已經快十點了，媽媽應該已經醒了。算他運氣特別好，她沒吵他睡懶覺，並不知道他剛才不在。昨夜的回憶突然跳了出來：他回家遲了，賽莉亞責備他，特別針對薇歐蕾和他對巴瑞．赫希萊的態度，那傢伙真是令他苦不堪言。絕對不能讓情況變得更糟糕。

他一躍起身。

「我必須回巴比倫莊園。」他說。

「喔不！奧斯卡，我們好不容易才剛團聚！」瓦倫緹娜抱怨。「你不能留這裡度周末嗎？我確定雪莉已經把你的房間清掃打理得史上無敵舒適！你知道嗎，自從去年開始，我們一人也有一個房間了！」

「你們一整年都待在這裡？」奧斯卡驚訝地問。

「沒錯。」勞倫斯回答。「我承認，當初我本來打算跟瓦倫緹娜一樣，不擇手段堅持留下，但布拉佛先生一下子就答應了……而就這麼一次，我沒去追根究底問為什麼。」他坦白地說，兩手放在圓滾滾的肚子上。「好啦！留下來吧！奧斯卡！星期一才上課嘛！我們有好多事要告訴你！」

奧斯卡猶豫起來。

「我有個更好的主意。」最後他給了個提議。

十五分鐘之後，布拉佛先生的豪華禮車駛離庫密德斯會。車上載有奧斯卡、他的兩名好友，以及一只匆匆收拾的行李箱。還好車窗玻璃是黑的，沒人看得清司機的模樣：一個十二歲的小女孩雙手握著方向盤，坐在一個男人腿上。

「離合器，傑利，踩離合器！我要換檔，總不能兩個小時都用二檔來開！接下來，加速！」好友們擔心地看著瓦倫緹娜指揮著慈愛溫柔的傑利。奧斯卡坐在後座，身子傾向前座。

「瓦倫緹娜，妳確定……」

「百分之百確定。」她大言不慚地說。「傑利常讓我駕駛，對吧，傑利？因為我踩不到踏板，所以才坐在他腿上，借他的腿來用。你們兩個男生，看到兩個司機變成一個，所以抱怨個不停？放心交給我吧！」

傑利點頭，反而為她感到驕傲。瓦倫緹娜在司機的大鬍子上用力親了一口。雪莉和他沒有孩子，而他很快就臣服於可愛小女孩的魅力。奧斯卡完全沒輒，勞倫斯一路喃喃訓示謹慎教條，而合體司機則互相討論機械問題。輪胎突然發出嘰嘰響，一聲撞擊，傑利緊急煞車：前方的車子不知撞上了什麼東西。

「孩子們，全都留在車上。」傑利下令。

他下車走向出事地點。幾秒鐘後，瓦倫緹娜已來到他身邊，兩個不想待在大禮車裡空等的男孩很快就跟上。認出躺在碎石路上的人是誰之後，他們全都嚇呆了。

傑利連忙上前。

「麥庫雷先生！」

阿力斯特尚未脫離撞擊的影響，艱難地坐起身。撞上他的司機蹲跪在他旁邊。傑利一把推開他，檢查年輕長老的狀況。孩子們圍上來，擔心不已。

「阿力斯特！」奧斯卡大喊：「聽得見嗎？是我，奧斯卡，奧斯卡．藥丸！」

阿力斯特嚅嚅說了幾個含糊不清的字，揉著後腦勺。

「很抱歉。」撞倒他的男人道歉：「他衝出來穿越馬路，我沒看見他，幾乎來不及煞車……」

瓦倫緹娜上前指責他。

「您倒是說說，您的駕照是在哪裡撿到的？不會開車的話，騎腳踏車就好了！」

勞倫斯朝天翻了個白眼。

「怎麼有人膽子這麼大？」他問奧斯卡。

那名駕駛臉上有幾處刀疤，兇狠狠地瞪了瓦倫緹娜一眼。

「你們認為我是故意的嗎？」

就在這段時間裡，阿力斯特清醒了過來。傑利堅持要他保持平躺。

「我們會叫輛救護車，麥庫雷先生。這麼做比較保險。您別亂動。萬一有什麼地方受傷斷裂……」

「不，不……」阿力斯特回答，起身坐在地上。「沒事，你們別擔心……」

「真的嗎？」瓦倫緹娜問。「要不然，我可以開車帶您去醫院……」

「別聽她的。」勞倫斯建議：「還是叫輛救護車。傑利說得對，這樣比較保險。」

「不，沒事，我四肢都健全。」阿力斯特揮動身體每個部分後決定：「我要回家休息，一切都會恢復的。」

「唉！這些醫族，自以為永遠不會受傷……」

奧斯卡用手肘撞了他一下：撞倒人那個駕駛聽到了，露出困惑的神情。

「如果您願意的話，」那人不太放心說：「這附近就有間診所，可以去那裡看看。您的幾位朋友說得對，這樣還是比較保險。」

阿力斯特最後只好讓步。在傑利肌肉結實的臂膀支撐下，他站起身，所有人坐上車，開到兩條街外，一棟小樓房前停下。正面牆上的長條燈板顯示這棟樓的營業性質：

醫藥外科診所

帶路的那名駕駛跑在他們前頭。等他們進去後，他已經找來一名醫師。醫生的個頭比傑利還小，彎腰駝背，到處比劃，話說在鬍子裡，含糊難辨。

「夠來。」他對阿利斯特說，咬字不清。「跟偶來，偶棉要給您做個放色線檢查！」

「放色線？」瓦倫緹娜照著念：「那是什麼？」

傑利張大眼睛瞪她，男孩們把她往前推。

「我們陪他去。」奧斯卡宣布，他不想拋下阿利斯坦一個人。

年輕長老躺在一張床上，所有人——尤其是醉心著迷於科技的勞倫斯，接下來要進行的事，他一點也不想錯過——所有人都迴避到一間玻璃室內。

「這係為了不讓你們被放色線照到。」醫生解釋。

病床沿著軌道滑行，阿力斯特沒入一個金屬大管。玻璃室的螢幕上，顯現他軀體的一張張影像，彷彿他被切成一片片，供人逐張觀察。幾秒鐘後，阿力斯特又從金屬管出來。

「完沒無缺。」放射師評論。

「我們知道已經完畢沒了。」瓦倫緹娜不耐煩地說，她已經坐不住了。

「完——美——！」醫師滿頭大汗，又說了一次。「會有瘀青，就這樣。沒有大礙。」

奧斯卡開心極了，連忙跑去扶阿力斯特起身。長老表情痛苦，勉強站起來，走出醫院。他頭昏腦脹，或許比受到撞擊時還糟。

「過一下就會好的。」他對憂心忡忡的孩子們說。

到了人行道上，撞倒阿力斯特的傢伙又吞吞吐吐地道歉了幾次，顯得非常不自在，隨後不再多說，消失無蹤。反正現在所有人都放心了，也沒有人試圖留他下來。阿力斯特一起搭乘大禮車，傑利送他到家門口。傑利想幫他上樓，他卻婉拒了。

「現在沒事了，別擔心。」

他對孩子們揮揮手，步上樓梯，然後又回頭。傑利打開車窗，年輕長老湊上前：

「傑利，不需要告訴布拉佛先生，好嗎？現在一切都很好，只是一場無關緊要的愚蠢意外。」

「好的，麥庫雷先生。」

「再見，回頭見，奧斯卡！」

「回頭見！」奧斯卡高興地回應。

不一會兒，禮車一行人穿越巴比倫莊園，停在藥丸家門口。剛才的意外已被拋到腦後，孩子們焦急地跺腳。只有傑利還掛懷剛才的事。重掌方向盤的瓦倫緹娜下車。

「傑利，我在想，是不是該改裝一下引擎了？」

「別動這種歪腦筋。」傑利輕輕斥喝，一面理平繡有金色M字的綠色領帶。「布拉佛先生會立刻把我開除！」

樓上一扇窗的窗簾挪動了一下。木頭老房子裡響起一陣愉悅的歡呼。幾秒鐘後，大門開了。薇歐蕾衝到小路上，紅色髮辮在風中飄揚，撲進好友懷中。

「我就知道妳會再來！」她嚷起來。

她鬆開擁抱，興奮不已。

「妳的頭髮還是維持紅色？真是個好主意。」

「其實我別無選擇。」瓦倫緹娜回答，一時對薇歐蕾奇怪的切入方式有點生疏。「從我出生以來就是這樣。」

「我也是，一直都不變色。」奧斯卡的姊姊一本正經地說。「每天早上，髮絲都是紅棕色的。」她進一步說明，並抓起一根辮子，有點失望的樣子。「真可惜，我好希望頭髮能隨時變色，搭配服裝穿著。」

她側彎身子，發現了行李箱。

「你們要留在這裡？太棒了！」

「我有權回答這個問題吧？」某人在她身後問道。

賽莉亞剛出現在門口，雙臂抱在胸前。

「嘿，嘿，嘿！這幾張臉孔我好像曾經在哪裡看過。」她靠在門板上，微笑著說。「看來，我兒子一大早出發去獵朋友，並沒有空手而回……」

瓦倫緹娜想朝她奔去，卻被勞倫斯從手臂抓住。他搶在前面，梳理頭髮，擺出演說家的姿態。

「親愛的女士，能再見到您，我們感到萬分欣喜，陶醉不已，呃，是這樣的，奧斯卡很好意地向我們提議……怎麼說呢……來……」

「……來跟我大大親一個，慶祝大家再次團聚？孩子們，歡迎回家。」她打斷勞倫斯的話，張開雙臂迎向他們。

奧斯卡趁機抱住媽媽。她並未顯露絲毫不悅，彷彿昨晚的憤怒只不過是一場不愉快的回憶。

「媽媽，」男孩問：「讓瓦倫緹娜和勞倫斯跟我們共度周末，會不會給妳添麻煩？」

「這麼做會讓你開心嗎？」

他點頭。

「讓你開心，讓你高興，對我來說這是最重要的。我答應。」

奧斯卡再次緊緊摟住她。當賽莉亞注視他的眼睛時，他從她眼中讀到滿滿的溫柔和愛，是他平日所習慣的眼神。

「你知道嗎，」她又說，「假如你偶爾肯用像這樣的方式回應就好了。你得瞭解，別人的幸福也很重要……我說的這些你懂嗎？親愛的奧斯卡。」

奧斯卡垂下眼睛。是的，他完全懂得她想說什麼，但是他不想談。總之，現在不想。嗯嗯先生的臉孔闖入他的腦海，一想到要再看到那張臉，他就不舒服。他選擇迴避，不跟媽媽談這個話題。

「我來把行李抬到房間！」他勉強擠出一股勁往前衝。

這一小群人全都聚集到樓上——勞倫斯跟奧斯卡睡，瓦倫緹娜則住進薇歐蕾的房間。

「非常漂亮的賓利，一九七八年出產，傑利和我把它保養得非常好。」瓦倫緹娜抓到聽眾就特地強調的這輛令人印象深刻的大禮車，在藥丸家庭居住的這個平凡區域，顯然無法不引起注意。街上所有人都從窗戶探出頭來。賽莉亞要溫斯頓·布拉佛的司機保證：下次一定要低調些，停在離屋子遠的一點的地方。

「現在，我該怎麼跟鄰居說呢？」

她把傑利留下喝了杯咖啡，然後他就開車離去。奧斯卡、薇歐蕾和從體內來的兩位朋友一起聚在奧斯卡的房間——因為房間主人堅持知道更多去年在庫密德斯會發生了什麼事。

「我好懷念我們在體內進行的那些冒險。」瓦倫緹娜直言。「幸好有傑利可以聊聊機械和化油器！」

「要是妳肯讀點書，」勞倫斯輕蔑地責備：「就永遠不會覺得無聊。布拉佛先生總算答應讓我閱覽圖書室裡某些書籍。」金屬鏡框後方，他的雙眼閃閃發亮。「讓我在那裡待十幾年都沒關係。」

「而且，他強制我們從下午四點之後就必須躲起來，因為大家都知道你都是在那個時候過來。雪莉常躲在圖書室的窗簾後面偷看你，每次我都覺得她快哭出來了。大家都等不及，希望關卡挑戰早日到來！」

就在此時，一聲尖銳的喇叭響起。孩子們都撲到窗邊。傑瑞米坐在一輛協力車的後座，向他們大力揮手。他的哥哥坐在前座，喘著氣調節呼吸。想必傑瑞米根本沒出多少力幫忙踩踏板。

「所以，我的大老爺，在巴特和我正努力騎過巴比倫莊園的大街小巷要來找你的時候，你卻坐豪華禮車大駕光臨？你老媽今天早上打電話給我們，想知道你去了哪裡……」

他話說到一半忽然停下，睜大了眼睛，發現瓦倫緹娜的紅辮子和勞倫斯的滿月臉。

「原來如此！那今天可是個大日子！大家都回來了！」

他拍拍巴特肌肉結實的肩膀。

「司機先生，上路了！這一定要慶祝！朋友們，半個小時後雜貨鋪見！」

剛關上門，阿力斯特就癱倒在床上。

醒來之後，他覺得茫然虛空，彷彿被一團濃霧籠罩。他僅點亮一盞小燈——今晚，比這強一點的光都會令他受不了——然後，他非常緩慢地吃了點東西。

吃完後，他窩進客廳裡。生平第一次，他感到有點害怕，擔心自己的健康，儘管檢查結果沒事。對他來說，這種感覺很奇怪：從很小的時候開始，他就以勇敢無畏，熱愛冒險聞名，無論受什麼傷都完全不痛不癢。此外，這也為什麼他特別欣賞那個男孩，維塔力．藥丸的兒子：那孩子讓他想到十來歲的自己。他這個人比其他任何一位長老都更渴望自己活力十足，等機會來臨，就帶領那孩子探索第二個小宇宙：他對這塊領域瞭若指掌，醫族之中沒有人比他清楚。

他回想那場車禍，撞倒他那個人所說的話再次在他腦海中響起。根據那人的說法，他是衝跑過街的。然而，他確定正好相反，其實他非常小心。那真的只是一場意外嗎？下次見面時跟布拉佛先生報告一下或許比較妥當。

但他終究搖搖頭，笑自己變得有點神經質：自從病族的黑魔君捲土重來，他不曉得被提醒了多少次要小心謹慎，所以才會什麼都往壞處想！這段插曲不需再提，不必對溫斯頓．布拉佛說，也不必對任何人說。

在他心底，他其實知道自己為什麼會想避開這個話題。那些人一定又要提醒他，當初他父親落得什麼樣的下場——就算沒說也至少會去想。發瘋，這就是喬治．麥庫雷餘生最後幾年所淪落的境地。而假如世界上真的有什麼是他所承受不了的，應該就是重提這件往事。他甚至不能忍受有人去想，無法忍耐從別人眼中讀到尷尬不自在。他從來不接受這件事，同樣地，也不接受曾經檢查爸爸的醫生們所說的話：「您父親的腦子裡住了好幾個人，麥庫雷先生。一位是您所熟悉的，聰明而有秩序；然後，有時候，某種東西短路，就會冒出另一個喬治：完全沒有理智的喬治。」

「但是對我，對我母親，他表現得就像一直都認識我們！」阿力斯特大喊抗議。

「唉！可惜，你們所熟悉的那個人將隨著時間逐漸消失，僅剩另外那位——對您和您的家人來說，那是一個陌生人。年輕人，我很抱歉。」

不幸的是，醫生們並沒診斷錯誤——只有阿力斯特不這麼認為，躲避在回憶之中：那是一位既偉大又耀眼的父親。自從那時起，為了避免面對那個到後來甚至連他也不認識的喬治，為了省去為自己解套的麻煩，他總是迴避那些可能會提起這件事的人。同樣地，他也疑心別人會在他身上發現他自己不想在父親身上看見的特質。

瘋子，阿力斯特．麥庫雷瘋了。您跟您父親一樣發瘋了。

如果提起那場車禍，發誓他並沒有奔跑，過街之前，有小心地左右觀看，別人一定會在心裡這麼想。

不，他的父親並沒發瘋，只是人家說的那種，有創意的人。但那又怎樣？他的母親在喬治．麥庫雷死後不久去世，或許正是因為聽見同樣的流言蜚語毀謗丈夫，悲傷過度之所致。

他站起身，草草吃了一點東西，花了很長一段時間反覆咀嚼那些陰鬱的念頭，終於再次陷入沉重的睡夢中。

周末宛如只有一個小時，一下子就過去了。收拾行李時，全體一片哀聲嘆氣。

四個孩子始終黏在一起，即使跟瓦倫緹娜相處如魚得水的薇歐蕾不斷令勞倫斯感到驚訝：她們一個想法怪異，另一個的邏輯無懈可擊，兩人形成一種有趣的組合，偶爾築起一道難以理解的高牆；但無論如何，四人小組的默契完美極了。

歐馬利兄弟也加入他們的小團體。巴特不像來自黑帕托利亞的勞倫斯那麼強調理性，一聲不哼，把薇歐蕾永無止境的天馬行空照單全收；傑瑞米則捧了一大堆甜食淹沒瓦倫緹娜，全都是她沒見過的，也從沒想過要放進嘴裡。

「我真的得把這個吃下去嗎？」她偷偷問奧斯卡：「那是什麼？」

「棉花軟糖。」奧斯卡回答。「假如妳不喜歡，就不要勉強。我們可以幫妳……」

她把軟綿綿的紫色方塊轉來轉去，對用眼角偷瞄他的傑瑞米尷尬微笑。

「這裡面至少含有一點鐵的成分吧？」她低聲詢問。「我寧願吃一小把生鏽的鐵釘！我怕這種奇怪的東西會害我變色……」

勞倫斯則禮貌地婉拒。

「謝謝。」他拿出賽莉亞替他塞進背包裡的一罐水壺：「我正在減肥：要喝油，只能喝油。」

艾登邀請莎莉，也就是他們未來的醫族隊友，一起來跟他們共度星期日。

「她是誰？」傑瑞米詫異問道：「他的保鑣嗎？」她的反應很友善，也非常愉悅，雖然這句話聽起來十分直接，甚至有點魯莽。她回答了好奇心比其他所有人加起來還強的傑瑞米，然後決定終結這些疑問，走到自行車旁站定。

「好了，問夠了。我們走吧？」她提議，並像哥兒們似地往傑瑞米背上拍了一下，男孩立即被推過藥丸家半個花園。

他們一起出發，穿越巴比倫莊園。這是莎莉初次造訪，因為她住在附近另一個平民社區，金冠區。她的車上還載著瓦倫緹娜，卻騎得比其他人都快。

大家在公園度過午後時光。勞倫斯從奧斯卡的衣櫃挖出一套益智問答遊戲，別人還沒玩到一半，他就已經大獲全勝。薇歐蕾花了半個小時跟巴特解釋為什麼「棉花糖」不能吃，因為棉花就算是粉紅色，而且是甜的，也不消化。瓦倫緹娜撲向一只餅乾盒，把傑瑞米帶來的餅乾丟在一旁，貪婪地舔著白鐵製的盒子。傑瑞米用團體名義跟冰淇淋小販議價，而且孩子們買的每一球冰他都抽成。莎莉向巴特挑戰比腕力——強壯小伙子的二頭肌到現在還在痛。

他們一直玩到最後一刻才肯回家，而且心不甘情不願。莎莉不能再逗留太久，因為她爸爸還等著她回去幫忙……把大塊肢解的牛肉掛進肉鋪裡！她大力捏握夥伴們的手，用馬拉松選手的速度一溜煙跑走。

賽莉亞把這一群餓鬼趕上桌，大伙圍著一大罐榛果巧克力醬而坐。

「快，快，動作快！所有人都回家去！巴比倫莊園的孩子回父母身邊，至於其他人，我警告你們：五分鐘內準備好出發，要不然，布拉佛先生那位樂觀活潑的管家可要掐你們的耳朵了……」

五分鐘後，藥丸一家，瓦倫緹娜和勞倫斯一伙人跳上賽莉亞的小Twingo冬妮特。奧斯卡和薇歐蕾堅持送他們到庫密德斯會。

來到溫斯頓．布拉佛漂亮的宅院前方，所有人都下車。奧斯卡看了手錶一眼：十八點五十分。

「晚餐時間還是七點鐘嗎？」

「是啊！」勞倫斯回答：「當然，只有瓦倫緹娜除外。她曾宣告要遲到十分鐘，純粹為了跟彭思作對。不過，星期天晚上，我們都跟布拉佛先生共進晚餐，有時候魏特斯夫人也會來，所以……」

「所以你們大約還有十分鐘可以做好準備。」賽莉亞總結，同時擁抱他們。「如果受夠了華美又空蕩的大房子，你們知道可以到哪裡避難……」

「奧斯卡，這個星期你會來看我們嗎？」勞倫斯問。「我應該會在藏書室。如果沒人替你開門，只要朝窗子丟顆小石頭就可以。」

「好的，我放學後過來。總之，阿力斯特也承諾過，我們不久就可以出發。」

「天啊！」瓦倫緹娜突然嚷了起來：「我都忘了今天是星期日！我只剩十分鐘可以打扮得漂漂亮亮地去見布拉佛先生！連喝鐵鏽汁的時間都沒了，我的頭髮色澤黯淡……薇歐蕾，我該在頭髮上別些什麼才好？粉紅色的髮夾還是綠色的？」

「各一個。」薇歐蕾回答，自信十足。「各別一個，超好看的。布拉佛先生帥嗎？」

瓦倫緹娜做了個暈厥過去的樣子，

「妳無法想像，我簡直為他癡狂，而且，我猜他也有點愛上我。」

勞倫斯不耐煩地瞄了賽莉亞手錶上的時間，遲到一秒鐘他都無法接受。

「很抱歉打斷兩位的大戲，但是現在，我們約定的晚餐時間就在短短的八分鐘之後。所以，如果妳繼續猜測布拉佛先生對妳是否也懷有熱情，妳所得到的回應將會是：被他趕回跨世界水域分布大網絡！」

瓦倫緹娜擁抱薇歐蕾之後，急忙奔向雕花鐵門。

「這些黑帕托利亞人，一點點浪漫都不懂！」小女孩氣呼呼地大喊。

接下來這一整個星期，奧斯卡始終難以收心，而學校的課業，他在假期中早已忘了大半。賽莉亞花了不少時間訓他，而本來那些時間她多半用來解決關於「嗯嗯先生」的麻煩。至於薇歐蕾，她始終忠於做自己，連續兩次都忘了要去上課。第一次，她用全世界最真誠的態度堅稱，有一隻紅色的蝴蝶，在她每次想跨過校門口時，總張開翅膀阻止她過去；而她認為那是這種優雅昆蟲的一種言語，非常具有說服力。第二次，她在一條路釘斑馬線前面停下來凝視，尋找所謂的釘子，一心想收藏起來給瓦倫緹娜食用。很顯然地，她一無所獲。賽莉亞什麼也沒說，只能嘆口氣，輕輕撫摸女兒的臉。

「還好嗎？媽媽？」

「很好，親愛的，一切都好。只要妳過得好，」她疲憊地微笑：「我也就很好。」

到了星期五，奧斯卡鬆了一口氣，離開學校。導師企鵝先生很清楚要重新上緊發條有多麼困難，於是向體育老師提議去公園上課，下課後順便野餐。這也就表示，全班的激情狂熱在巴比倫莊園的每個角落都聽得見。

這一次，奧斯卡總算準時出發。所有人都上路，戴著棒球帽，擦了防曬油，背包裡裝著午餐；沒人記得早上是怎麼過完的。

十一點左右，體育老師鐵人先生提議做一項驚喜活動：幾分鐘之後，全班同學都穿上救生衣，包得跟香腸一樣，而湖邊有十五艘小船等著他們。

一伙人衝往船隻的模樣堪用蠻族入侵來形容。孩子們的吼叫喧嚷蓋過公園裡所有聲響。鳥群驚飛四散，彷彿有顆炸彈爆發。其他孩子被他們嚇到，紛紛逃開；老太太們則緊張得一陣胃痛，連忙撲向藥盒。連附近動物園裡的飛鳥走獸也慌張失措。

蒂拉推開她的兩個好友芭比蕊絲和影子艾蓮諾，坐上距離奧斯卡最近的那艘船。

「你願意為我划槳嗎？奧斯卡？」

醫族少年多遲疑了一秒鐘。摩斯過來擋在兩人中間。

「叫他來划，妳連這個湖的一半都過不了！」他尖酸嘲笑：「上來吧！我來替妳划，讓妳看看肌肉結實是什麼樣子。」

他挽起T恤的袖子（其實已經是短袖了），以大車輪的方式轉動臂膀暖身。蒂拉撥弄長髮，作勢綁起來，然後坐上船，嘲弄地望了奧斯卡一眼。摩斯跳上船，船身猛烈晃動，蒂拉花容失色，彎蹲下來，以免跌落水中。

「輕一點啦！我們會翻船的。」她責備她的划槳手。

「別擔心，」摩斯說：「一切在我操控之中。」

奧斯卡和史黛拉．費雪搭乘另一艘小船。這個女孩跟他去年一共講不到兩次話，整天都在本子上塗鴉，躲在角落偷吃甜食，以免被看到後要分給同學。艾登和古里諾先生的孫子羅曼諾一艘船，而傑瑞米則任命哥哥為家族中的「招牌划槳手」，所以，當然，哥哥必須幫弟弟划船。這對艾蓮諾來說可是莫大的遺憾：她浪費了至少五分鐘去模仿蒂拉隨興綁起的髮型，眼睜睜地錯過了巴特。

奧斯卡寧願離摩斯和蒂拉遠一點。首先，因為摩斯絕少釋出真誠的善意，而在水上，還是保護好自己比較謹慎——更何況，萬一遭到惡意攻擊，他總不可能寄望史黛拉幫忙：那女孩一路只喃喃自語，抱怨救生衣太緊，湖水好髒，陽光強得她受不了。再說，儘管他不願意承認，也因為看見摩斯和蒂拉一起處在一艘小船上，他覺得不舒服，心情會變得很糟。他懊惱自己怎麼沒在蒂拉提議的時候立刻回應，並直接上船；他為什麼需要確定沒人看他，才敢答應？還有，為什麼他對這個女孩幾乎和對她的划槳手一樣，戒心重重？

他陷入沉思，同隊女孩的嘟噥牢騷取代了馬達的轟隆作響。突然間，船的後方受到撞擊，把他驚醒。他猛然轉身：原來他們已經離其他人很遠，而且有一艘小船躲在湖心岩石小山後，朝他撞了上來。摩斯矗立在船中央，雙腿叉開，手裡穩穩地握著一根槳。蒂拉微笑著；一如往常，永遠不可能知道她在笑什麼：摩斯的攻擊？等著看奧斯卡做出什麼反應？醫族少年決定稍後再去弄懂謎樣的蒂拉。史黛拉剛從自怨自艾的碎碎唸中探出頭，把矛頭指向他：

「出了什麼事？喂，奧斯卡，到底出了什麼事？」她反覆問了至少四次，絲毫沒聯想到剛才受到的撞擊和摩斯的船有關。

「沒事，妳繼續吃吧！」奧斯卡回答，使出最大的力氣把船划遠。

但摩斯立刻就拉近距離。蒂拉似乎很入戲，用她獨特的方式激勵摩斯。

「怎麼，摩斯，剛剛聽你說的，我還以為我們會用開飛機的速度越過整座湖。噗，真沒用。你看：就連奧斯卡都比我們快。」

於是摩斯加倍努力，一下子就完全追上。另一方面，史黛拉抱怨起別的事：

「你划太快了！我都快吐了！慢一點！」

「妳想吐不是因為船太快，而是妳從一開始就吃個不停吃下的那一公斤糖果！」奧斯卡大吼，一面回頭去看追兵逼近了多少。「坐到後面去，丟糖果炸他們！這樣妳就不會那麼想吐，順便可以運動一下！」

史黛拉緊緊抱住背包，像隻保護小貓咪的母貓。

「決不！」

第二次撞擊讓她乖乖閉嘴。他們轉身，看見摩斯像風車似地雙臂掄槳。奧斯卡剛好來得及低下頭，躲過船槳濺起的大把水花，史黛拉則被從頭到腳淋個濕透。她發出殺豬般的尖叫。奧斯卡望向遠方：十五分鐘以來，這個女孩總算幫了個忙，附近卻沒有人聽得見。不過，史黛拉不顧一切叫得很開心，以至於奧斯卡懷疑她的尖叫聲對他的耳膜所造成的威脅，簡直比摩斯想敲他腦袋還危險。而就在此時，奧斯卡和史黛拉的船在堤岸和一根樹幹之間卡住了。醫族少年想脫離困境，卻只能絕望掙扎。他抬眼觀看，立刻發現自己處於劣勢：摩斯已經拿回船槳，準備第二次襲擊，不懷好意地放聲大笑。

「怎麼，藥丸，躲不掉了吧？像隻落水狗，嗯？這個形容跟你挺速配的：就像隻落水狗！」

他站在船頭，忽左忽右地揮舞船槳，小船因而劇烈晃動，蒂拉緊緊抓著船板，絲毫不敢放心。

奧斯卡則避到船的另一頭，盡可能遠離摩斯。史黛拉驚惶不已，拼命把他往前推。

「快把他的槳搶過來！把船槳搶過來！」

他真想把她推到湖裡，叫她閉嘴；但是他得對付摩斯。那傢伙劈下船槳，發出碎裂聲。史黛拉再次尖叫，哭了起來。至於摩斯，為了要打中對手，則逼上前來，一腳一步地往前踏，愈踏愈重。

蒂拉驚慌失措，臉上早已失去笑容。

「住手，羅南，好了，夠了，我想回去了，我受夠了。」

摩斯已聽不進任何人說話，狂怒與追殺獵物的慾望已使他盲目。就在奧斯卡擠出最後的力氣，拼命把船划出淺灘的同時，摩斯再次用盡全力出擊。船槳深深插入水中，為了保持平衡，摩斯本能地鬆開長柄，猛然往後退。小船的船頭高高翹起，船尾則往下沉，蒂拉翻落船下。她掉進滿是泥沙的水中，高聲呼救，死命掙扎。奧斯卡衝去救援，史黛拉伴隨蒂拉的呼喊也重新尖叫起來，並且重重摔在男孩身上。奧斯卡的船槳彈跳起來，擊中蒂拉的腦袋。栗色髮絲消失在水面：她沉下去了。

奧斯卡毫不猶豫地跳入水中，而摩斯則像發了瘋似的，用船槳威脅史黛拉，並大聲呼救，卻沒人聽見。

奧斯卡脫下救生衣，深深吸了一大口氣，潛入水中。這陣混亂翻動了湖底的淤泥，他費了一番功夫才辨識出蒂拉緩緩下沉的軀體。他游到蒂拉身邊，從胳臂下方托住她，試圖把她往上拉。有東西扯住他們。他放開她，浮上水面，換了口氣，再度下潛，前到更深的地方。

他抓住女孩失去知覺的身軀，潛到她腳踝的位置：蒂拉的腳被細絲般的海藻纏住了。奧斯卡盡可能地扯掉海藻，但汙泥和衣物形成很大的阻力。要是巴特也跟他一起潛下來就好了：他的力氣可以拔起一整棵樹！他的氣不足了，感到自己撐不了太久。他往上游到蒂拉的臉附近：她的雙眼緊閉，但有些小氣泡——會是最後的一點嗎？宛如一根細小的水柱冒出，一直升到水面。

於是，他不再猶豫：既然在這裡他拿不出辦法，總有一個地方能讓他在蒂拉完全溺斃之前做點什麼，等人來把她拉出湖底。

他伸手在T恤下探尋，摸到金屬鍊子。他用右手緊緊握住鍊墜，專心注視蒂拉的鼻孔，然後往前衝。

M字鍊墜仍緊握在手中，閃閃發亮。他站起身，環顧四周。

現在，他對眼前這片一望無際的平原不再陌生。同樣荒蕪的土地，積著厚厚的灰塵，沒有起伏，延伸到地平線上。距離他幾公尺的地方，一片陰暗的樹林。他剛進入了蒂拉體內的二號小宇宙。真要幫她什麼忙，就得在這裡進行——氣息國，簡單的說，就是她的肺。唯有寂靜，深沉的，令人不安的寂靜，顯得不尋常。奧斯卡立即發現第一次入侵與這一次最大的不同：陣風不見了，應該說，一點氣息也沒有。他覺得連自己都開始呼吸困難：蒂拉肺部殘存的空氣極少，他必須以最快的速度行動，能撐多久就撐多久。

他抬頭望天空：陽光的強度似乎減低許多，白天彷彿變成了夜晚，但太陽仍高掛空中。一陣低沉的隆隆聲響吸引他轉頭。不是馬群馳騁，甚至也不是遠方傳來的踱步，而是一種滾動，瘋狂飛快地接近，不一會兒，就變得震耳欲聾。奧斯卡驚愕不已，睜大眼睛張大了嘴，面對眼前上演的恐怖景觀，動彈不得。

遠方地平線上，出現了一道清楚的帶狀長條，呈墨綠色，浮著泡沫。很快地，長條變成高牆，而且不斷地增高再增高，彷彿打算直抵蒼穹，遮蔽天頂。

奧斯卡駭然後退。而當這頭怪物毫不留情地逼近，他懂了。

那不是一道牆，而是一股龐然巨大的高浪，他只在電視上看過：幾年前，那樣一股巨浪，在體外世界，亞洲的某個地方，曾造成幾十萬人死亡。

他記起那個名稱了：海嘯。

蒂拉處於溺水狀態，湖水淹進她的肺腔。一股海嘯正準備席捲她的氣息國，沿路掃除一切，趕出她最後一點空氣粒子。

「保持冷靜，奧斯卡。」有一天，魏特斯夫人曾對他這麼說。「只要保持冷靜，再怎麼糟的狀況，再怎麼絕望的情勢，你都可能解決。」

他閉上眼睛，試圖忘記致人於死地的巨浪正朝他直撲而來。蒂拉必須活下去，他也一樣。每個人在生活中各有必須完成的任務。他曉得自己背負著什麼樣的使命，認為蒂拉一定也有某種使命，即使那項任務與其他事情互相牴觸。他回想自己曾經遭遇過的困難。沒有一件類似現在侵襲平原的狂潮，他腦子裡也想不出任何辦法。不由自主地，他感到愈來愈驚慌。他絕望，慚愧，又急又氣，對著已經高不見頂的水牆揮動鍊墜，然後蹲下。此時，一個記憶中的影像躍然浮現：魏特斯夫人和他的鍊墜。那時，他們位在山腳下，被迫迎對從山頂奔流而下的膽汁洩洪。字母曾射出一道光，像雷射刀一樣地挖鑿山壁，最後鬆動了一塊大岩石，堵住洞口。奧斯卡曾嘗試了好幾次，想再現那招特技，卻都沒成功。「你必須喚醒它，而且要相信它。」老夫人重複解釋了好幾次。今天，他別無選擇：一定要發揮功力。

他站起身，鼓起勇氣，面對幽暗的水牆。該怎麼阻止它呢？這裡既沒有山，也沒有岩石……只有那片遼闊，荒蕪，即將遭到肆虐的平原。他緊緊握住M字鍊墜，注視地面，盡全力集中注意力。M字發出微弱的亮光，隨後又熄滅，彷彿被人吹了一口氣似的。奧斯卡感到呼吸困難；空氣愈來愈稀薄，地面震動，光線變暗。蒂拉正在死去，他對自己說，不做點什麼的話，一切就完了！我要救她！我要用鍊墜幫她活過來！我相信自己做得到！

不知不覺中，他喊出了最後兩句話。M字發出前所未見的光亮。奧斯卡差一點就鬆開，立刻又用兩手把它握得牢牢的。他覺得腹中燃起一股火苗，一股驚人的能量，灌注到了鍊墜上。字母射出一道無比炫目的綠光，擊中地面，挖出一個洞。

奧斯卡努力站穩，移動M字。綠光深入地下，掀起土塊，搬移，往四面八方飛濺。不到一會兒，地上已挖出一口井。奧斯卡恢復了自信，而水牆亦持續逼近，他周圍落起了細雨。他沿著一條線移動。起初緩緩地走，後來乾脆跑了起來。隨著醫族少年的信念愈發堅定，綠光也變得愈來愈強。大地體無完膚，一座斷崖逐漸成形。

奧斯卡抬頭向上望。巨浪的頂峰剛開始彎下，水牆變成一張大嘴，準備對他一口咬下。周圍的一切都被淹沒在洶湧起伏的波峰之下。他拔腿狂奔，幾乎喘不過氣，繼續擴大海嘯和他之間的深溝。

他絆了一跤，跌倒在地。鍊墜從掌心掉出。轉過頭，只見水牆嘩啦劈下，被剛挖出的深溝吞噬。水流墜落幾百公尺才觸底，發出害人的巨響。奧斯卡站起身，開始往反方向跑。他估測他解救了蒂拉和自己，但這只是短暫的緩衝。深溝很快就會被灌滿，波浪將從中溢出，淹沒整片平原。

他已經累得喘不過氣，而兩百公尺外，第一束浪花從斷崖噴出。這一次，宛如漲潮：一大灘汪洋捲舔崖岸，延伸到地面上，流入乾裂的大地。奧斯卡絕望地握緊鍊墜，不敢放慢腳步。水流已經漫到他的腳踝，上升的速度令人心慌。

這一回，他實在沒辦法了，不知道，也想不到該怎麼做。

完了，一切都完蛋了。

史黛拉不斷狂吼哭叫，終於引起另一艘遠離他人的小船關切。船上坐著企鵝老師和鐵人先生。兩位教師警覺地清點人數，點了又點，一艘船也不漏掉，很快就發現這兩艘船不見了。而且，那麼湊巧地，就剛好是這兩艘……誰都知道這兩船的划槳手對彼此不順眼。摩斯和藥丸兩人獨處水上，不必多說，大家甚至立刻就能猜到會發生多麼嚴重的問題……

尖叫聲似乎就在附近，卻不知到底在哪裡。

企鵝老師呼喊傑瑞米和巴特；有做哥哥的大力操槳，兄弟倆的船簡直像快艇一樣。

「歐馬利兄弟，你們有看見藥丸嗎？」

傑瑞米直起身，五官立即警醒，在湖面上四處探尋。

「他們應該划到另一邊去了。」男孩猜測。「巴特，往岩石山划，或許他們在山後面。帶著史黛拉．費雪那個胖妹，什麼都有可能，說不定還會發生船難……」

巴特發動渦輪引擎模式，鐵人先生在蘇格蘭兄弟後面追得很辛苦。他們繞過石山，發現摩斯正拿著船槳亂揮，史黛拉躲在船內，張大了嘴，化身警笛放聲尖叫。等他們靠得夠近，即使女孩叫個不停也能聽清摩斯說什麼之後，鐵人先生一刻也不遲疑，立即潛入水中，消失不見。他大動作地游著蛙式，來到失去知覺的蒂拉身旁。他想把女孩往上來，結果跟奧斯卡幾分鐘前一樣，發現她的腳踝被海藻絲纏住。他重新浮出水面。

「企鵝！我的背包裡，小刀，快！」

導師急忙抓起包包，翻找一陣，把小刀丟給同事。鐵人先生用鴨子喝水的姿勢一頭栽下水去。他伸手在蒂拉腳邊探摸，盲目劃了幾刀。女孩的身軀終於脫困，體育老師拖著她浮上水面。

水已淹到奧斯卡的膝蓋，他愈來愈跑不動了，終於被一段樹根絆倒。他往前趴跌，吞了幾口泥水，艱難地站起身，絕望透頂。他有預感，蒂拉已回天乏術；但或許離開她的身體，還能救自己一命？他覺得自己實在不配當一名醫族，因為無力救她。他永遠再也不敢面對布拉佛先生，魏特斯夫人，甚至他的朋友們。但是，他很清楚，死在蒂拉體內也於事無補。因為，凡是死在體內世界的醫族，其特異能力也將隨之消逝，無法傳給其他醫族。至少，為了這個原因，他必須出去，出去迎對失敗的恥辱。他環顧四周，尋找稍早曾看見的樹林：或許在這具軀體內，那些樹木也排成醫族蛇盃的形狀，能讓他離開正在死去的蒂拉。此時，平原陷入幽暗，他這才醒悟：樹叢恐怕已經被海嘯捲走……就在這個時候，水位開始下降。

他的腰部脫離水面，接著是膝蓋，最後只剩一大片淺灘，勉強碰到腳踝。於是，他以為第二波海嘯即將來襲，而這將是致命一擊。然而，洪水緩緩地，但清楚明確地逐漸消退。

他感到幾陣晃動：有人正在搬移蒂拉的軀體！終於有人把她從湖底救出來了！

他的目光在平原上游移搜尋，滿懷希望，終於看見消退的洪水的潮濕的地面上所畫出的圖案：泥土痕跡的線條相連，形成期盼中的蛇盃。

奧斯卡握緊鍊墜，注視醫族蛇盃，脫離蒂拉體內的氣息國。

兩名教師把少女拖出水面，拉到船上。企鵝先生俯身探視，舉高她的雙臂，然後放下，再往兩側旋轉。經過令人坐立難安地的幾秒鐘之後，蒂拉開始咳嗽，然後吐出所有強灌進她肺腔的水。傑瑞米跌坐回船板座位上，鬆了口氣；企鵝先生幫忙扶蒂拉坐起身。

巴特不多浪費時間，從他的船跳到這一艘船上，用盡全力朝岸邊划。岸上，救難隊員聽到教師的喊叫，已做好準備等候，接手照料溺水的女學生。

第二艘船在鐵人老師帶領之下緩緩回航，載著摩斯和史黛拉。兩人都蜷縮在一角。

距離救難隊幾公尺之處，孩子們急忙跑上前，從湖中拉出另一個落水者：那是奧斯卡。他還活著，但經歷了那一場劫難後，又自行游到岩石上，他已經精疲力盡。奧斯卡翻身平躺，閉上眼睛，喘不過氣。鐵人老師一靠岸，摩斯就站起身，跳上陸地，跑到他旁邊。

「是藥丸！」他劈頭就說：「一切都是他害的！他用船槳攻擊我們，船一晃，蒂拉就掉下去了。」

他回頭狠瞪剛下船的史黛拉，一個眼神就讓她閉嘴。

歐馬利兄弟和艾登圍著奧斯卡。

「真相到底是怎樣？」傑瑞米問。摩斯說的話，他一個字也不相信。「你這副德性，是從哪裡出來的？你以為自己在游泳池裡嗎？我們是來划船，不是來游泳的！」

「讓他說話，傑瑞米。」艾登介入提醒。對於事情的始末，他已看出一點端倪。

奧斯卡花了點時間調節呼吸，然後試著把來龍去脈告訴朋友們。

「我就知道！」傑瑞米氣得大喊。「令人唾棄的摩斯！你應該去告訴企鵝先生……」

「我求之不得。」老師回應。不知何時，他已來到這群孩子旁邊。

奧斯卡虛弱得站不起來，一時之間，一句話也說不出來。導師威嚴地瞪視他。

「你們扶他站起來。」他命令其他學生：「叫他去保健室。要是剛才他們告訴我的是真的，藥丸，你可就真的太過分了。」

丟下這句話後，企鵝先生立即轉身離開。傑瑞米站起身，火冒三丈。

「但是……你不能任他擺布啊！絕不能讓摩斯那個混賬假裝受害者！為什麼你一句話也不

說？」

奧斯卡沒回答。他該怎麼證明自己剛才消失在水中，是為了進行體內入侵，進入蒂拉體內？醫族本該以最隱密的方式行動；再說，反正，就算他不小心說出來，又有誰會相信呢？

在巴特的攙扶之下，奧斯卡終於還是站了起來。安全站附近，蒂拉舉步維艱地走著，老師們在兩側護衛。摩斯背靠在牆上，他的走狗們挑釁地盯著奧斯卡，露出得意的微笑。

等到能接受詢問時，蒂拉說不定會還原真相。在那之前，奧斯卡被當成差一點害死她的兇手。而在蒂拉眼中，他則是那個沒能成功把她救上岸的人……

他撥亂淌著水珠的濕髮，長長地嘆了一口氣。新的學期一開始就精彩極了。

瘋狂的希望

接下來過了一個星期；奧斯卡起初有點受傷，後來就把這些事淡忘了。即使在他腦中（而非在他心中，他自己這麼認為……），蒂拉始終占有一席特殊的地位，他也不是為了成為她的英雄，才進入她的第二體內世界。當然，他很高興終究救了她，但更令他欣喜的是，他運用醫族的能力，為一個人的身體健康做出貢獻。這是他們族群最主要的任務，他很驕傲自己達成了。自從他決定踏上漫長的醫族培訓之路以來，第一次，終於有了承接父親衣缽的感覺，不負自己暗中許下的諾言。

他之所以能把湖上那起意外拋到腦後，也是因為，從這星期開始，他每天都快快樂樂地騎車去藍園，和庫密德斯會的朋友們會面。有時候只逗留幾分鐘，但這單純的時光足以讓他重溫去年與他們共享的所有豐功偉業。瓦倫緹娜和勞倫斯也是，每天傍晚都焦急地等待好友來訪。偶爾，艾登或傑瑞米也會陪他一起來，最後大家都跑到庫密德斯會的花園，同心協力，以躲過雪莉做的點心為樂。傑瑞米熱愛新奇冒險，而奧斯卡興奮地開玩笑，沒有事先警告好友，任由他對和藹可親的廚娘表現得彬彬有禮。當他嚥下用洋蔥和燻鮭魚調味的熱可可時，兩名醫族少年笑彎了腰。傑瑞米發誓，他以後也絕不要在點心時間被雪莉碰到。

星期四那天，奧斯卡成功地迅速從學校消失——特別小心避免跟摩斯發生正面衝突，每天都一樣。星期一，蒂拉把事情的真相原原本本的說出來之後，摩斯遭到了懲戒性的處分：逐出校園兩天，回校後還必須做勞動服務。對其他人來說，這是懲罰；對摩斯來說，他卻樂得放兩天假，在放學時跟蹤奧斯卡，找他的麻煩。

「等我們一起去第二世界探險的時候，看你是不是也這麼有辦法，藥丸。」看到其他學生走近，他湊在奧斯卡耳邊說。「那時，你可沒有企鵝那種靠山，也找不到媽媽的裙子鑽。」

奧斯卡聳聳肩。

「對啦！體內旅行見——如果你進得去的話。」

緊張對峙每天升高，他感覺得到，不用幾句話，吵架就會變成打架。但是，打架這件事，無論如何都要避免。奧斯卡還有比被留校察看更重要的事要做。庫密德斯會的大門重新為他開啟之後，至今已經過了兩個星期，阿力斯特隨時可能決定出發的日期。他才不要在放學後被困在某間教室裡，被老師惡龍般的眼睛監視，忍受摩斯在他後面隔兩排的長椅上挑釁找碴……

他跨上腳踏車，準備前往庫密德斯會，卻聽見有人喊他。

「日安，奧斯卡。」

一個身材高瘦，一頭蓬亂密髮，穿著有點邋遢的年輕人就站在附近，背靠著一棵樹。

「阿力斯特！」奧斯卡高喊，既開心又驚喜。「不過……您來到巴比倫莊園這裡做什麼？您並不住在這一區啊！」

「對，但我是專程來找你的。我有話跟你說。」

阿力斯特．麥庫雷的氣色很差：臉色蒼白，黑眼圈使他目光黯淡，看上去瘦了一圈。不過，最讓奧斯卡訝異的，是他說話的語氣，像機器人一般，平板單調。然而，這位長老平時總充滿熱情，說話的方式也一樣洋溢活力。總之，他顯得精疲力盡：想必車禍意外之後，恢復的狀況不太好。

「自從被那傢伙撞倒之後，您身體好些了嗎？」

「是，稍微好點了。不過……我應該要多睡一點，只是這樣。」阿力斯特說，一面把襯衫下襬塞進皺巴巴的長褲裡。「你呢？準備好要出發，去兩國世界探險了嗎？」

「全都準備好了！」奧斯卡大喊，眼中閃著光芒：「只要您說一聲，我馬上就能出發！」

年輕長老卻僅搖了搖頭。奧斯卡激昂的情緒瞬間降低了些。在長老會初次見到阿力斯特時，他立即喜歡上他熱烈的演說與衝勁。只能說，他今天不在最佳狀態上。他看起來黯淡無光，無論原意或引申說法都適用。

「不。」長老最後這麼說。「幾天後，我一次會見你們所有人，然後一起決定最適當的時間。但是，看見你充滿鬥志真好：總算是件令人高興的事。」他有氣無力地補上一句。

奧斯卡不知道該怎麼回應。在現在這個時刻，實在看不出這位年輕長老有任何高興的樣子，反而顯得生疏客套。

阿力斯特打破靜默，語氣聽起來稍微比剛才活潑。

「你願意的話，我們可以一起走一段。你要回家嗎？」

「我正要去庫密德斯會。」

阿力斯特露出為難的表情。醫族少年猜得到他尷尬的原因：他這副模樣，一定不想被大長老看見。或許，儘管傑利再三建議，他並沒有往上報告車禍的事。

「總之，」長老又說，「我想告訴你，我很高興我們即將變成隊友。」

他猶豫了一下，繼續說：

「如果你跟你父親一樣傑出，一切應該會很順利。」

奧斯卡找回了笑容。

「但願如此……」他說。「您認識他嗎？」

阿力斯特挺直身子，彷彿尋回了某種能量，眼睛稍微發亮。

「不認識，可惜。我很遺憾，但是我常聽說他的事蹟。首先，因為他是醫族議會成立以來最年輕的長老，不過特別是因為他的豐功偉業。你都知道，不是嗎？」

奧斯卡點點頭。

「我猜想，你的情形，可能比我還糟。他是你父親，但你從沒見過他。」年輕長老又說。

奧斯卡沒回應。他不喜歡人家提起父親已不在人世的事，更不喜歡被說從來沒見過自己的爸爸。他覺得父子之間彷彿因此變得有點疏遠；而他可是想盡各種辦法，努力拉近自己和爸爸的距離，就算只聽媽媽述說一段往事，或看一張照片也好。在這件事情上，他的態度和姊姊大不相同：父親去世時，薇歐蕾才一歲。而等她長大到能談論此事，明白人家告訴她的話，她就從未在任何人面前提起維塔力之死。

「我也一樣。」阿力斯特說，「我也已經失去了父親，因而非常悲傷。所以，我想，我了解你的心情。」

奧斯卡轉頭看年輕長老。他為什麼要跟他說這些傷心事呢？他自己寧願為即將去一個新的小宇宙探險興奮，或者多知道一點可能發生的狀況。

他們在一個紅綠燈前停下，很奇怪地，過馬路的時候，年輕長老幾乎沒去注意車流狀況。怪不得他會被車撞，奧斯卡心想，同時訝異他沒從前陣子的車禍中得到教訓。

「有時候，」阿力斯特自顧自地往前走，完全不在意周圍的狀況，又開口說：「有時候，我好希望有人能找回綠寶石板，並用那著名的萬靈藥起死回生……」

奧斯卡停下腳步，對剛剛聽到的東西深感好奇。

「綠寶石板？那是什麼？」

阿力斯特搖搖頭。

「抱歉，我在自言自語，我不該恍神的……遇到某些日子，最好別把我說的話當真。」

「才不！正好相反，我希望您能再跟我說說綠寶石板的事！」

他的心跳得好快。一年多來，他學到了好多事；特別是在進入了非比尋常的醫族世界，探索自己的特異能力之後，他更發現：看不見的事物，亦有可能存在。就連薇歐蕾那些天馬行空的想法，似乎也或許可行……所以，阿力斯特的話重要非凡。他堅持打破砂鍋問到底。

「拜託，可不可以再把您剛剛說的再說一次？」

年輕長老發起脾氣：

「我已經告訴你了：我的話不一定可靠！忘了這一切，別再說了。」

奧斯卡閉上嘴，繼續陪長老往前走，驚訝阿力斯特的表情竟那麼嚴肅頑強。這一點，他也剛學到沒多久：看起來友善可親，笑容滿面的人，也可能瞬間變臉，態度一百八十度大轉彎。他早就注意到，在小孩身上，這個現象經常發生；但在大人身上，他倒是最近才發現。

距離庫密德斯會還有幾條街，阿力斯特卻在一棟樓前停下。他暗暗往那棟建築瞄了幾眼，露出一絲擔憂。

「我們得在這裡分開了。」他的語氣又變得沒那麼冷淡。

他正要離開，卻被奧斯卡拉住。

「阿力斯特！」

年輕長老回頭。

「我們什麼時候能出發……」

奧斯卡降低聲量：

「……去三號小宇宙？」

「別急。」阿力斯特回答：「不久後就出發，很快。」

說完後，他就消失在傍晚時分淹沒紅磚道的人群之中。

奧斯卡原地佇立了很久，陷入深思。「忘了這一切。」長老這樣對他說。但怎麼可能忘記？他對醫族和醫族的能力極度信任——而且是有憑有據的！－而如果一位最高議會的成員，醫族中的佼佼者，跟他提到有一張神秘的石板能讓人起死回生，他怎麼可能忘得掉？！

他心中燃起一股瘋狂的希望，不，他完全不想忘記這希望來自何方……

奧斯卡最後沒去庫密德斯會，反而決定獨處，思考，直接回巴比倫莊園。尋求安靜和舒適時，他知道，丁先生的洗衣店永遠是最隱密無憂的避風港。丁先生是全世界最不多嘴的人，而且他的棉被洗衣籃聞起來又香又乾淨，比任何沙發都柔軟舒適。

他想得入神，回到家裡，媽媽卻還沒回來。她那個討人厭的老板一定又在她要下班那一秒給了她新的工作。葛德霍夫那傢伙身材削瘦，油光閃閃，動輒不爽，以報復員工為樂。他最喜歡的消遣就是騷擾可憐的賽莉亞，而她總是默默承受那些壞心眼。有時候，情況比較棘手，而若她貿然反抗，將遭受比初次攻擊更惡劣的回擊。況且，她並不想失去這份工作：為了自主，以及孩子們的自由，這是必須付出的代價。維塔力死後，她曾長期接受母親資助，但老太太嘮叨囉嗦，管東管西，跟工作上的麻煩一樣令她受不了。所以她決定搬出來自己住，寧願忍耐一個難搞又暴躁的老板。

奧斯卡兩格兩格地跨上樓梯，經過薇歐蕾的房間。

十四歲的少女，大部分的時間都活在自己的世界裡。奧斯卡敲敲房門，姊姊沒回應——這沒什麼好奇怪的——他推門進去。

薇歐蕾正專注地凝視一張白紙。房裡有千百種奇奇怪怪的玩意兒，奧斯卡靠在一面牆上不敢亂動。

「薇歐蕾？」

「嗯？」

「我吵到妳了嗎？」

「沒有，我在閱讀。」

「那是一張白紙耶！」奧斯卡試探地說。

「我知道。」女孩把紙摺疊起來收好。「我正在讀我寫在腦中的所有故事。用白紙比較方便。」

「妳為什麼不把故事真的寫下來？」

「太長了。」薇歐蕾回答。「而且故事一直在變。」

奧斯卡不再多費唇舌，直接提出縈繞心頭已久的問題。

「妳還記得爸爸嗎？」

女孩顯得為難猶豫，隨便從桌上拿了一本書翻開。

奧斯卡站起身，走到她身邊，盤腿坐下。他取走她手中的書，試圖捕捉她的目光。儘管賽莉亞用盡各種方法，奧斯卡後來也百般嘗試，薇歐蕾仍從來不跟任何人談論父親。從不。多年來第一次，奧斯卡不肯讓步，不願見她躲進自己的世界。

「至少，」他非常輕柔地說：「至少妳看過他……」

薇歐蕾抬起頭，唱起歌來：

有個地方，在彩虹彼端，

天空蔚藍，

而你敢做的夢都將成真。❶

奧斯卡嘆了口氣，打算起身離開。

「就是他。」她說：「他就是爸爸。」

「誰？」

「奧茲國的魔法師！你曉得的，在電影裡，桃樂絲唱著這首歌，尋找一個美妙的世界：她知道那個世界存在，卻沒有人相信她。她在那裡遇見能讓所有人美夢成真的魔法師。稻草人希望腦子裡不是稻草改裝別的，好讓自己變聰明；機器人想要一顆真正的心，獅子則想要勇氣……到最後，魔法師告訴他們：這些東西已經在他們身上，只是要懂得好好觀察自己。因為，我們所尋找的一切本來就存在，在這裡面。」她摸摸頭，又摸摸心臟的位置。

然後，她望向窗外，彷彿接下來的一切都刻記在天空中。

「爸爸啊，我已經不記得他的臉了。」她小聲地說。「不過，我覺得他很像魔法師奧茲大王。某些夜晚，他來看我，告訴我：如果我有缺少什麼，就該往自己的內心去找。所以，只要有空，我就去內心世界。喏，就是這樣。」

她轉頭看弟弟，臉色凝重——但並不悲傷——，第一次，讓人以為她不僅十四歲。奧斯卡立即跑出房間，幾秒鐘後，帶著他一直藏在枕頭下或隨身攜帶的相簿回來。他拿出一張照片，上面有維塔力、懷孕中的賽莉亞，還有比弟弟早出生不久，躺在搖籃手推車裡的薇歐蕾。奧斯卡把照片遞給姊姊；她卻輕輕推開，不看一眼。

「魔法師奧茲大王，我覺得很好。」女孩又說，「對我來說已經很足夠。」

奧斯卡垂下頭。對於父親死後才出生的他來說，他想要的更多。而現在，他好想好想，好想給姐姐一個比想像人物更好的爸爸。

他站起來，默默離開房間。

在這個世界，或在其他世界，有一個地方，有一面石板可以為他實現願望。

他一定會找到它。

賽莉亞悄聲關起房門，背靠著牆，閉上眼睛。

❶電影《綠野仙蹤》插曲：《彩虹彼端》（《Somewhere over the rainbow》），曲：哈洛・阿倫（Harold Arlen），詞：E.Y. 哈布格（E.Y. Harburg），一九三九年。

她剛回來一會兒，正想來找孩子們，卻不小心聽見了他們的對話。

她用手背拭去忍不住流下的淚水，聽見牆的另一邊，她的女兒——她那已經前往另一個世界的魔法師——唱著：

有個地方，在彩虹彼端；

青鳥飛翔，

鳥兒飛越彩虹，

那麼，喔，為什麼我不可以？

雷歐尼

「奧斯卡，親愛的，時間到了……」

奧斯卡艱難地睜開眼睛。果然，這學期一開學就諸事不順：連星期六早上都不能睡個懶覺。媽媽不放過他：

「人家在外面等你囉……我認為，你應該不會生氣才對。」

他了解媽媽，她最後一定能打敗他的頑固。然而，她也隨時為達目的不擇手段。所以，他該相信她嗎？還是說，那只是個誘餌？最好還是乖乖聽話——這樣待會才能好好睡個回籠覺。

無意識地，他在腦子裡重複播放剛剛聽見的話——「人家在外面等你」——終於轉身朝窗外望。映入眼簾的景象讓他瞬間清醒過來！他轉頭對媽媽露出一個燦爛的笑容，溜進浴室梳洗。

幾分鐘後，他腰間圍著浴巾，濕淋淋地從浴室出來，衝到衣櫥邊。穿著的方式可比姊姊最心不在焉的打扮，從背後望去，五顏六色不可思議地混搭。他拿起披風和腰帶，旋風似地衝下樓。

他一下子把大門打開：傑利雙臂抱胸，站在布拉佛先生的大禮車前方。他來接他去庫密德斯會，這表示今天很可能就是前往二號小宇宙的大日子！

媽媽遞給他一個背包，裡面裝滿零嘴。

「夠吃一個月了，當然。」她不等兒子笑她，先自我解嘲。「我明天晚上去接你，ok？旅途愉快，親愛的。」

她彎腰親他一下，湊在他耳邊說：

「我很驕傲，非常驕傲。他也是，我確定。」

奧斯卡衝下花園，一路奔到柵欄門口。坐上大禮車前，他頭往上望：薇歐蕾在房間窗邊對他揮手。他進入車內，消失了影蹤。

抵達庫密德斯會後，奧斯卡甚至不等彭思替他卸下背包，用最快的速度爬上樓梯，踏上二樓的地毯時，卻小心翼翼地放慢腳步。那討厭的地毯總愛波動一陣，害他跌倒。他飛快地跟賽蕾妮亞的雕像打了個招呼，便轉入右側走廊，一直走到最後一扇門。他認出刻在門板上的名字：阿爾弗瑞德．鮑登，滿懷自信，走入去年他使用的房間。他歡喜地發現，當時留下的幾樣東西都還放在原處，而且床鋪也整理好了。不過，最棒的驚喜是：好友們已在房裡，忠貞不渝地等候他。

想到又能一起共度周末，而且這次是在大長老的豪宅裡；他們興奮了一陣。然後，奧斯卡跟勞倫斯和瓦倫緹娜聊起他和阿力斯特那場奇怪的談話。

「綠寶石板？你確定是這個名字嗎？」勞倫斯問。

「確定。」他堅決地說。「關於這個話題，阿力斯特只短短說了幾句，我不可能搞錯。」

「從來沒聽過。」勞倫斯坦承；他最討厭現在這種狀況。「不過我會去查清楚。」他連忙補上一句。

「我也沒聽過。在這裡沒聽過，在跨世界水域分布大網絡也沒聽過。你那位阿力斯特，他還說了什麼？」瓦倫緹娜問。

「一個有點複雜的字：宇宙萬能檸檬啤酒，類似這樣的說法……不過我不知道他說的是哪個小宇宙。總而言之，跟綠寶石板有關。如果我聽得沒錯，它有起死回生的力量！」

勞倫斯撫摸著肚子。當他這麼做的時候，通常表示不贊同。他這個人喜歡一切解釋得通，符合證據，無從反駁的事物。但奧斯卡說得信誓旦旦，反而讓他覺得怪誕荒唐。

「讓死人復活？聽起來像在開玩笑。」他說，「只有薇歐蕾會相信吧！」

「一年前，我也不信有人可以進入另一副軀體。」奧斯卡回應。「可是……」

就連比奧斯卡更具冒險精神，總是埋頭往前衝的瓦倫緹娜，也寧願謹慎一點。

「或許我們應該先調查清楚再投入，你覺得呢？」

醫族少年盯著她看，深感驚訝。他原本期待得到熱烈的回應，卻被她不信任的態度澆了一頭冷水。他垂下眼睛，沮喪極了。

「我會這麼說，是因為，我想我知道你腦子裡在想什麼。」她對他說。「我不希望你給自己製造幻想假象，然後，萬一那玩意兒沒效，或結果只是一則傳說，你又會難過失望。但是我們會去挖出來的！」她恢復活力衝勁，進一步說：「一言為定！」

有人打斷他們的談話：彭思開了房門。

「大家都在等您。」他對奧斯卡宣布。

男孩把一切都拋到腦後，一躍起身。管家拉住他。

「帶上您的披風和腰帶。」他加以叮嚀。

彭思凹陷的臉頰咧出一絲微笑；這實在太難得，以致所有人都注意到了。瓦倫緹娜拍手鼓掌，管家聳起肩，要她停止。

「噢！彭思，微笑耶！您笑了耶！這值得慶祝一下，不是嗎？」

奧斯卡下樓去大廳，一小群人圍著阿力斯特。在場四個孩子，除了摩斯之外，個個都專注聽講。今天早上，阿力斯特顯得精力充沛，氣色好多了，似乎得到休息恢復。奧斯卡又尋回最初幾次見面所感受到的那股熱情。

「啊！我們最後一位醫族新鮮人來了！日安，奧斯卡。」他朝氣蓬勃地高喊。「準備好了沒？」

奧斯卡點點頭。

「好極了！」年輕長老十分欣慰。「我們已全部到齊。與其跟你們解說一大堆，我想，別浪費時間，直接出發比較好。我們要去赴約。」

「早就該走了。」摩斯嘟噥抱怨，胳臂撐靠在西吉斯蒙的雕像上：「我開始覺得無聊了……」

雕像震動了一下，嚇了他一跳。他連忙跑得遠遠的，心有餘悸。這一幕只有奧斯卡看見，不禁笑了出來。摩斯走到他面前，表情猙獰。

「你有什麼問題嗎？藥丸？」

「我嗎？我沒問題。不過，應該說，你跟西吉斯蒙倒是好像出了點問題。」

阿力斯特擋在兩個男孩中間，把他們拉到門口。很顯然地，兩人的一舉一動他都看在眼裡！

「等一下！等等我們！」

大家都回過頭來。瓦倫緹娜和勞倫斯各自揹了個背包，衝下樓梯。

「我們也一起去。」女孩佇立在年輕長老面前宣布。

「想都別想。」阿力斯特回答。「組員人數已滿。而且，這是一場啟發教育醫族新血的旅程，不是觀光旅行團的導覽解說！」

勞倫斯插話：

「拜託您，麥庫雷先生！請帶我們去吧！我相信，我們一定能派上用場的！」

阿力斯特覺得好笑，彎下腰來看他：

「派上用場？但是憑你們兩個，對我能有什麼用處呢？」

「容我提醒您：我們來自體內世界。」勞倫斯用老教授的口吻說：「那裡就像我們的後花園。」

他轉頭向瓦倫緹娜尋求支持。

「對，沒錯，當然，就像我們的後花園。」她堅決附和。

「從什麼時候開始，黑帕托利亞人變成二號小宇宙的專家了？」

「呃……因為……因為我讀過很多關於兩國世界的資料。」勞倫斯回答，而這倒是句真話。

「這可以派上用場……」

「至於我呢，」瓦倫緹娜強調：「在兩國世界的跨界大水網裡，我有許多要好的表姊妹。好吧，不是我在說，她們環球紅牛艇不最新型的。事實上，我甚至認為那些潛艇還在使用柴油，這對環境來說不太好，不過，她們一定會把船艇借我，我們就可以輕鬆前往各地！」

「謝了。」阿力斯特說，「但是對我的學員們，我有其他計畫，不只是搭乘紅牛艇遊覽第二世界裡的各個景點。好了，孩子們，我們……」

瓦倫緹娜撲進他懷裡，不讓他把話說完，眼淚汪汪地哭了起來：

「不！」她一面哽咽一面哭喊，簡直可比一位偉大的舞台劇女演員。「我求求您！不要把我丟在這裡，這是在折磨我！有個穿得一身黑，禿頭，憂傷得要命的男人逼我在地板上打蠟；另一個好心的瘋狂廚娘要我整理房間，還要我每天洗澡。我會融化掉的！救救我！」

彭思站在樓梯的最下面一階，朝天翻了個白眼；但若看得仔細些，或許他露出了第二次隱隱的微笑。艾登，奧斯卡和兩個女孩坦率地笑出聲來，摩斯在一旁摳指甲，對這場戲毫無興趣。

瓦倫緹娜拼命擠出淚水，這時，一個嚴肅的聲音蓋過她的哭天喊地。

「抱歉，小女孩。不過，您在我家受到的虐待必須繼續：你們留下，兩個都是。」

布拉佛先生走向這一群人，大家都感受到他的威嚴，紛紛閉上嘴。

「怎麼，待在這裡有這麼可憐嗎？」

勞倫斯想到可能會被遣返黑帕托利亞，害怕極了，連忙接話：

「一點也不，沒這回事。她在這裡**非常**快樂。嗯？瓦倫緹娜？她剛剛說的沒有一個字是她腦子裡想的。而且，」他怨恨地瞪了好友一眼：「我覺得，她並不常動腦筋去想。不過，她超——愛庫密德斯會，不是嗎？瓦倫緹娜，妳愛死庫密德斯會了，對吧？不，我向您保證，她根本高興到不知如何形容。而且，從明天開始，她每天會洗**兩次**澡。其中一次用很冰的冷水，讓她好好記取教訓……」

瓦倫緹娜皺起嬌俏的小朝天鼻，對醫族大長老施展她迷人的彎彎淺笑。

大長老用手按住他們的肩膀，然後對醫族少年隊說：

「祝各位在氣息國的初次探險旅途愉快。注意聽麥庫雷先生告訴你們的事，每個細節都很重要。然後，記住，你們屬於同一支隊伍，每個人都要為其他人著想，關心其他隊友。至於我們，」他低下頭看著瓦倫緹娜和勞倫斯：「我們就一起留在這裡。」

「如果是這樣的話，」女孩以熾熱的眼神望著大長老，大剌剌地說：「我很願意。」

勞倫斯捏了她一把，又羞又憤，滿臉通紅。

「妳瘋了！」他湊在她耳邊低罵：「表現得正常點！哪有十二歲的人像妳這樣！」

「那又怎樣？」瓦倫緹娜悄聲反問，一面陶醉地把玩辮子。「我對比較年長的男孩向來沒有抵抗力……」

「比較年長？他的年紀夠當妳爺爺了！」

奧斯卡朝他們走來。

「我不會去很久。」他安慰他們。

男孩俯身對他們耳語：

「……而且，我會帶回一項美妙的戰利品。在那之前，你們留在這裡，可能對我很有用處……」

兩個孩子知道他在暗示什麼，點頭表示了解。

「小心點。」勞倫斯叮嚀他，眼睛緊盯著摩斯不放。「危險不一定來自體內小宇宙……」

五個孩子跟著阿力斯特消失了。瓦倫緹娜和勞倫斯留在大廳，背包還放在腳邊。布拉佛先生慢慢走遠，一面安慰他們：

「他們很快就會回來。就這麼想吧：你們那位好朋友需要學習自己解決問題。」

他登上幾階樓梯，遲疑了一下，又轉過身來：

「你們以後會跟他一起出發，而且要去更遠的地方，超乎你們的想像。在那之前，兩個都快去做功課！想留在體外世界，就必須好好用功！」

大禮車已經行駛了十五分鐘，駕車的是傑利。後方的座位上，莎莉幾乎整個人側躺，縮起膝蓋，玩她的掌上型電玩。伊莉絲則挺直背脊，看著窗外。

「羅南，你去前面，坐傑利旁邊。」上車時，阿力斯特對這一小隊人馬下令：「女生坐後面，艾登和奧斯卡，你們跟我來，坐我的車。」

摩斯皺眉嘟嘴。

「坐我爸的車時，我從來不坐在司機旁邊。」

傑利鄙視地瞪他一眼，關上原先禮貌性地拉開的車門。那個小子這麼沒教養，就讓他自己去想辦法吧！

「你不上車就留在這裡。」年輕長老裁決。

摩斯只好讓步。一坐下，他就拉上連帽T的軟帽，蓋住光頭，無視其他人的存在。

伊莉絲彎身朝前，對專心路況的傑利說：

「請打開後車的車窗，麻煩您了。」她用高八度的語氣尖聲說：「我無法忍受車窗緊閉的車程。」

傑利的目光不離道路，回答：

「車門上靠近把手的地方有一個按鈕，小姐。」

「謝謝。」

伊莉絲打開自己這邊的窗戶，並對莎莉說：

「我需要兩邊的窗都開。」

「等一下，我這局快打完了。」

伊莉絲嘆了口氣，忍耐了幾秒，又提一遍：

「妳可以把窗子打開嗎？拜託！我無法忍受……」

莎莉短暫抬眼看了一下。伊莉絲的嘴抿成一條線，高傲地看著她。

「那妳，妳可以等一下嗎，拜託？」莎莉說。「死不了的，謝謝。」

伊莉絲像隻被激怒的公雞般直起身，搶走鄰座女孩手中的電玩。

「不，我不要等。就是現在，妳開不開？」

還沒弄清楚是怎麼一回事，她已經被一隻鋼鐵般強壯的手臂壓制在椅背上。她呼吸困難，鬆開電玩，被莎莉接住。莎莉逼近她。

「妳敢再吵，我就開。不過，不是開窗，而是開門，把妳丟出去，聽懂了嗎？找砸小姐！」

她重新專注打電玩，伊莉絲在一旁喘氣，調節呼吸。

「我要去跟麥庫雷先生告狀，妳這個粗魯的女人！」她心有餘悸地說，一面整理髮髻。「妳等著瞧……妳沒有權利對我動手！沒有權利！」

「告訴妳，權利在我手中。」莎莉回答，不去管後照鏡中傑利調侃的眼神。「妳可以閉嘴了嗎？拜託？打電動的時候，我無法忍受有人在車裡鬼叫……」

好險，不久之後，車子就開到郊區一條寧靜的小街上停下。孩子們在一幢小屋的柵欄門前集合。紅磚牆，茅草屋頂，讓人聯想童話故事。伊莉絲當然立刻急著去找阿力斯特，報告她在車裡所遭受的「暴力事件」，然後雙臂抱胸，轉身看欺負她的兇手，等著莎莉得到恐怖的懲罰報應。

結果大出所料，醫族青年只建議她離莎莉遠一點，就算解決了問題；隨後對全體隊員宣布：

「孩子們，我們的旅程就將在此展開。我來為你們引見即將接待大家進入他的二號小宇宙的那一位。請你們做到兩件事：注意禮貌，什麼都不准碰。不過，你們很快就會見識到，這位先生非常迷人，而且……」

「聚集在我家門口這一群人是怎麼回事？」

五個孩子和唯一的大人一起轉頭，驚愕不已：那不像是人在說話，到像是猛獸咆哮。

距離他們幾公尺外，在一片整齊平坦的草坪中央，站著一個肥胖的老先生。他身穿吊帶褲，開襟毛衣，握拳插腰。鷹勾鼻，深邃的小眼睛，雜亂的濃眉，使他的臉看上去更加怒氣沖沖，活像一個憤怒的不倒翁。艾登向後退了一步，這個動作被老先生發現。

「你！」他大吼，顫抖的食指指著瘦弱的醫族少年。「假如你還沒進入我的身體就先後退，你已經沒救了！您帶了一群膽小鬼來是嗎？麥庫雷先生？好樣的！」

阿力斯特向前，跨過木柵欄，伸出手。

「親愛的雷歐尼，您好嗎？」

「我說，在你們那裡，從來沒人教您怎麼開門嗎？但願您這群小毛頭比您有教養。」

阿力斯特倒退回去，打開柵欄門，重新跟雷歐尼握手致意。老人家懶懶地伸出手來。

「說到這件事，總共有幾個人？」

「五個。」阿力斯特回答。

「五個？！您本來說三個的。您知道我不喜歡人太多。」

「後來又加了兩個。」年輕長老解釋。「不過他們都很棒，請不要擔心。他們一定會好好地待在您的身體裡。」

雷歐尼用法官審問的目光，一個個仔細打量他們。奧斯卡和艾登互望了一眼，忐忑不安：阿力斯特對「迷人」的定義還真奇怪。伊莉絲則站得挺直。她認出同類，一個跟她一樣刻板又愛找碴的人。摩斯輕蔑地瞧著小屋，莎莉目光離開電玩螢幕，短暫地抬頭看了老先生一眼，沒什麼感覺。

「孩子們，這位是雷歐尼．史密斯，令人緬懷的莉蒂亞．史密斯女士的丈夫，雷歐妮拉和雷歐納．史密斯的父親。雷歐納是一位深受讚賞的醫族，他的母親也是。不過，雷歐妮拉和雷歐尼不屬於我們的族類。儘管如此，由於這是行之有年的傳統，史密斯先生好心支助我們的行動，答應接待醫族實習生。到他的家裡，並且……進入他的體內。」

「噓！」老先生朝隔鄰的籬笆望了一眼，低喝一聲。「您以為現在是在哪裡？在這兒，小心隔牆有耳！啊！您比布拉佛先生所說的還粗心大意！進來吧——鞋子脫在外面就好，放在雨棚下面。」

就連摩斯也不敢違背雷歐尼的命令，乖乖脫下鞋子。

他們走進一間客廳。廳內瀰漫漆蠟的味道，到處亮晶晶，像新的一樣。各種小擺飾和掛在壁爐和各扇門上方的獵物戰利品上一塵不染，蓋毯細心折疊整齊，披在沙發扶手上。雷歐尼走過客廳，來到一張細木鑲嵌的活動小桌前，給自己倒了一杯威士忌，一口乾光。阿力斯特令隊員留在門口。大家腳上只穿著襪子，小心翼翼地等主人大發雷霆。

雷歐尼轉過身來；晨間開胃酒使他容光煥發。

「咦？你們在做什麼？打算一直杵在哪裡多久？我警告你們，我可不想長期扮演旅店老板。天黑之前，你們必須離開我的身體！」

阿力斯特把孩子們推到客廳中央。

「坐下！但是不准弄塌椅墊！」雷歐尼命令，「避免踩在地毯上！」

莎莉矯健地跳到地毯旁，在保存得完好如新的長沙發邊上坐下。

阿力斯特讓所有人都坐進長沙發。

「如果可以的話，雷歐尼，我想跟這些年輕朋友說明幾項規定。」

「說吧，說吧。」老先生說，一面拉好褲子的背帶。威士忌讓他變得比較溫和，他決定再次借助酒精的功效。

阿力斯特站在客廳中間，面對所有學員。孩子們專注地聽他講解。

「我要給你們一個最基本的建議：保持團體行動，不要跟丟，一定要能看見我在哪裡。這是初次探險，我會全程作陪。」

「……以後就不陪同了嗎？」艾登問，有點擔心。

「做事要按部就班。我們將全體一起出發——雷歐尼已經習慣接待團體入侵，不是嗎？親愛的雷歐尼？出發前，好好對準他的鼻孔。」他說，卻不讓老先生有機會嘟噥，接著繼續：「還有，等我發出信號才准動作。好了，現在你們可以穿上披風，戴上腰帶，確認……」

「您要陪他們一起去，這是怎麼回事？」雷歐尼癱坐在沙發裡，艱難地起身。「可是昨天，您跟我說過來參考路線，好讓他們今天可以獨自旅行！」

「昨天？」阿力斯特大吃一驚。「您一定是搞錯了，雷歐尼。我昨天沒來啊！」

「別把我當笨蛋！」老先生暴跳如雷，一聲怒吼即面紅耳赤。「我告訴您，昨天下午，就在這裡，這間客廳裡，我們一起談過。我自己說了什麼，難道會不知道嗎？」

「但是……」

史密斯一拳擊在小桌板上，桌子差點垮掉。

「麥庫雷，您給我聽好：我或許是老了，但是頭腦還很清楚，或許比您還清楚……讓我提醒您：假如這裡真的有人可能變成瘋子，那也不是我，而是喬治．麥庫雷那個可憐蟲的兒子！」

阿力斯特的臉色如死人般慘白。

「您……您應該是對的。我工作過度，一時忘記了。這麼說吧……我……我改變主意了。」

摩斯冷笑起來，伊莉絲以質疑的目光打量年輕長老。

「閉嘴，摩斯！」奧斯卡低聲斥喝：「你會害我們被趕走的！」

「什麼時候開始，輪到紅毛小子來指揮我了？」

「從你太沒教養，不配跟我們一起探險開始。」奧斯卡回嗆，毫不讓步。「回你家的游泳池去，別來煩我們。除非，你喜歡被水柱噴，像去年一樣？」

艾登會心微笑。羅南・摩斯很清楚他同學指的是什麼：那天大半夜裡，他和同黨被庫密德斯會的老橡樹吉祖拋出園外，剛好在他藍園新家院了噴水時落地。他正想反駁，阿力斯特轉過身，仍深受侮辱打擊。奧斯卡替他難過。

「假如你們都準備好了，」年輕長老避開學員們的目光：「我們就出發吧！雷歐尼，若是您願意……」

雷歐尼發了幾句牢騷，特地在身邊擺了一瓶酒，一個酒杯和一些甜點之後，終於在沙發上坐好。

「拿出你們的鍊墜——用右手，伊莉絲，右手！」他惱怒地喊：「這妳總該知道吧！」

「我知道得很清楚。」女孩回嘴：「我正在把墜子擦乾淨，只是這樣而已。」

莎莉翻了個大白眼。

「妳不想把裙子也燙一下嗎？現在正是時候耶！」

伊莉絲聳聳肩。

「妳竟然懂得裙子的事，真令我訝異。」她回應，一面從頭到腳打量莎莉的裝扮。

「夠了！」阿力斯特介入：「妳們要吵等回來之後再吵。好了，所有人專注冥想氣息國的大草原，然後前往那個地方。抵達之後，全體先集合，一起等我。由我來殿後。」

他們在雷歐尼面前圍成一個半圓。老人家啃著餅乾，一面嘮叨叮嚀：

「說好了，不准太晚回來，要不然，你們就會全部掉在我的床鋪上！」

這項威脅很有效，大家互看一眼，想必都在心裡發誓，絕對要在雷歐尼上床前回來，這可不是鬧著玩的。

阿力斯特用眼神詢問每一個孩子。

「準備好了嗎？」

「好了！」五個人齊聲回答。

「那麼，一路順風！」他帶著久違的微笑說。「幾秒鐘後，平原開端見！」

咆哮峽谷

奧斯卡拉下肩膀上的披風，跟艾登會合，身處一片長著粗大黑色長草的草原，感覺有點迷惘。

「你認為這是什麼？」艾登問。

「完全不知道。植物嗎？還是老舊的血管？」

他拔下一根，像是剛種進土裡的。

「很軟，有點像橡膠。你看：尾端呈扇形分岔。」

他們聽見附近傳來雜響。莎莉從草叢中冒出來，也是一臉好奇。

「嘿！你們覺得我們這是在哪裡？簡直像掉進一隻巨大的掃帚裡！」

三人往前走了一會兒，終於從草原的另一端出來。奧斯卡拿出鍊墜，放在食指上，保持平衡，然後背誦魏特斯夫人教過他的咒語：

忠誠的字母，
從不曾迷路；
請讓我置身

大地照亮之處。

鍊墜開始旋轉，然後靜止不動：M字的兩個頂端指向右邊。

「它指引我們東方。」奧斯卡說明：「大地照亮之處，也就是太陽升起的地方。所以，這裡是北方，而那裡是草原的盡頭。」

艾登深感神奇，微笑地說：

「哇！你要教我這個怎麼做喔！妳呢？鍊墜可以當成羅盤，妳以前知道嗎？」他問莎莉。

女孩點點頭。

「好吧！」他沮喪地說：「我真是沒用，總是最後一個知道披風或鍊墜有什麼功能……」

「那只是因為有一次魏特斯夫人帶我進行體內入侵時，需要用到這項功能；要不然我也不會知道。」奧斯卡解釋。「不過，我可以幫你把咒語抄下來，這真的很簡單。」

艾登垂下頭。

「總而言之，我確定我一定沒辦法拿回這項戰利品。」

「喂，你該不會因為不知道怎麼用鍊墜指出東方就愁眉苦臉吧?!」莎莉訝異地說，她並不太了解這個脆弱的男孩。

奧斯卡搖晃他。

「真是的，你要我提醒你去年是誰救了我一命嗎？要不是你，還有你那厲害的火盤功，我早就被絞成一團爛糊了……」

女孩不耐煩起來。

「好了，等你們互相誇完要等到什麼時候……你們是害怕這個地方還是怎樣？行了，走啦！我們得找到其他人，我也需要活動一下雙腿。星期六，對我來說，是運動時間！」

莎莉以小跑步的節奏出發，兩名男孩跟在她後面。艾登的背痛發作，已經氣喘吁吁：小時候，他曾動過好幾次脊椎手術，而且整段在校求學期間，他都不能上體育課。

「聽妳在胡說！」他瞪著離他們已經愈來愈遠的女孩，嘟噥抱怨：「她的運動時間，根本是星期一到星期日，沒有例外。這樣才對！」

奧斯卡放慢腳步，替同伴省點力氣。

「你說的對。她平時鍛鍊得太好了，我也跟不上她。」

「你們要跑去哪裡？」

奧斯卡轉身回頭。阿力斯特笑容滿面地望著他們。摩斯在他身旁，折下一根怪草莖把玩。伊莉斯則一棵光禿禿的樹下找尋陰影。莎莉折返回來，全員到齊。

「其實你們剛才走的方向是對的。」長老嚮導解說：「我們位在逆風平原的邊緣，還有……那個玩意兒的山腳下！」

他指向遠方，五雙眼睛睜得又圓又大：一座遼闊的峽谷聳立在他們面前，奇岩峭壁之間，隱約可見一條狹窄的通道。遠遠望去，彷彿一大塊橘色的生日蛋糕被切成了兩半。

奧斯卡凝望這幅風景，跟其他同伴一樣深受震撼。

「我們好像在西部片裡喔！」他說：「只差沒有仙人掌和印地安人……」

「有時候，這裡跟西部片中一樣危險。」阿力斯特回答，卻沒再多透露什麼。「不過，我們必須到那裡去，並且，越過峽谷。」

「喔，快跑個半小時，應該就能到了！」莎莉開心地說：「我和爸爸每天晚上慢跑的距離比這遠多了。」

「別傻了。」阿力斯特回應：「我們離峽谷還很遠，而且峽谷遠比想像中的大。」

「翻過另一面後是什麼？」摩斯問，順手丟掉手上的怪草莖碎片。

「你在做什麼？」阿力斯特連忙把那些碎片撿起來。「你知道這是什麼嗎？」

「一塊塑膠之類的東西。」男孩回答，「那又怎樣？」

「這是一根顫動纖毛，用來潔淨平原的工具。所以，在破壞任何東西以前，你應該要先問過我。」年輕長老命令，顯然不太高興。

「您還沒有回答他的問題。」伊莉絲站起身，覺得情勢有點尷尬。「這座峽谷的另一面是什麼？」

「你們在這個小宇宙初次旅行的目的地：埃俄羅斯宮殿。在那裡，你們可取得第一部分的戰利品。現在，上路吧！」

他們邁步向前，被不斷來回的風勢吹掃得東倒西歪。不過，走不到五十公尺，就聽見伊莉絲在隊伍尾端尖叫起來。

「我絕不在這種大太陽下走路！這太傷害我的皮膚了！而且我好熱！」

「先把妳那件老祖母的背心脫了吧！」莎莉頭也不回地提議。「如果妳需要幫忙，別客氣：我一秒鐘就能把妳抬起來，妳可以試試看。」

「夠了！」伊莉絲決定：「我留在這裡，然後，一旦……」

她的話還沒說完，不到一秒鐘的時間，阿力斯特已擋在她面前，以嚴厲的目光瞪視。

「小姐，您知道，法國大革命的時候，他們是怎麼對付任性又做作的年輕女孩嗎？」

伊莉絲聳聳肩，眼睛瞄往其他地方。

「用火燒她們的腳跟。」長老接著說。「這麼一來，沒錯，她們真的會覺得很熱，不只像現在這樣而已。最後為了做個了結，乾脆把她們的頭砍下來！」

伊莉絲驚嚇不已，向後退了一步，但死性仍然不改。

「您沒有權利這樣威脅我！」穿著淑女鞋的少女直挺挺地站著，高聲尖叫：「假如您敢砍掉我的頭，那麼……那麼……我就去告訴布拉佛先生！」

其他孩子起初還被她的傲慢態度嚇了一跳，這下子全都捧腹大笑。

「假如真是這樣，」艾登悄聲說：「她不就變成一隻母雞，頭被砍斷後還能到處跑……她真的可以回庫密德斯會去哭哭啼啼，就連頭斷了也辦得到！」

最後，所有人都決定不理她，全隊繼續往前走。伊莉絲害怕獨自被留在這一大片陌生原野之中，別無選擇，只能把傲慢吞下肚，跟在後面走。阿力斯特時時監視隊員的狀況，終於有點可憐她。

「如果你們覺得太熱，就裹上披風：它有調節溫度的功能，能讓你們維持穩定的體溫。」

摩斯只把披風掛在肩上，解開襯衫的鈕扣，想藉此讓女孩們讚嘆他的肌肉。但對莎莉而言，摩斯宛如玻璃一般透明；她從一開始就無視他的存在。至於伊莉絲，她單刀直入地提醒他：

「你一定要這樣嗎？我覺得你好粗俗，讓我難為情。你應該把扣子扣好才對。」

摩斯只更粗魯地大嚼口香糖，多少有些不爽。奧斯卡第一次覺得任性的伊莉絲簡直顯得友善可親。

阿力斯特沒騙人：走了一個多小時，峽谷看起來還是一樣遠；不過，似乎變得無比巨大。他們幾乎再也看不見邊際，厚實的岩壁彷彿將天空吞噬。孩子們一邊前進，一邊不時抬頭仰望，一句話也說不出來，心中驚嘆不已，覺得面前像是聳立著一面石牆，從中間剖開，裂縫不斷加大。想越過峽谷到牆的另一面，就一定要走入這條裂縫，那條通道實在令人無法安心。

然而，更教他們擔憂的，是那個聲響。

起初是一陣輕微的低鳴，後來變成呼嘯：狂風灌入峽谷，奔過岩壁間縫，出洞時宛如鬼哭神號。

「這就是此處地名的由來。」阿力斯特解釋。為了蓋過風的嗚咽，他不得不提高音量：「這裡是氣管峽，或稱大峽谷，景色最壯觀，又名『咆哮峽谷』。」

「最壯觀？」奧斯卡訝異地問：「為什麼這麼說？難道還有別的峽谷？」

「緊接著後面就是啊！老兄！」阿力斯特脫口喊出：「就在後面……來吧！加油！就快到了。」

漸漸地，岩石的形狀不再那麼清楚，看起來滿布斑駁。峽谷旁的山峰處處是侵蝕的痕跡，許多巨大的岩塊剝落，躺落地面。

他們終於來到峽谷山腳下。孩子們圍著嚮導集合。

「這片山地看起來曾遭到大地震破壞。」艾登觀察發現。

「的確如此。」阿力斯特回答。「雷歐尼是個不太注重健康的老先生。」

伊莉絲皺眉作嘔，彷彿被迫把手伸入一袋濕黏的水蛭似的。

「您為什麼不選一個身體比較好的人？」

「因為你們必須迎對困難的處境，學著自己解決各種狀況。上路吧！」

他們排成一行，魚貫地走入通道。只有摩斯脫離隊伍，到處攀爬岩石，或走跟隊友不一樣的小路，儘管阿力斯特時常嚇阻，他也不聽。奧斯卡選擇走在最後，專注他前方氣喘吁吁，精疲力盡的艾登。他抬起頭：就連他自己也有壓迫感，彷彿三明治般被夾在巍峨陡峭的岩壁之間。岩壁上有好幾個地方還流淌著一種奇怪的灰白物質，有時雜染一些棕色和綠色，使景觀更加驚險駭人。魏特斯夫人曾清楚告訴他第一個國度氣息國是什麼：他們正在雷歐尼的肺腔中探險。他的肺顯然健康不佳。他不難想像沾黏在大峽谷岩壁上的噁心物質是什麼……

他們緩緩前進。太陽已升到最高點，通道直接曝曬在烈日之下。雖然有披肩保護，但每個人都流下大滴汗珠。阿力斯特比平時更警覺，仔細偵查岩縫，費時選路，避開所有他認為不夠穩固的石塊。

跌了幾跤，劃出幾道刮痕，外加一點無關緊要的小傷痛，他們終於平安走出大峽谷，不過，全都累得東倒西歪，而且渴得要命。在他們前方，只見一道接著一道的峽谷，難以數計，類似剛才所穿越的，只是規模比較小。阿力斯特已經事先預告，但這幅畫面仍把他們給嚇壞了。

「還得越過這些？」奧斯卡有氣無力地問。

「不是全部，放心。」阿力斯特回答。「再一個就夠了，我們就挑最近那個。反正，每一座峽谷都通往同一個地方。休息一會兒吧！你們大家都需要。」

所有人都坐下——或者該說癱倒在滿是灰塵的地上，除了伊莉絲之外：她選了一塊有遮蔭的岩石，小心翼翼地防止百褶裙壓皺。阿力斯特傳下一個水壺讓大家輪流飲用。

「我自己有帶。」女孩說：「共用一個水壺喝水很不衛生。」她不信任地望著隊友們。

奧斯卡和莎莉正想回嘴，突然發生一陣晃動。所有人都驚跳躍起。艾登差一點跌倒，就連小腿肌肉結實的莎莉和摩斯，也踉蹌不穩，緊急抓住對方。伊莉絲宛如上了發條，站起身，東張西望，活像一隻偵伺環境的狐猴。

「我想，剛才那是一場地震。」艾登擔心地說。

「我已經說了。」伊莉絲堅持：「我就知道您選了一個不好的宿主。」

奧斯卡走到阿力斯特身旁。

「那是怎麼一回事？」

年輕長老搖搖頭。

「我覺得我們的朋友雷歐尼失去耐心了。」

雷歐尼在沙發上坐了一個小時之後，的確覺得過了非常久。當初，他答應把身體借給醫族施行入侵術時，他的兒子斬釘截鐵地說：「爸爸，假如你認為自己沒辦法安靜待上幾個小時，最好事先聲明。」

「你把我當成什麼了？」雷歐尼火冒三丈：「我可是全世界最有耐心的人！」

雷歐納忍住不做任何評論，只微微一笑。

「而且，我向來說話算話。」他的父親怒斥，對必須安靜十分鐘以上這件事反應激烈。「我說過，那些孩子可以去我的身體裡逛一逛，就該讓他們如願。現在，什麼都別再說了！」

不過，說是一回事，做又是另外一回事。儘管雷歐尼一片好心——短暫的好心——，他還是失去了耐性。再加上背痛的老毛病又犯了，而這次他總算願意聽從醫生的建議：「做點運動，史密斯先生。每天做點運動，您會感覺舒服很多，尤其是，如果您不肯放棄……您其他的喜好的話。」醫生看著他的威士忌酒瓶和旁邊好幾個煙灰缸，又補上一句。

那時，雷歐尼只聳聳肩。「這就像運動競賽一樣，醫生：獲勝隊伍的陣容不該隨意更變。」

他走出屋子，到花園去伸伸腿，確認每一株玫瑰枝枒上的花朵數量一樣（為了這個原因，他已開除了三名沒有遵照他指示修剪的園丁）。對阿力斯特和醫族少年們來說，真是好險，他不一會兒就氣喘吁吁，趕忙進屋。他重重地癱坐在同一張沙發上，猶豫了一下，又站起來，打開放在扶手附近一張茶几上的細工木盒。他從木盒中取出一根大雪茄，小心切開尾端，舉到唇邊叼住，點燃一根火柴。

「吸幾口上等的科伊巴雪茄，」他兩眼發亮，享受地說：「對誰都不可能有壞處。」

震動一停止，阿力斯特便把催促隊員們上路。根據雷歐尼的習慣，只要他一開始躁動，對在他體內的醫族來說，絕不是件好事。

「孩子們，快點，別拖拖拉拉的。」他的聲音聽起來有一絲焦慮：「最好盡快越過這座峽谷，到另一面去。這次沒那麼辛苦，不過，接下來的路還很長。」

然而，最先停下腳步的卻是他自己。他抬起頭，嗅嗅空氣，往後退了幾步，目光茫然地凝望北方的地平線。就在這個時候，不知從哪裡，冒出了一大群穿著藍色工作服，帶著手套，拿著那些古怪纖毛的人，宛如從地底廊穴爬出的蟻群。其中一人看來像是首領，整頓隊伍，先列出第一排，然後第二排。接著，他爬上一輛小型越野車，朝醫族探險隊全速駛來。

阿力斯特轉過身。

「你們留在這裡不要動，聽見了嗎？」

他的聲音聽起來明顯緊張，沒有人會想違背命令。年輕長老迎向前，藍衣首領似乎認出了他。

「阿力斯特，您在這裡做什麼？還有誰跟您一起？」他連聲招呼都沒打，直接提問，同時遠遠望向探險少年們。

「幾個年輕的醫族，吉爾達斯。他們是來帶回兩國世界的戰利品的。發生了什麼事？」

逆風貫穿峽谷的呼嘯聲愈來愈強。

「您想知道發生了什麼事？」部隊指揮官高聲嚷了起來。

他轉身面向剛黯淡下來的北方地平線，手指著一團直朝他們飄來的棕色雲朵。

「不必再多做評論了吧？嗯？」他迅速轉回來：「快，快帶您那些孩子去躲起來，假如您希望他們都平安無事的話。」

不需其他解釋，阿力斯特已經明白：橫掃平原而來的龍捲風不容置疑，雷歐尼是怎麼排遣無聊時光的，再清楚也不過。這陣濃煙即將讓人無法呼吸。他怎麼會忘記把基本規則再跟那個不安份的老先生提醒一遍？他拔腿就跑，箭步奔向探險小隊。

伊莉絲雙手插腰，朝他走來。

「麥庫雷先生，您不該把我們丟下，就這麼離開。這是非常不謹慎的行為，我一點也不喜歡……」

「圍成圓圈！」阿力斯特大喊，完全沒理會她：「然後跪下！不要多問，照我的話去做！」

他轉頭看那揚起漫天塵土的龍捲雲，以及它沿途所經過的一切事物。大隊人馬排列在峽谷前方，似乎想保護入口。他們戴上面罩，揮動武器。纖毛如羽扇般展開，開始迅速拍打空氣，製造出一股強風，對抗旋風。

醫族少年們以哀求的目光盯著他們的嚮導：他們的命運全掌握在他手上，他必須趕快行動。用最快的速度行動。

「抓住披風兩端，一手一端，然後盡量敞開，直到能碰到旁邊隊友的手為止。」

孩子們慌張失措，二話不說，立即照做。一股焦油的氣味瀰漫，嗆得他們連連咳嗽。不過，他們專注地遵循阿力斯特的命令。展開的披肩形成一個類似帳篷的東西，將他們籠罩。

「跟著我念：

披風之下

如穿盔甲，

避開危險，

不相對抗。」

大家的聲音整齊劃一，大家的披風也宛如合而為一，緊緊地連結起來，形成一個防水的帳篷。孩子們陷入伸手不見五指的漆黑，感到陣陣熱浪拂過披風，彷彿永不停息。奧斯卡跟其他隊友一樣，蜷縮成一團；他睜開眼睛，揚起披風一角偷看。一陣濃煙使空氣充滿惡臭，立即讓他缺氧。他驚惶失措，試圖堵住缺口，卻徒勞無功，噁心的煙霧讓整隊人馬喉頭發緊。他絕望地看了阿力斯特一眼。

年輕長老拿出鍊墜，迎著呼嘯不已的狂風與包圍他們的煙霧喃喃低誦一段咒語，一團薄霧從字母冒出，纏繞披風帳篷，然後集中在奧斯卡剛才造成的開口。披風邊緣逐漸展開，總算堵住缺口，濃煙不再往裡面竄。

對孩子們來說，彷彿過了好幾個小時，披風帳篷才終於塌下，披回背上，也才終於聽見阿力斯特准許所有人站起來。

年輕長老挺直身子，環顧四周。像是枯木的殘骸散落一地，地面滿布黃土沙塵，岩壁石塊脫落，在狂風吹掃之下滾來滾去。清潔部隊變成七零八落的一群，個個精疲力盡。他們的纖毛被折彎，燒焦，有些甚至已經解體。首領下令重新集合。所有人艱辛地移動，消失在他們後方蜿蜒曲折的大峽谷中。

阿力斯特轉身望向少年探險隊，眼前的災情讓孩子們目瞪口呆。

「你們看見了。」他說，「有時候，不一定只有病族會讓人受傷……可惜，雷歐尼不保養身體，難保我們不會受到第二根雪茄侵害。所以，快上路吧！假如我們全隊都到齊的話……」

話說到這兒，阿力斯特突然僵在原地。

「第五個人呢？」他問：「摩斯跑到哪裡去了？」

所有人都東張西望：不見男孩的蹤影。年輕長老開始抓狂。

「該死，我就知道要管住你們不容易！必須找回你們的同學，動作快！」

他抬起頭。天空再度堆積起厚重的棕色雲朵，狂風也驅趕不走似的。他轉身對奧斯卡說：

「他不可能離開太遠，一定走進了這三座峽谷中的一座。藥丸和弗洛克哈特，你們去左邊那座。史賓瑟和邦克，你們去右邊那座。我來負責中間的峽谷。我們先把話說清楚，」他特別強調：「小組兩人必須**時時刻刻**在一起。遇到麻煩，就折返回頭，在出口前方等我。否則，我們就直接在另一頭會合。都聽懂了嗎？」

奧斯卡和伊莉絲互看了一眼，這一眼清楚說明他們是否喜歡被編成一組。奧斯卡只好痛下決心。

「好，我們走吧！」他說。

她拉住他。

「你跟在我後面。」女孩宣示。

對於她的命令，奧斯卡不知道自己能不能忍耐一分鐘以上；不過，現在不是雞蛋裡挑骨頭的時候：伊莉絲已經給他們的嚮導製造夠多問題，他不該再增加麻煩。他讓她先走，並對艾登打了個招呼。瘦弱的艾登乖乖地走在強健的莎莉後面。

才剛走入狹窄的通道，伊莉絲就停下腳步，交叉雙臂，扯開喉嚨大叫：

「摩斯，假如你在裡面的話，夠了，現在馬上出來！我們還有很多事要做，不是光找你就好！」

奧斯卡驚愕地瞪著她，不敢相信自己的眼睛。這個女孩要不是個笨蛋，就是根本不認識摩斯的真面目。他真心希望是第二種可能性，於是試著喚醒她的理智。

「如果他要故意躲起來，我現在就可以告訴妳，他不會回應的……」

她轉過身來，真的顯得非常訝異。

「你這麼認為嗎？就連我下令他也不聽？」

她繼續往峽谷裡走了一陣，發現一座突出的小岬角，於是爬了上去，墊腳站得更高一些，又更聲嘶力竭地喊了起來：

「摩斯，要是你在十秒內不出來，我就去告訴大長老，我警告你！」

奧斯卡在後面保持一點距離，好奇地觀察她。現在的狀況一點也不好笑，但他差一點就大笑出來。附近傳來一陣雜響。他猛然回頭：幾顆碎石從峽谷山頂滾落，一路彈跳到他腳邊。他抬起頭，提高警覺，卻又什麼都沒有。只聽狂風又起，隨著雷歐尼辛苦的呼吸，從一邊吹來，又逆向吹去。幾秒鐘後，相同的現象再次出現。這一次，好幾顆大小不等的石頭滾落山壁。奧斯卡查探山頂，看見一角綠布消失。在同一個地方，岩石上出現一條裂縫，奧斯卡剛好瞥見一隻手，且毫無困難地認出那手上有顆鍊墜發亮，然後，一顆巨大的石塊脫落。

「伊莉絲！」奧斯卡大喊：「小心！**伊莉絲！**」

岩塊沿著山坡滾落，發出震耳欲聾的聲響，崩落地面。奧斯卡撲進岩壁支柱後方，避開落石噴打。等他出來後，通道已經完全被堵住——伊莉絲也不見人影。

他試圖攀上岩石，卻力不從心，根本無法到峽谷另一端。

他呼喊女孩的名字好幾次，答應他的只有回音。伊莉絲該不會被壓在岩石下了吧？是不是還活著，卻被堵在通道裡了？他抬起頭。山頂上，披風不見了，鍊墜也不見了，一個人也沒有。

奧斯卡不多猶豫，迅速折返原路，撞見被山崩驚動的阿力斯特。

「發生了什麼事？」長老詢問，顯得十分擔憂。

奧斯卡簡短說明剛才發生的事，兩人以跑百米的速度奔進峽谷中。

「我喊了她，但是她都沒回應。」奧斯卡上氣不接下氣地說明。

「伊莉絲！」阿力斯特高喊：「假如妳聽得見，照之前我教的那樣做：解開披風，讓它膨脹升起！」

兩人動也不動地站在原地，注意觀看岩石上方是否有披風出現。幾秒鐘，彷彿永遠過不完。阿力斯特正準備再喊一次，終於見到一角綠布顯露在巨大石塊的另一邊。奧斯卡鬆了一口氣：伊莉絲還活著。

「它太重了，我們顯然搬不動。」阿力斯特想找其他辦法。

「用鍊墜把它切開怎麼樣？」奧斯卡提議。他想起之前為了解救淹水的蒂拉，自己曾使用的方法。

「太危險了。」年輕長老評估：「說不定伊莉絲被卡在石頭下，我們可能弄傷她。」

他很快地考慮了一會兒，抓住奧斯卡的手臂。男孩本已打算收起鍊墜。

「靠在岩壁上，奧斯卡！靠緊岩壁！」

奧斯卡狐疑地看著他，沒有時間多問。

「跟著我做。」阿力斯特指示。

長老揮舞他的鍊墜，利用字母所發出的光線擊打四周的岩石，但斷斷續續地進行。

「試著避免擊碎石塊。」他進一步強調：「我們要挖一些小洞！如果能對這片支氣管峽谷造成足夠的刺激，雷歐尼就會反應，我們將能從他身上得到需要的效果！」

奧斯卡付諸行動，開始利用鍊墜的光芒，一小點一小點地鑿擊石塊。

「不過，我們從他身上需要什麼？」男孩發問，一面遮擋到處噴散的強光。

「想一想，奧斯卡：當你的肺部受到刺激時，你會做什麼？」

雷歐尼把雪茄從唇邊移開，手按在胸口上。從剛才開始，他就覺得有點刺痛，而且，在心臟另一側，刺痛很快就變成一股難受的灼熱感。他狐疑地觀察手上的雪茄：難道買到了劣等貨？他咒罵供貨商，把科伊巴雪茄擺在菸灰缸上，深深吸一口氣，然後吐出。一點用也沒有：灼痛感愈發嚴重。於是，雷歐尼做出任何人都會做的反應：用力吸一大口氣……然後咳出。咳，咳，再咳，咳到肺都要掉出來。

一感覺到峽谷裡灌滿了風，阿力斯特就知道，他們賭贏了。

「來了！」他歡呼，洋洋得意；而同一陣狂風正轉為逆向。「幹的好！奧斯卡！雷歐尼剛吸了一大口氣。下一波就是致命一擊！」

「怎麼說是『致命一擊』？！」

「找個安全的地方躲避！」阿力斯特喝令：「雷歐尼一咳嗽，逆風就會變成旋風，把石塊掀起來！快點，到這裡來！」

他指示男孩躲進岩壁一個凹陷的地方，猛力把他推進去。同一時間，一陣劇烈的旋風從出口反灌入峽谷，擊中岩塊：一次、兩次、總共三次。最後一次成功見效：岩塊幾乎整個被掀入空中，然後掉落在阿力斯特和奧斯卡之間，發出恐怖的爆裂聲響。幾十顆大石頭從中飛出，到處亂滾。

等風勢平靜下來，隨著雷歐尼的呼吸，穩定地正反向吹拂，兩名醫族才走出避難處。一片岩石碎塊和一團各色黏滑粒子混雜的粉塵雲霧中，伊莉絲坐在地上，揉著腳踝。

「我已經警告過你們：這裡很危險！」女孩哀喊，從頭到腳被淋了一身黏液。「我走不動了，我的腳一定是斷了！」

「真可惜，斷的怎麼不是妳的舌頭。」奧斯卡低聲嘟噥。

「噢！我漂亮的衣服變得這麼噁心！」伊莉絲哀嘆連連，一面撫平百褶裙和襯衫。

「漂亮的衣服？」奧斯卡不解：「什麼漂亮的衣服？」

「自己品味不夠就請閉嘴！」伊莉絲回嗆。這場意外並未稍微挫減她的霸氣。

阿力斯特走到女孩面前，迅速檢查了一下她的狀況。

「我不認為腳斷了，頂多只是扭傷而已。試著站起來。」

他小心地扶起女孩，把她抱起來。

「輕一點！」伊莉絲幾乎哭了出來：「我最討厭痛了！」

「妳有認識誰是喜歡痛的嗎？」

「我不知道，但是我知道有人喜歡害別人痛苦。」她斜眼瞪著阿力斯特。

他們原路折返，遇到艾登和莎莉。遇到旋風突擊之後，他們也採取了相同的做法。

「啊！你們在這裡！」一個聲音從他們背後響起。

所有人都回頭，摩斯瞪著他們，顯然十分不耐煩，彷彿已經等候了好幾個小時。阿力斯特放開懷中的「嚴重傷患」，任憑伊莉絲像個布袋似地掉落地面，對於她的大呼小叫置之不理，直撲摩斯面前。

「你剛才跑到哪裡去了？」年輕長老一把抓住男孩的衣領：「誰准你脫隊的？」

摩斯粗暴地掙脫，甚至本能地想反擊；不過阿力斯特的怒氣打消了他的念頭，只睥睨地瞪著年輕長老。

「在那團煙霧飄來時，你們大家都躲在披風下發抖……我呢，我選擇勇往直前。」

奧斯卡怒不可遏，火冒三丈。

「騙人！你爬到了峽谷山頂，用鍊墜讓岩塊鬆脫，打落在伊莉絲和我身上！」

摩斯冷笑起來。

「聽你在胡說，藥丸。你有證據嗎？」

「總而言之，」阿力斯特介入評斷：「我先前已禁止你脫隊。」

「我的導師是弗雷徹．沃姆，不是您。」摩斯輕蔑地回應。

阿力斯特氣得面紅耳赤，表情變得兇狠嚴厲；少年向後退了一步，有點提心吊膽。

「你給我聽好，摩斯，因為我絕不會再說第二次：在這裡，決定做什麼和禁止做什麼的人，是我。而你，你只是一個自以為是的初學小毛頭，沒有你說話的份兒，乖乖服從就對了。聽懂了嗎？」

摩斯沉默不語。

「我再問一次：你聽懂了嗎？」

男孩終於點點頭。

「再頂一次嘴，再違規一次，我保證，一定採取所有必要手段，把你送回去，讓你永遠不能再進入體內世界。」

阿力斯特說這番話時，全體隊員大氣都不敢哼一聲。就連伊莉絲也停止抱怨。摩斯等風暴過去後，刻意走到奧斯卡身邊。

「你搞錯了，藥丸。」等阿力斯特走遠，摩斯對他低聲說：「我想壓死的不是那個白癡女孩，而是你，就只針對你。不過，只好等下一次了。」

奧斯卡忍耐他惡意的眼神。摩斯想挑釁他，他知道自己也別無選擇：必須跟他打，才能保護自己。他早就牢記：對方已經宣戰。

這段時間中，他們的嚮導謹慎地觀察周遭環境，終於指往某個方向。所有人都順著他的手指望去：在距離最近的峽谷崖壁上，先前的旋風吹落石塊，刻出了現在大家都已十分熟悉的標誌：一個頂端是M字的盃座，盃身纏繞著一條蛇。

「很好。」年輕長老扶起伊莉絲：「我想，我們大家都同意：該回去了。」

記憶黑洞

「奧斯卡！奧斯卡！您在哪裡？我親愛的孩子？午餐已經準備好了！」

雪莉雙手插腰，在花園裡走了幾步。

「烤雞要涼掉囉！」

樹叢後方，只有幾隻小鳥和輕柔的噴泉水聲回應。她最後只好放棄，原路返回廚房。

她離開後，一棵就位在路旁的大橡樹才展開枝枒。醫族少年蹲棲在樹幹上，俯下身子。

「好了，她走了。」他說，想到雪莉的烤雞，又忍不住打了個寒顫：「你可以放我下來了。」

大樹輕輕彎腰，枝葉碰觸地面。奧斯卡跳到草坪上。

「謝謝你，吉祖。你救了我一命。」

「人生的每分每秒都是戰鬥，而且不論你在什麼地方！」

他嚇了一跳，到處東張西望：這個再熟悉不過的聲音是從哪裡發出來的？

「看上面，奧斯卡！」

他仰起頭：阿力斯特也坐在樹上，而且是在更高的枝頭上，滿面笑容地望著他。枝幹彎下，讓年輕長老安全落地。

「我想，我們有位共同的好朋友。」他說。

他對吉祖眨了眨眼，伸出手，友善地輕撫樹幹。

「這是我在庫密德斯會裡最喜歡的地方。在吉祖的樹頂，你會覺得不受任何危險侵擾，而且，那是一處獨特的戰略至高點。我相信，並沒有很多人能享受這項特權。」

他走到奧斯卡面前，伸手把他的頭髮亂揉一氣。顯然，雖然年齡上有點差距，但這兩名醫族有許多相似之處：一樣不修邊幅，渴望冒險，都有叛逆的一面——甚至都有一頭不聽話的蓬鬆亂髮：阿力斯特的髮色深棕，而奧斯卡則一頭火紅。

「所以，年輕人，你對二號小宇宙的初次旅行印象如何？」

奧斯卡聳聳肩。

「兩國世界本身還好，只不過……」

他遲疑著，阿力斯特替他把話說完：

「……只不過，你不是很喜歡今天早上和我們一起去的那些人，對吧？」

他俯下身，以交心的祕密口吻說：

「老實跟你說，我寧願只跟你兩個人一起去。要是那樣的話，我確定，我們早就把你的第一份戰利品帶回來了。不過，時局艱難，令人擔憂，必須讓你們大家都得到進步，以便助我們一臂之力。你知道，我們人數不多——畢竟，還有很多醫族連體內入侵都還不會！用團體的方式培訓你們，效率比較好。」

奧斯卡點點頭。和大家一樣，他知道，自從黑魔君越獄之後，醫族大長老就宣布進入警戒狀態，並通知世界上所有醫族，緊急動員——並進行培訓。此外，也必須催促醫族家庭教育像他這樣沒經驗的小醫族。奧斯卡的父親已經不在，母親又不是醫族，於是魏特斯夫人自告奮勇，負責啟蒙他。目前為止，或許，病族魔王尚未現身展開行動，但布拉佛先生與最高議會其他所有長老都不敢掉以輕心：總有一天，而且就在很近的未來，他們的敵人終將襲擊，而當那一天來臨時，他們必須已經做好準備。

「嘿！奧斯卡老兄，我覺得你這顆小腦袋裡裝滿了東西，轉個不停。」阿力斯特指著男孩的額頭說。「而且有些念頭不見得非常愉快，我有說錯嗎？」

他站直身子，轉而面向花園。

「我們兩個一起走走，如何？好吧，雖然，比起由我們親愛的彭思修剪整齊的的草坪，我較喜歡天然的原野，不過，至少在散步期間內，我們可以安靜不受打擾。」

奧斯卡欣然答應。他也覺得，無論從哪方面來看，自己跟阿力斯特非常相近——尤其是像今天這樣，年輕長老似乎恢復了平日的風趣與活力。

他們一起走入玫瑰花小徑，在一處有遮蔭的棚架之下，發現一張長椅。

「首先，為你的勇氣喝采，奧斯卡。」阿力斯特重新開啟話題：「多虧了你，伊莉絲平安無事。是啦，你可別期待她會摟住你的脖子，跟你道謝……」

「這個嘛，沒關係的：我並不怎麼在意！」奧斯卡連忙嚷嚷。

阿力斯特笑了出來。

「我懂你的意思：她恐怕只會來責備你，或者威脅說要去向誰誰誰告密。不過，你知道，她的脾氣也不見得真的那麼壞。」

奧斯卡上上下下地看著他：伊莉絲，脾氣好？他強烈懷疑。

「或許不比摩斯糟。」他打圓場。

「別擔心摩斯那傢伙：以後，我會牢牢盯住他。你不會有事的。」

「我才不怕他。」奧斯卡驕傲地反駁。「而且，我早就習慣那個傢伙了。我們是同班同學。」

「那就一切都沒問題囉！」阿力斯特很高興：「我並不擔心你：我也知道你的家世背景。」他說，流露善解的眼神。

他用手肘輕輕推男孩一下，滿面笑容。

「聽人家說，你的父親是一位了不起的人物。本來，他一定可以大肆掃蕩，徹底整頓整個醫族，我深信如此！」阿力斯特激動地說，隨時準備投入一場新的革命似的。

奧斯卡沒有回應，只把手插入口袋，摸摸他最近幾乎從不離身的小相簿。

「當然，我很敬佩溫斯頓．布拉佛，也很喜歡魏特斯夫人。」阿力斯特接著說，「不過，你的父親比較年輕，充滿活力，也……」

他停頓下來，轉頭看奧斯卡，發現自己說錯話了。

「我想，如果醫族們都懷念他，他的兒子一定更想他。對不起，奧斯卡。」

男孩回給他一個有點哀傷的笑容。他並不生阿力斯特的氣，相反地，他很感謝這位長老把他當成大人，坦率地跟他談這件事。除此之外，他也很高興聽到一位醫族用如此讚揚父親，與「叛徒」維塔力的形象相差十萬八千里。

「你知道，沒有父親也能長大，並成為一個優秀的好人。」年輕長老又說。「這一點我也有所體會。」

奧斯卡抬眼看他。

「您呢？您見過您的父親嗎？」

阿力斯特遲疑了一下，腦中浮現一些悲傷的念頭。一個他最後只在瘋人院深處見過的老先生，他去探望時，老先生大部份時候都沒認出他是誰。

「見過。」他回答。「到最後，或許，我還寧願少見他一點……」

「少見他一點？」奧斯卡大為訝異：「我多麼希望至少見過他一次！」

阿力斯特微笑。

「你說的對，我在胡說什麼啊！對於深愛的人，我們永遠沒有看夠的一天。」

奧斯卡抓緊口袋中的相簿，趁機發問：

「自從你跟我提起那張綠寶石板之後，我就在想，這招說不定可行……」

年輕長老直起身子，大吃一驚。

「你在說什麼？」

「呃，就是綠寶石板和萬靈藥，可以讓人起死回生的法寶啊！我相信它們有效！」奧斯卡充滿希望地嚷著。

「是誰告訴你這些的？奧斯卡？」阿力斯特質問，像是被雷打中了似的。

「可是……就是您啊！」

阿力斯特直視他的眼睛，顯得很不高興，甚至幾乎要發怒。

「聽著，我不知道你從哪裡聽來什麼板子和萬靈藥的事，不過，最重要的是，我希望你跟我說實話，因為，人不能跟人家交朋友，卻對他說謊。」

奧斯卡猛然站起，自尊心受傷。

「我跟您說的是實話啊！您不記得了嗎？就是那天，您在我放學的時候，到巴比倫莊園來找我啊！」

阿力斯特也站了起來。他伸手在太陽穴上揉按了一小會兒，打起精神。

「我很願意相信你沒說謊，不過我還是認為你有點胡扯，自己胡思亂想。我打算把這些事忘掉，你也忘掉這一切吧！」

醫族少年向後退了一步，不懂阿力斯特為什麼不相信他的話。他沒有做白日夢，明明就是年輕長老本人，不是別人，主動跟他聊這件事，並且揭示了綠寶石板的存在！

「那張起死回生板的事情，你最好忘記。」年輕長老又說。「那是一些跟我們無關的暗黑故事，不關我們醫族的事，而且完全是空穴來風。那玩意兒從來不存在，根本沒有。相信那些事的人最後都落得玩火自焚的下場，奧斯卡。」

男孩沒回應。他明白，反駁只會讓情況惡化。他想起最近幾天所發生的一些事：阿力斯特曾被車子撞到……檢查結果沒有問題，但怎麼知道對他的記憶有沒有造成影響？他同時想起他們幾個孩子在雷歐尼家看到的奇怪場景，還有老人家曾說過的話：萬一雷歐尼說的是真的呢？說不定，阿力斯特患有跟他父親一樣的疾病，只是忘了曾經做過奧斯卡剛才所提到的事？

很明顯地，最好不要太堅持己見——不過，他並不打算就此放棄。對這件事，他的決心無比堅定。

阿力斯特的態度柔和下來，環住他的肩膀。

「我能體會你的感受：有時候，缺乏陪伴是很難受的。不過，現在，」他露出熱情的笑容說：「你多了一個大哥哥。跟爸爸的等級不一樣，但是，也不錯啦！不是嗎？」

奧斯卡也報以笑顏，點點頭。年輕長老似乎已經忘記剛才的不快。

「太好了！」他高喊，從來沒有這麼開心過：「別跑太遠，我們兩個還沒把話說完呢！」阿力斯特又補上一句，表情既神秘又歡喜。「我必須把你介紹給一位非常重要的大人物。」

奧斯卡緊盯著他，好奇接下來會發生什麼事。不過，他並沒有忘記他的當務之急：他自己也還有事情沒辦完，並且已經知道，一旦能有點時間喘口氣，他該做些什麼……

茱莉亞展開搜尋

彭思登上二樓。他摸了摸扶手，仔細檢查手套上是否沾有一粒灰塵。剛才，小藥丸跟同學和麥庫雷先生一起出發了，去進行一次他並不特別羨慕的旅程。宅院裡恢復了寧靜詳和，對管家來說，真是愜意極了。

當初，得知醫族少年即將回到庫密德斯會，他感到非常苦惱。並不是因為他有多麼憎厭那個男孩，正好相反：他其實很感謝他在一年之前，把他從瀕死邊緣救活過來。那個少年似乎頗有天分，深受布拉佛先生寵愛。對彭思而言，這比世界上其他任何推薦更有效。然而，凡走過必留下痕跡，他無法忘懷去年夏天所發生的種種。單單只回想起來，他就渾身緊張——對一名英國管家來說，沒有比這更悲慘的事了。光是男孩的名字就在這幢屋宅裡掀起一股旋風，而他向來努力維持莊嚴詳靜的氣氛。況且，奧斯卡的父親，維塔力．藥丸，在消逝於「彼界」之前，行為舉止也一樣充滿英雄色彩，不管你喜不喜歡。誰能預言未來，先知道他兒子真正的習性？不，他一點也不討厭那個孩子，不過，不管別人怎麼說，他寧可多加留意監視。

這天早晨，趁著醫族少年不在的空閒，他打算巡視屋子一圈，確認每一項家具，每一樣古玩文物，每一幅圖畫，就連最小的釘子也不放過，都要跟他剛放入每個房間和每個角落時的狀態一模一樣，並能抵擋「藥丸旋風」。他確定，那股旋風將不斷肆虐，因此也密切監控。關於這一章，依照奧斯卡不守規矩又生性好奇的特質來看，實在不能太責怪彭思……

不過，在展開詳細探查之前，他覺得應該先著手排除屋裡另外一項危險：那兩名來自另一個世界的奇怪小孩。那兩人也一樣天賦異秉，跟他們的旅伴一樣專門引發危險。他這輩子算是白活了，或者可以說是幾乎白活了：在老板，也就是醫族大長老的庇蔭之下，他認識了長老會成員與其他人物，因而曉得——甚至比該族某些人更清楚——他們的祕密和能力。儘管如此，在他眼中，體內世界的人物始終是一些特別的生物，他不是很了解他們的運作機制。勞倫斯和瓦倫緹娜也免不了讓他保持戒心。總而言之，彭思人生中的黑暗面促使他無論在什麼情況下，對任何事都不信任。而且，他都已經這把年紀，不可能改變態度了。

於是，在這一刻，哪件事該優先處理，他很清楚：他要確認那兩個潛力十足的搗蛋鬼好好地待在布拉佛先生所指定的位置上，也就是說，在他們各自的房間裡，坐在書桌前面，做他們的功課。那天，大長老做出決定——結果倒大楣的是他——那兩個孩子可以留在這個世界，主要是待在庫密德斯會。那些話至今仍在他耳邊迴盪：「好吧！」布拉佛先生同意。「不過，有一個條件：嚴格遵守我屋子裡的所有規矩，詳細的情形，彭思會解釋給你們聽。」

兩名少男少女迫不及待地答應了。

「不僅如此。」大長老加以補充：「如果你們想在一個陌生的世界生存下來，就必須先去熟悉它：我要找人教你們所有你們該知道的事，你們要好好用功，別想討價還價。」

勞倫斯高興極了，瓦倫緹娜對這項消息就沒那麼熱衷。他們兩人，一個只有一項野心（狼吞虎嘯，吸收所有知識）；另一個則崇尚自由，喜歡實際行動（越刺激越危險越好）。然而，對於大長老的嚴格規定，女孩還是乖乖屈服了：只要不送她回跨界大水網，讓她一生只能在某個人體內的血路脈絡內駕駛潛水艇，她什麼都願意做。總之，那兩個孩子暗中希望他們的朋友奧斯卡重返庫密德斯會，每日每夜，死心塌地地等他回來。好友終於再次出現，但他們的功課並沒有因而變少。不管發生什麼事，除了星期日休息，每天早上用功三個小時。所以彭思知道在哪裡可以找到他們。

到了二樓，他很快地看了賽蕾妮亞的半身像一眼——年輕女子的雕像似乎沒有知覺，直到管家走過去之後，雙眼才亮起來。彭思探頭看右邊的走廊：空無一人。於是他走入左邊的走廊，在盡頭停下，面對一扇通往一間隔離室的門。這間隔離室裡另外還有兩道門。他彎腰靠近其中一扇，門後傳來的尖叫逼得他立即直起身子。

「我受夠了，受夠了，受夠這些該死的書了！」一個女孩憤怒狂喊。

彭思認出瓦倫緹娜的聲音，以及她對課業抱持的強烈反感。他放心了，於是將耳朵湊進另一扇門。只聽見一聲細微輕響：那是翻動書頁的聲音。他並不特別想去面對女孩的抑鬱怒氣，寧願去跟她的同伴打交道——即使男孩的博學有時令他尷尬不自在。他敲門之後就逕自進入。

勞倫斯從書本中抬起頭。

「時間已經到了？」他問，真的十分失望。「我覺得今天早上才剛開始耶！」

「不。」彭思回答，同時很快地看了他周圍一眼：「您還有一點時間可以讀書。」

隔壁房間又響起刺耳的尖叫。

「瓦倫緹娜不太喜歡地理。」勞倫斯證實。「依我看，最好讓她自己靜下來。不過，如果您想去看她的話……」

彭思搖搖頭，擔心地看著另一扇門。

「不，我也認為最好讓她獨自靜一靜。請您下樓午餐之前去找她。」

「好的。」男孩說，一面又埋首課本中。

等確定管家走得已經夠遠了，勞倫斯從椅子上跳起來，直撲窗戶，探出窗外：同時，吉祖彎下較高的枝枒，讓瓦倫緹娜落腳地面上。

「妳真是瘋了！」勞倫斯悄聲說：「妳知道自己在做什麼嗎？萬一被彭思看見，而他剛剛卻又聽見妳的聲音，他會……」

「噓！」女孩只露出燦爛的笑容，隨即一溜煙地往廚房面向花園的門跑去。

勞倫斯搖搖頭，溜出他的房間，去瓦倫緹娜的房間——當然，房裡沒人。她踮起腳尖，走到書桌，敲了幾下電腦鍵盤，關掉聲音檔，檔案裡是他事先幫好友製作的錄音。

他安靜無聲地出了房間，冒險跑到走廊上。他原本寄望彭思在這個樓層有其他事情要處理，但老管家卻朝樓梯走去——走得很慢，但步伐堅定。所以，瓦倫緹娜沒有多少時間能按照原定計畫那樣，穿越廚房，抵達圖書室。他在心裡暗罵：她又要給他惹來什麼麻煩？他們兩個可是正冒著極大的危險，而他跟她不一樣，最討厭的就是冒險。但是，真是見鬼了！她為什麼偏偏要在今天去藏書室？

「因為奧斯卡請我們幫忙啊！」在決定如何騙過彭思時，她是這麼回答他的。

「可是為什麼要在今天早上？就不能等一等？」

「今天是星期六，你知道得很清楚，星期一之前沒有別的機會去。奧斯卡急著想知道更多關於綠寶石板的事。反正，」她連書頁都還沒翻開就說：「我已經受夠用功讀書了。我需要來點冒險！既然不能跟他一起去三號小宇宙，那我們不如自己在這裡弄點名堂……」

在錄音時，她毫無困難地演出被課業煩到抓狂的狀態。

「我們一定會惹來麻煩。」勞倫斯一面把檔案上傳到電腦上，一面哀聲嘆氣。「妳等著吧……」

瓦倫緹娜大笑起來——相反地，一想到要挑戰禁忌和捉弄老管家，她興奮得要命。

「噢！你很掃興耶！你很有可能跟彭思是一家人，我敢說一定是……而且，你們長的真的有點像。」她故意加上這麼一句氣他，一邊聽著他們剛才製作的錄音。

勞倫斯已經跑到鏡子前方，正面照照，然後側面照照，摸摸自己的圓肚皮，又伸手抓抓自己那頭粗硬的金髮，最後調整架在鼻樑上的金屬框眼鏡。

「妳在胡說什麼啊？彭思的頭幾乎禿光了，而且瘦巴巴的，我可是健壯如牛！」

「好啊！假如你健壯如牛，那就沒有什麼好怕的啦！你只要在彭思靠近的時候反覆播放錄音檔，並乖乖地待在你的房間就好！」

這天早上，勞倫斯的臉色不太好看。不過瓦倫緹娜還是照計畫進行：她知道他不會見死不救的。他們一直等到奧斯卡跟其他醫族出發之後才行動。她預先打開窗戶，直接跳到吉祖的枝枒上：大橡樹是他們最有默契的共犯……

就在勞倫斯偵伺彭思的動靜時，瓦倫緹娜已經溜進廚房。她打開門：到大廳的通道無人阻攔。她正準備衝過去，身後卻響起一聲尖銳的叫喊：

「瓦倫緹娜，我的小寶貝，妳在這裡做什麼？」

雪莉穿著圍裙，站得筆直，宛如一盞路燈，那頭蓬鬆雜亂的黃髮剛好當作燈泡。

「我知道了！」雪莉表示：「妳餓了，又不敢告訴我。真是的，妳有任何事永遠都可以跟我說啊！妳知道，因為持續的飢餓感對身體器官很不好。傑瑞可以證明。他對我做的每一道菜都毫無抵抗力，可以從早吃到晚。他很愛妳，這個妳知道。而我也一樣，即使我同時也堅持你們的房間要整齊，並想盡辦法要妳每天洗澡，但是妳知道，我把妳當成自己的女兒一般疼愛。好吧！別人可能很難相信，因為妳的頭髮紅的跟番茄一樣，但這也改變不了我的感受。要是妳餓了，儘管跟我要東西吃，什麼都可以，而且……」

瓦倫緹娜任憑這波連珠砲襲擊，沒有回應，直接走過雪莉身邊，前往樓梯。她完全不敢妄想去打斷雪莉的嘮叨，只是，該怎麼在彭思來臨之前脫身——同時不傷害雪莉的一片好心？時間分秒必爭，她覺得危險性升高，自己也愈來愈慌。*我這是怎麼了？*她對自己說。*通常，想不出辦法的是勞倫斯，從來不是我啊！*我必須做出反應！她再次把頭伸進門縫探望：來不及了，只見一個高大的身影投映在掛在樓梯間牆上的M字綠色絨布上。倘若彭思本以為她在房間裡，卻在一樓撞見她，她該怎麼回應？然而，最慘的狀況即將到來：因為，永遠不會原諒她在偷雞摸狗時被活逮的人，是勞倫斯。她很確定：萬一他們因為這次的搗蛋被處罰，他會不斷翻出這筆舊帳，直到她嚥下最後一口氣為止。

她已經開始編造一則荒謬的瘋狂故事，完全沒去聽雪莉在講什麼——她一面在廚房打轉，一面淘淘不絕地說個不停——此時，一個一聽就知道是誰的宏亮聲音從三樓傳來。

「彭思，我需要您。」

毫無疑問地，是布拉佛先生，但聲音力道之大嚇了他一跳：大長老從來不需要提高音量的，就連生氣發火時也不必。而這個聲音低沉沙啞，不怒自威。就連雪莉都閉上了嘴，驚訝之餘，眼睛眨動得比平時還厲害。彭思不假思索，掉頭折返。他加快腳步，登上樓梯，一口氣爬上三樓。樓梯口沒有人。他抬起頭。羅妲的半身像高高地盤踞在凹室內，顯得很不高興。他靜候她發作，但什麼事也沒有。於是他走入右邊的廊道，在一扇精雕細琢的實木大門前方停下。門板中央刻了一個M字，天衣無縫地鑲上了一顆綠寶石。寶石閃著耀眼的光芒，彭思瞭解其中含意：大長老人在書房裡。

他敲敲門，靜候准許進房的指示。

「請進，彭思。」

都已相處了這許多年，布拉佛先生立即認出他現身的方式。老管家安靜無聲地推開門，動也不動地站在門口。

「您有事召喚我嗎？先生？」

長方形的大房間內，兩扇大窗面朝花園，讓陽光灑滿室內。書房的最裡面，溫斯頓・布拉佛坐在桌前。現在在這裡工作的，是知名大律師。當他換上醫族大長老的身分，研究與族人相關的計畫及事務時，這間豪宅的屋主則喜歡退隱到小書房。小書房低調地隱蔽在屋宅北側的小樓塔內，要經過起居室的暗門或祕密樓梯才能抵達。不過，庫密德斯會裡幾乎到處可見醫族標章，而且，這間大書房和其他廳室都一樣，全部使用綠色天鵝絨布做成的窗簾，並用M字扣環收攏。同樣地，仔細觀察大地毯上的交錯繡花圖案，就會發現，在藤蔓和沒藥纏繞的枝葉之中，藏了一個M型。裝飾藝術風格的書桌桌腳展現出別緻的M字狀，長沙發的布料款式跟起居室的一樣，而當布拉佛先生點亮檯燈——就擺在右下方印有M字的皮製桌墊旁邊——，字母就會浮現在燈罩上。

他從一份複雜的文件抬起頭。

「不，我並沒有召喚您。」他說，彭思顯然打擾到他了。

他重新埋首處理文件，表明需要專心，無疑地，也暗示老管家可以退下了。彭思遵照指示，卻感到十分困惑。

關上門後，他在走道上呆立了好一會兒，覺得奇怪。雖然已經不年輕了，但他並沒瘋，也不至冥頑不靈，可是他真的聽見老板喊他。他搖搖頭，再次經過固定在凹是中的羅妲雕像。他百思不解，最後只得聳聳肩，離開三樓。

左側廊道的一根柱子後面，勞倫斯貼在一扇門上，額前淌著大滴汗珠，手裡緊握一項物品。對他來說，這個東西從來沒有如此珍貴過：那是傑瑞米從雜貨鋪裡找到的一台MP3，去年送給了瓦倫緹娜。兩個來自體內世界的孩子沒事拿來玩，用麥克風錄下庫密德斯會裡每個人的聲音，然後轉成MP3音檔。「這樣一來，」瓦倫緹娜常說：「我們甚至可以練習模仿他們的聲音。總有一天能派上用場，不是嗎？」

勞倫斯十分擅長硬吞死記，弄懂所有機器複雜的說明，相形之下，對模仿就非常不拿手。因此，那個時候，彭思才剛往下走了幾階，他就連忙拿出MP3，插上小型擴音器，把音量調到最大：布拉佛先生的聲音突然如雷般炸響，勞倫斯瞬間臉色發白，深信自己犯下了致命的錯誤。很奇怪地，彭思卻走了回來，一點也沒起疑。

他走出藏身之處，還在發抖，像國王宮殿裡的大臣那樣，向羅妲的雕像彎腰致意，感謝她守口如瓶。然後，他悄悄地下到二樓，回自己的房間。接下來，只能祈禱這起突發事件能讓好友有時間溜進藏書室。

瓦倫緹娜這邊一秒鐘也沒浪費。她從三樓的欄杆縫隙瞥見好友匆匆閃過的滿月圓臉，當下明白那是勞倫斯為了多替她爭取幾秒所想出的策略。她則使出了打斷雪莉流水帳的殺手鐧，跳起來摟住她的脖子，在她臉上重重親了一下——這招每次都奏效：雪莉歡喜得漲紅了臉，淚水在眼眶裡打轉，躲進壁櫥或鍋碗瓢盆堆中，遮掩激動的情緒。趁著這個時候，瓦倫緹娜連忙奔向大廳，一路跑到藏書室門口。她沒忘記要保持冷靜，小心翼翼地開，然後謹慎萬分，不動聲色地把門關上。

她終於能一個人獨處了，而且到達她想來的地方。她知道這種狀態不會持續太久，於是踮起腳尖，快步朝書架跑去。她下意識地轉頭看看身後的畫像牆。只有一幅畫亮著：那是一位老太太，不知道叫什麼名字。老人家垂頭讀著一本書，書本看起來跟她的禮服和臉色一樣死氣沉沉。所以，牆壁另一面的不朽之身廳裡只剩她在，而且她很可能根本沒注意到瓦倫緹娜。

女孩搜尋了幾秒鐘，發現了想找的那本書：一冊厚重的百科全書。她連忙去找提圖斯，也就是魏特斯夫人的座椅。

「提圖斯，您願意幫忙，讓我拿取那本書嗎？拜託您了！」

提圖斯似乎不太願意。她不耐煩起來，想強行拖動，但座椅彷彿被釘死在地面上似的，不動如山。她實在沒時間顧及禮貌了，鞋帶也不鬆開，蹭脫球鞋，撲到書架上，攀爬起來。第二層的木頭板架開始晃盪，彷彿漂浮在水裡一般。瓦倫緹娜想抓住板子邊緣，但許多小刺不斷扎她，逼得她不得不鬆手。她人仰馬翻地跌落，眼看屁股就要摔在……加夫洛許柔軟的椅墊上。加夫洛許，阿力斯特．麥庫雷的座椅，就在書架旁邊。它搶在提圖斯之前，無聲無息地滑到女孩下方，緩衝她摔跌的力道。瓦倫緹娜站起身，輕撫椅面上的絨布，滿心感激。

「謝謝！」她說。「我差點就摔個粉身碎骨了！然後彭思可能會用鏟子和小掃把收集我的殘骸碎片……」

她抬頭仰望書冊，束手無策。

「出師不利，諸事不順。」瓦倫緹娜又說。「我要怎麼做才能拿到那本書呢？」

提圖斯心軟了，靠近過來。女孩跳上去，伸長了手臂，總算拿到了書，並且翻開：字句立即逐行消失，想當然爾。規則不容更改：沒有作者和書主的允許，沒有人可以閱覽書中的內容，只要一翻開，文字就會神奇地全部不見。

她很快地看了封面一眼，閱讀那個用燙金印刷的名字。

「拜託您，畢戈先生！」她懇求作者：「布拉佛先生准許我讀藏書室裡的書！我……我是他的紅粉知己！」

她環顧四周：生平第一次，她扯了個連自己都不好意思的大謊。幸好，畫像牆沒受到波及，不朽之身廳沒有顯現。萬一被在那裡面的老太太聽見了，即使她已經死了，僅存魂魄，恐怕也要心臟病發作……

無論如何，百科全書的蝴蝶頁上顯現一行字。這表示：百科全書作者，史坦尼斯拉斯．畢戈，決定接觸這位陌生的女讀者。

「您想知道什麼？」

瓦倫緹娜輕嘆，總算鬆了一口氣。

「我想閱讀您對綠寶石板的認識。」

「綠……　什麼東西？」畢戈先生吃了一驚。

「綠寶石板。」女孩又說了一次。她剛聽見大廳傳來一些聲響，開始擔心起來。「快點，畢戈先生，可以這麼說，我有點……趕時間。」她解釋，一面朝門口瞄了幾眼。

作者的字跡亂七八糟，彷彿被這個題目弄得很緊張。

「我不知道您在說什麼——而且我確定您自己也不知道，您甚至不知道您自己在說什麼。對於這個題目，我沒有任何相關知識能告訴您。別來煩我，也別騷擾藏書室裡其他的書，這是我的良心建議！」

瓦倫緹娜幾乎來不及讀完，紙頁又變成一片空白。

「嘿！」她嚷了起來：「我當然知道自己在說什麼！就是藉助一個什麼萬能的東西，能讓死人活過來的那張板子，我只知道這些！回來！」她一面說，一面在提圖斯身上跺腳：「馬上回來！你這個可惡的作者！」

座椅一陣劇烈晃動，提醒她守規矩。

「哎呀！對不起！」瓦倫緹娜小聲道歉。「希望我沒踩壞您的彈簧，提圖斯！只是，現在，我又能怎麼辦呢？嗯？」她唉聲嘆氣。「我不能空手而回，我已經答應奧斯卡要找到關於他那張石板的資料，而且勞倫斯也會教訓我好幾個小時：『妳去那裡根本沒用，我早就告訴過妳。但是妳只一味固執不肯聽，哇啦哇啦，哇啦哇啦……』」

她爬下椅子，失望透頂。她輕輕把座椅放回原位，靠攏在橢圓大桌旁，垂頭喪氣，正準備出去，一陣微弱的氣息吸引了她的注意。她感到好奇，目光四處搜尋，終於在一個書架上發現茱莉亞．賈柏那本資料夾。茱莉亞生前是布拉佛先生的秘書，住進了這本文件夾中。這裡面保存著大長老的檔案，還有醫族的資料，以及數不清的剪報。封面和封底的兩張厚紙板再次張開闔起，發出這種輕微的聲響。文件夾就在手邊，這一次，瓦倫緹娜把它拿下來，攤在桌上。

她打開資料夾；細緻的字跡出現，彷彿是用一根頭髮寫出來的似的，非常合乎茱莉亞低調溫柔的形象。她害羞極了，以至於紙頁的四角都捲摺起來。

「日安，瓦倫緹娜。」她說。「我猜您是奧斯卡先生的朋友。我已經在這裡看過您，不過從來不敢跟您說話。」

「您不敢跟我說話？您到是說說看，這是怎麼回事？」女孩打趣地說：「這種事怎麼可能發生在我身上！」

「請原諒我，您一定覺得我很魯莽，不過我猜您正在找什麼東西，但是找不到……」

「畢戈先生不肯給我答案，而且我覺得，我的問題好像嚇著他了。」瓦倫緹娜簡單說明。

「無論如何，我會盡力而為。」茱莉亞謹慎地回答。「請說……」

「您想，您可以幫我這個忙嗎？」她充滿希望地問。

這一次，女孩說話時就小心多了：假如這是個敏感話題，那就不必讓所有的書都聽到。她迅速斜眼瞄向一本滿是折角破損的書。那本書，她和奧斯卡及勞倫斯都很熟：比利．波依德的《病族文選》。去年，那個性格卑劣的作者把他們耍得團團轉。波依德的缺點很多，但是絕對不虛偽：如果他先前聽見了什麼，又很想插手管閒事的話，應該早就已經行動。思考過後，瓦倫緹娜放心了，於是提問。

「茱莉亞，您有沒有聽說過綠寶石板？」

年輕女子思索了一會兒，寫下幾行字：

「在我的記憶中，完全沒有，不過，我馬上去檔案裡搜尋。您會留在這裡嗎？」

「我絕對不走！」女孩興奮地喊，心跳加速，已經等不及了。

資料夾闔上，夾在其中的紙頁狂躁地振動，彷彿有人以光速在查閱。瓦倫緹娜聽見大廳傳來腳步聲，無法判定腳步是否朝藏書室走來，也不知道是雪莉還是彭思，又可能是傑利在廳裡工作。不過，現在可以感覺得出來：時間愈來愈急迫了，獨處在這裡的機會不可能持續到天長地久。她竭盡所能地忍耐，不去催促茱莉亞。

女孩彷彿過了永無止境的漫長時光，文件夾終於再次開啟，文字一行行顯現。

「恐怕要讓您失望了。」茱莉亞寫下：「關於您說的綠寶石板，我沒找到什麼資料，儘管已經讀遍我資料夾中所有的檔案和報刊文章，回溯到上百年前，依然什麼也沒發現。」

女孩嘆了口氣。看來，這個地方並不能提供他任何線索。她拿起文件夾，正要跟茱莉亞致意道別，又看見墨跡出現：

「沒有……幾乎沒有：我只找到這篇科學報導，裡面有關於細胞再生的討論。」

「再生是什麼意思？」瓦倫緹娜問，感到一頭霧水。

「我不是專業人士，不過，那似乎是一種重新活化，繁殖人體最小單位的程序。由於您剛才提到讓死去的人再活過來，所以我想，這篇文章值得一提。不過，也許我想錯了也不一定。」她補上一句糾正自己，顯得很難為情。

「有話就說吧！」瓦倫緹娜回答，也沒什麼把握。

她真希望勞倫斯不是那麼理性古板，願意陪她一起來。他什麼都知道，或許能找出綠寶石板，它神奇的魔力和這篇探討再生文章之間有什麼關連——細胞的再生，這個字眼，她連要記住都已經很困難了！長型大廳傳來十一聲鐘響，該是多得知一些訊息的時候了。

茱莉亞自動繼續說下去。

「這篇文章是一位偉大的醫學生物學家寫的，文中提到某位赫墨斯。不知道這對您是否有幫助，不過我覺得還是告訴您比較好。」

「赫墨斯。」瓦倫緹娜跟著念了一次。「好，我記下來了。您沒有……」

她還沒講完，藏書室的門就一下子被打開。彭思闖進來，神情無比嚴厲。先前，他雖然決定開始操忙屋裡忙不完的工作，但對於剛才發生的狀況，始終找不到滿意的解答。於是，本能地，他決定再去一下聽見布拉佛先生的鬼影叫喚之前就想去的地方：藏書室。

「您在這裡做什麼？」他質問，整個人被搞糊塗了。「您剛才在……您應該正在您的房間裡，研讀您的功課才對！」

茱莉亞的文件夾自動闔上，悄悄地在桌面上滑動，朝它的書架挪移。瓦倫緹娜不慌不忙地把它歸回原位。然後，在彭思駭然驚愕的目光下，穿上球鞋。

「我先警告您，」老管家語帶威脅：「我必須把這件事告訴布拉佛先生。」

瓦倫緹娜從容地走到門口，在他面前停下。

「現在是十一點零二分。」她笑容滿面地說。「所以，用功時間已經結束兩分鐘了。我剛才進到這裡來。您沒看見我穿過大廳嗎？您該配副眼鏡了，彭思。」

她從他面前走過，一直走到樓梯口。上樓之前，她轉身來：

「您星期六不該工作的，您看看：您簡直累壞了。」

紅沙發上的帕洛瑪

阿力斯特穿過庫密德斯會的客廳，打開通往露天平台和花園的後門。

他剛跟大長老進行了會談，報告醫族少年們穿越二號小宇宙的氣息國峽谷群的情形。當然，他特別告知了伊莉絲的身體狀況：看起來一切良好。抵達醫院十分鐘之後，她就開始放送各種建議，命令，威脅控告，醫生們都只開點她根本不需要的止痛藥，連忙讓她離開。她已經準備再次出發。

他也沒忘記提到摩斯的行為。

「幸好小藥丸反應快，而且勇氣可嘉。」他特地補充。

「光是這樣可能還不夠。」布拉佛先生提醒他：「提高警覺，我並不認為真的像外表看上去的那麼壞……」

「我也不認為他會是個天使。」

「藥丸也不是天使。而真正的問題在於他們討厭對方。他們是彼此眼中的危險。也因此，我要請您特別監視這兩個人。」

大長老所持的立場讓阿力斯特吃了一驚，一時之間沒有回答。布拉佛接著說：

「從法國和義大利傳來的消息令人擔憂，亞洲方面也出現了一些麻煩的跡象……」

「是黑魔君嗎？」阿力斯特問。

「各種奇怪的疾病。」大長老回答：「就是幾起特殊案例，沒有人起疑。但這只是開始，我知道，我們大家都知道。好了，出發吧！好好照顧他們。我們需要這些新血。動作快。」

年輕長老沒有打破砂鍋問到底。有時候，溫斯頓．布拉佛心裡的想法早已溢於言表，再怎麼追問也問不出任何皮毛。他們匆匆結束了這次晤談：時間急迫，阿力斯特要趕赴另一場他極為重視的約會——而且不是一個人去。

他步下客廳與花園之間的石階，走入園中。

橡樹，樺樹和尤加利樹林立並列，他沿著樹蔭下的蜿蜒小徑往前，兩側的繡球花叢綻放不可思議的繽紛色彩。顯然，當初安娜瑪莉亞．崙皮尼女爵進入庫密德斯會這些花草樹木中時——她是少數具有侵入植物體內能力的醫族——不僅改變了它們的行為模式，一定也灌輸了她本身頗為驚人的色彩品味。從那天起，花朵五色雜陳，與這位最高議會的傑出長老，奇裝異服的女士的臉孔如出一轍。

暖風徐徐，枝葉婆娑，蟲鳴鳥叫聲中，另外傳來一些雜響。他側耳凝聽：是人類的聲音，說得確切一點，是人類孩童的聲音。他微笑起來，迎向這些似乎朝他前來的聲音。

他穿越一叢叢杜鵑花，花叢堅持擋在他和他尋找的目標之間。他靈巧地登上草坪湧起的巨浪頂端，跳躍閃過路上不斷伸出的樹根，終於來到玫瑰園，雖然覺得好玩，卻也氣喘吁吁。他被自己的體能狀況嚇了一跳：他明明身體健康，也不缺乏運動鍛鍊，卻覺得整個人彷彿被掏空了似的。而且，他穿越庫密德斯會的遼闊大花園不下百次，熟知每一種植物會在哪裡給他設下什麼陷阱。那麼，為什麼會這麼累呢？是車禍的後遺症嗎？還是因為昨夜那場滿是父親身影的惡夢？看來，他必須盡快休息度個假，即使他平常並沒有這種習慣。

他決定拋開這些念頭，俯身鑽入玫瑰花叢。枝葉張牙舞爪地威脅，不過對他並不管用。孩子們的聲音終於清晰可辨。

芳香四溢的玫瑰界琳荷儂❷在奧斯卡、瓦倫緹娜和勞倫斯頭頂上搭建了一座可比印地安酋長帳篷的藏身之處，避人耳目。看得出來，庫密德斯會的兩名房客在花園裡交了不少朋友，到處都能躲藏。不過，他們最喜歡的祕密場所是這裡：滿樹的花朵和大量莖刺很容易就讓闖入者打退堂鼓。他們跟醫族少年分享了這個好地方。上次團體體內入侵一回來，奧斯卡就發現好友們的字條：「到帳篷下來找我們。」他老早就想來了，要不是因為在午餐時間，為了避開雪莉，藏身在吉祖樹頂時，被阿力斯特逮個正著……

阿力斯特剛離開去找布拉佛先生，奧斯卡就急忙奔向玫瑰花叢，找到了好友們。瓦倫緹娜一字不漏地把茱莉亞寫下的句子背給他聽。

「我覺得我們在藏書室的朋友們都不太喜歡這個主題。」女孩進一步描述：「畢戈先生簡直抓狂！總而言之，那時，他只想做一件事，就是把他的書闔起來。」

「所以我們更不能放棄。」奧斯卡做出結論：「這就表示那張石板確實存在，而且威力令人害怕。但是我呢，我並不害怕。」他又補上一句，表明心跡：「正好相反。」

「我也不怕！」瓦倫緹娜大嚷，興奮到不行。「我們什麼時候出發？」

「『我們什麼時候出發』，這句話是什麼意思？」勞倫斯問，並未被說服。「妳不覺得現在就出發去冒險還太早了嗎？」

「吼，你怎麼這麼煩！」

「那妳呢？妳也應該多思考一下吧？！還是說，妳已經有線索了？」

「沒錯！」瓦倫緹娜大喊：「我的線索就叫『赫墨斯』。」

「只有這個線索的確不太夠。」奧斯卡承認。「勞倫斯，你聽說過嗎？」

就連瓦倫緹娜也閉上嘴巴，讓他們的好友專新思考。換作是她，要她針對那位神祕的赫墨斯說點什麼，根本難如登天。黑帕托利亞人卻沒花多少時間就開口回答。

「當然聽過。」他一本正經地說。「赫墨斯是一位希臘神話中的神，商業之神。」

「啊！那麼，傑瑞米跟他應該源自同一個家族。」奧斯卡開玩笑。

「他同時也是狡猾小聰明之神。」勞倫斯又補上一句：「所以，他跟妳應該也有親戚關係，瓦倫緹娜……」

「很好笑。請繼續。」

「赫墨斯有一個兄弟：太陽神阿波羅，同時也是理性，音樂和藝術之神。」

---

❷ Line Renaud，法國知名老牌小酒館爵士女歌手。

「你一定把他跟布拉佛先生搞混了。」瓦倫緹娜打斷他，手指纏著一根辮子繞啊繞：「他好～浪漫……」

「讓我把話說完！」勞倫斯斥喝，他不喜歡在興頭上被人打斷。「阿波羅用神杖跟他的兄弟交換里拉琴，結果，神杖上出現兩條蛇纏繞……這沒讓你們想到什麼嗎？」

「跟醫族蛇盃好像！」奧斯卡驚呼。

「沒錯。即使赫墨斯拿的是一根棍杖而不是一個高腳盃。此外，羅馬人還封他為醫藥之神，他的蛇杖在美洲也成為醫藥的象徵標誌。」

「到目前為止，」女孩感到不耐煩了：「我還看不出這些跟我們那張板子有什麼關聯……事情並沒有進展嘛！」

「我也沒看出什麼。」好友坦承。「除了……」

「除了什麼？」奧斯卡鍥而不捨地追問：「快，阿力斯坦應該已經結束和布拉佛先生的會談，正往這裡來找我。他說我們有件重要的事情要辦！」

「除了，赫墨斯也是埃及的一位神祇。」男孩解釋，露出一抹淺淺的微笑：「也就是托特。這位神祇曾幫助伊西絲女神讓死人復活……」

奧斯卡驚呼：

「讓死人復活，也就是起死回生！太棒了，勞倫斯！找到了！你認為他是使用綠寶石板做到的嗎？」

「這我就完全不知道了。」勞倫斯坦承。「我看不出神祇赫墨斯與任何板子有關，抱歉。」

「我想，我知道誰能幫我們。」奧斯卡說，並未失去希望。

「而我，我相信沒有任何能幫得了你們。」

孩子們嚇了一大跳，抬頭仰望。從繁茂的枝葉與玫瑰花之間，隱約可見阿力斯特・麥庫雷的三角尖臉和不聽話的亂髮。

「抱歉打擾了你們的祕密會議。」這位長老說。「不過，感覺上，在你們這個年紀的時候，在這座花園裡，我也有同樣的巢穴，同樣的朋友，即使他們剛才都想盡辦法擋我的路。」

玫瑰花叢終於散開，好友三人組都站起身來。年輕長老對奧斯卡投以責備的眼光。

「你真是頑固的傢伙，奧斯卡・藥丸。有時候，這是一張王牌，我比誰都清楚；但那也是一項很嚴重的缺點。我已經告訴過你：這一切都不存在，如果你執迷不悟，一定會嘗到苦果。」

奧斯卡沒答話，他的伙伴們也用沉默來當擋箭牌。阿力斯特覺得和緩一下氣氛比較好。

「不過，既然你喜歡冒險，那我現在的提議你應該會喜歡。走吧！」

瓦倫緹娜衝到阿力斯特面前。

「我也是啊！我也熱愛冒險！而且，只要我拗起來，我也可以**非常**頑固！帶我去吧！拜託您！」她苦苦哀求。

阿力斯特笑了起來：小女孩的天才演技在庫密德斯會極富盛名。

「說到她頑固的程度，」勞倫斯提出他的觀察：「我可以證明。您大可放心地相信她。」

「很抱歉。」長老顧問說：「但是這次約見只有奧斯卡受到邀請，而且，絕對不可以錯過。」他說，同時看了看手錶。「下次囉，頑固小姐。奧斯卡，快去拿你的披風。我在大廳等你。」

奧斯卡緊緊抱著披風，用跑百米的速度衝下樓梯。大門敞開著，他急忙跑到迎賓梯上：布拉佛先生的大禮車上，傑利已坐上駕駛座，而阿力斯特站在已經打開的車門前。

「快！快點！」年輕長老催促他。「還有二十多分鐘的路程要趕，不能讓要會見的那位大人物等我們啊！」

醫族少年鑽進車裡，傑利立即踩下油門。

他們貫穿整座城，從南邊開到北邊。

奧斯卡瞥見巴比倫莊園的磚紅色鐘塔，他家就座落在小丘陵上的社區，然後是城郊工業區的工廠，那是媽媽上班的地方。他只經過那裡幾次，暗暗發誓要盡快想點什麼辦法，讓媽媽離開那些骯髒的辦公室，離開那些被大煙囪冒出的污染濃煙淹沒的廠房。他心底知道，賽莉亞咬牙苦撐，都是為了他和薇歐蕾：她需要工作養家，讓一家三口生活。是的，一定要：有一天，他一定要盡一切努力，不讓她再被她那任性的老板騷擾，而如果需要的話，奧斯卡甚至願意入侵卑鄙的葛德霍夫體內，在裡面動點手腳……

阿力斯特一路上都不肯透露他們的目的地，過了二十分鐘左右，傑利放慢車速：他們抵達一座高聳的圍牆邊，接近一個像是國界海關檢查哨的崗位。然而，他們並未駛出城外。布拉佛先生的司機從車窗遞出一張名片，守衛打開護欄。

禮車以步行的速度，緩緩駛入一條街道，道路兩旁，各式各樣的巨大建築林立，一幢挨著一幢……一幢比一幢更名氣響亮。經過其中一棟建築物前方時，奧斯卡認出：

「嘿……這是帝國大廈！跟在紐約的一模一樣！」

「確實如此。」阿力斯特回答。「這邊的，你或許也認出來了：那是埃及的金字塔；而那裡，在雅典的萬神廟旁邊的，是大笨鐘。街底靠右邊那棟，你一定知道是什麼。」

「白宮！」奧斯卡大喊出來。「我們到底在哪裡？」他好奇地問，有大開眼界的感覺。

「在名建築區。這個地方外於歡樂谷郊外，很少人知道。沒有許可證是進不來的。不過，我猜，我們要去拜訪的那棟建築你真的會很喜歡，比其他的更喜歡……就快到了，你看。」

醫族少年的臉貼在車窗上，迫不及待。他抬頭仰望天空，張大了嘴，卻發不出一點點聲音。傑利回頭看後座，跟阿力斯特相視一笑。

「我猜這很合乎你的品味，對吧？」年輕長老逗他。

奧斯卡回答不出來，目光離不開聳立在面前的高塔：既雄偉，又壯觀。

「你去過巴黎嗎？」長老問。

奧斯卡搖搖頭。

「那麼，歡迎來到艾菲爾鐵塔，奧斯卡。」

司機停車熄火。男孩立刻打開車門，衝出車外。另一輛汽車，一輛暗色車窗的長型黑轎車，已經停在他們前方。傑利皺起眉頭，露出不悅的神情。

「訪客不只您一位，麥庫雷先生。」他說，意有所指。

阿力斯特也認識黑頭車的主人，情緒激動地比劃了一下。

「看得出來。」他惱怒地說。「我確定他事先知道我們要來。會是誰通知他的？」

「毫無頭緒，先生。不過，我可以留在這裡等您，如果您覺得這樣比較好的話。」

「謝謝您，傑利。我們應該不會去太久。」

「您慢慢來。」司機說，雙眼緊盯著另一輛車。

阿力斯特下車去找奧斯卡。男孩情不自禁地凝望那座插向天際，精雕細琢的金屬塔。

「來吧，奧斯卡，我們去搭乘塔下北面的電梯。驚奇還沒結束呢！」

他們來電梯門前。一位年輕女子，身穿一條很短很短的短褲，白襯衫下擺在腰間打結，踩著黑色高跟鞋，笑容可掬地迎接他們。鮮艷的心型紅唇，完美無缺的白牙，小而挺的鼻子，烏黑亮麗的捲髮：她青春俏麗——很顯然地，正對阿力斯特的喜好。年輕長老報以燦爛的笑容，動作也多了起來。

「日安，五十妹。」他結結巴巴地打招呼：「呃……嗯……這是……呃……我來向您介紹……嗯……」

奧斯卡不禁想笑：他很清楚年輕長老此時心中多麼慌亂，因為當他自己面對蒂拉時，也感受過幾十次。原來到了阿力斯特這個年紀，在女孩面前，也會像十三歲的他一樣，害羞難為情；看到這一幕，他幾乎有鬆了一口氣的感覺。

年輕長老第十次咳嗽清喉嚨時，奧斯卡乾脆開口自我介紹：

「日安，我叫奧斯卡，奧斯卡．藥丸。呃……麥庫雷先生和我，我們跟人家約好了要見面，不過我不知道是跟誰。」他說著，垂下頭，補上最後這句。而阿力斯特則正想盡辦法擺脫怎麼也脫不下的外套，誰叫他突然覺得熱得受不了。

「幸會。」年輕女子一隻手插在腰上，另一隻手擺在頭後面，彷彿正在拍沙龍照。「我叫海報女郎五十妹。請跟我來，我帶兩位上去。」她指著電梯車廂說。

兩名醫族進了電梯，自動門關上，五十妹繼續用娃娃音嬌聲嗲氣地介紹，眼睛盯著阿力斯特，害他都不知道該看哪裡才好。

「日安，歡迎來到這座艾菲爾鐵塔的完美複製品——噢！我愛死巴黎了，您呢？麥庫雷先生？」她問，塗著鮮紅指甲油的食指擺在心型嘴唇上。

「對，對，我……我巴死愛黎了！呃……我也愛死巴黎了！」

「在您右手邊的是歡樂谷的北區。」他們迷人的導遊接著介紹：「在您左手邊的是，呃……」

她遲疑了幾秒，脫口而出：

「……南區嗎？噗，我也搞不清楚了！」她坦承，並天真率直地哈哈大笑。

阿力斯特滿臉通紅，不太懂那到底是怎麼一回事，卻也跟著咯咯發笑。奧斯卡也忍不住笑出聲，不過，不是笑五十妹說的話，而是笑年輕長老的反應。過了不久後，他就任由他們兩人去進行關於南區北區的哲學對談，自己則欣賞透明電梯外壯觀的風景。他從未在這麼高的地方俯瞰過他的城市，從高處望去，顯得更美。他找到他住的社區，甚至認出了奇達爾街，和那座用五顏六色的瓦片——外加幾處缺角拼成的屋頂——那是他家的小屋。他想像在晴朗無雲的夜空下，這幅風景所呈現出的畫面。他想到姊姊，相信她一定很希望也能在這裡，站在他身邊，離星星和天空更近一些。五十妹的聲音將他拉回現實。

「歡迎兩位光臨！」她的語氣彷彿在宣布大明星上台似的。

他們走出電梯，雙腳深陷一張柔軟的黑色長毛厚毯。奧斯卡四處張望，忘了呼吸。

電梯在一間遼闊的半圓形起居室正中央開啟，這間客廳圓弧的一側全部是玻璃落地窗。奧斯卡忘了這裡不是他家，直接跑到窗邊：感覺上，整個地球舖展在他眼前，一路延伸到似乎微微隆起的地平線，顯現星球該有的形狀。

「兩百七十四公尺。」五十妹優雅地倚在牆邊，提供精確數字。「我讓你們好好欣賞風景吧！她很快就到了。」她在阿力斯特耳邊輕聲吹氣：「再見，很快見。」

「……見。」年輕長老回應，一面坐進一張大紅色長沙發，目送海報女郎小姐的玲瓏曲線消失在雄偉的大理石階梯中。

他把外套披在天鵝絨椅背上，拿起一本放在茶几上的時尚雜誌搧風——桌上僅以一個玻璃球、一個托盤，和一只插滿孤挺花的花瓶裝飾。奧斯卡始終貼在玻璃落地窗上，對眼前的景象深深著迷。一個花腔女高音讓他驚跳起來。

「阿力斯特，親愛的，您來了！！！！我太高興了！快過來給我抱抱！」

年輕長老猛然回頭。

寬敞的樓梯上，站著一位高大的女性，齊耳短髮的髮色烏黑至極。她穿著一件貼身的黑色長裙，領口開得非常低，側邊的開衩露出一條無比修長的長腿，絲絨手套拉到手肘上，一手輕扶金色扶手，另一手叼著一根長煙嘴。

她朝兩位客人微微一笑，有點僵，但拿捏得恰到好處，然後以夜總會女伶的姿態，踩著比五十妹的鞋子還令人暈眩的細高跟鞋，緩緩步下階梯。她技藝非凡——想必累積了許多經驗——，走到最後一階，伸出一隻手，阿力斯特連忙迎上牽住。年輕長老已恢復從容自在。

「您真是明艷動人。」他笑容滿面地讚揚。

「而您，寶貝，依然如此放蕩不羈。」她迅速地瞄了他的裝扮一眼。「真可惜！要不然，您不知有多麼迷人，恐怕連我都會被迷倒……」

「那會令我心花怒放。」阿力斯特回應，「不過，我還是會謹守分寸的。」

黑濃的假睫毛下，女士朝他拋了個熾熱的媚眼，來到紅色長沙發前；細長的鞋跟向後一轉，優雅地坐下，自在地疊翹雙腿，輕撫天鵝絨椅面，胳臂倚在扶手上，姿態嫵媚極了。

「我愛紅～也愛黑～」她說，以葛麗泰．嘉寶那種語調，拉長每個字的尾音。「醫族那種綠色簡直讓我暈倒，留給我的家人用就算了……」

從她出現後，奧斯卡就目不轉睛地看著她。媽媽晚上喜歡看些老電影，看得熱淚盈眶，一面評論說，現在的電影永遠再也不可能那麼浪漫了。這位女士就活像那些電影裡的某個女演員。奧斯卡其實分不清誰是伊莉莎白．泰勒，誰是愛娃．嘉德納，或其他令賽莉亞感動萬分的女演員，但他有種預感：她們都跟眼前這一位很像。只不過，在那些電影裡，那些女演員個個年輕貌美，但這位女士看上去已不再青春嬌嫩。細看之下，奧斯卡發現她的皮膚上布滿細紋，嘴唇和眼皮和周圍都已發皺，連脖子也是。只有那雙美麗的綠眼睛——很奇怪地，奧斯卡覺得似曾相識，好像在誰身上見過——還保有少女的活力和慧黠光芒。總而言之，如果她真的是一位電影明星，那一定曾經拍過很多很多部電影……

女人側頭看他。阿力斯特搶先發言：

「帕洛瑪，請容我向您介紹一位前途似錦的醫族新血，一個視恐懼為無物的冒險家，我非常欣賞他。奧斯卡，能見到偉大的帕洛瑪，是你的榮幸。」

「請您閉嘴，讓我自己來認識。所以，您是為了他才來到這裡的，而不是為我囉？陰險的諂媚鬼。我還正在狐疑呢！您都這麼久沒請求會面了……」

「等您知道這個少年是誰之後，對我這個小人物，您連一秒也懶得理了。他是奧斯卡．藥丸。」

帕洛瑪坐直身子，把她的長煙嘴架在水晶煙灰缸上——她從來不點煙：煙草有害肌膚，而且她討厭煙味——然後，目不轉睛地盯著奧斯卡，暗暗在一個坐墊下翻找。她從靠墊下拿出一只手提包——一個用假鑽綴飾的黑色小袋子——，打開之後，拿出一副眼鏡，然後藏在背後。

「阿力斯特，親愛的，在我跟我們的貴賓短暫晤談這段時間，您去欣賞一下風景如何？」

阿力斯特腳步機伶敏捷，朝落地窗走去。帕洛瑪急忙偷偷戴上眼鏡，觀察奧斯卡，彷彿在市集上精心挑選一頭牲畜似的。她隨即摘下眼鏡收好，跟拿出來時動作一樣迅速；然後，十分戲劇化地，一隻手按在心口上。

「阿力斯特！我真是太震驚了！這個男孩的確是維塔力·藥丸的兒子，這張臉不會騙人！」

「溫斯頓·布拉佛先前沒有告訴您嗎？」

「有，當然！但是我以為他在開玩笑！」

她再次俯下身來，瞇起眼睛注視了一陣，才又退後，靠回椅背上，恢復原來的姿勢，帶著淘氣的微笑。

「而且，他長得跟他一樣帥。還好您沒有在十年後才把他介紹給我，否則，他可能會讓我神魂顛倒……」

「他恐怕也會為您神魂顛倒。」年輕長老回答，一面試著梳理一下頭髮，拉齊穿反了的外套。「就像我們大家一樣」他又畫蛇添足地補上一句讚美。

帕洛瑪聽了很滿意。

「抱歉讓您受傷了，我的心肝。但是，剛才，我對您撒了謊：您並不是我所喜歡的類型。還是要維塔力・藥丸那一型的男人才會讓我自動投降。」她特別指明，語氣充滿幻想。

奧斯卡忍不住笑出來：他實在很難把他從照片中認識的那名男子跟這位彷彿準備要去好萊塢走星光大道的老太太聯想在一起。

「什麼事讓您覺得好笑？」帕洛瑪問，突然沉下臉來。

阿力斯特睜大眼睛狠瞪徒弟一眼。

「沒事，夫人。」奧斯卡致歉：「只是因為……我的母親跟您有點像，真的。」男孩說謊：「所以，我敢相信……我的父親一定會覺得您很美。」

阿力斯特暗暗呼了口氣，放心了。帕洛瑪的態度也和緩下來。

「這孩子可真迷人！」她說，伸手勾起男孩的下巴。「人長得帥，又懂得說女人愛聽的話，將來一定很體貼。您應該多跟他學學，親愛的阿力斯特。」

不等年輕長老回應，她就猛然站起，彷彿突然有什麼不得了的急事。

「醫族大長老打電話給我，並不是要談論這個可愛的小傢伙，您也不是特地來跟我調情示愛的。走吧！我的心肝寶貝們。」

她的下巴揚得高高的，雙手在兩側揮動，宛如小鳥飛舞，朝大理石梯走去。她搖動身軀，懶洋洋地往上爬；兩名訪客跟在後面。

他們穿過一條長長的走廊，奧斯卡讚嘆牆上數不清的帕洛瑪照片，每一幅各有不同年齡層和各類型的男子陪伴。經過其中一幅時，她輕輕撫摸了一下。

「這位親愛的，非常親愛的布萊德……啊！去年，安潔莉娜真是恨死我了！她那個醋罈子喔……你們絕對想像不到。」「相反地，」經過喬治．克隆尼的照片時，她皺著眉頭說：「這個傢伙太太太太令我失望了！剛好只夠格喝杯咖啡……」

他們終於來到另一輛電梯前，位於與公寓相反的角落。五十妹已在電梯口等候，非常盡忠職守。

「這個小姑娘，是我的心頭好。」帕洛瑪高聲嚷嚷，並撫摸五十妹的臉頰。「親愛的，」她盯視年輕女子的嘴唇，命令她改進：「馬上去重新上一次口紅，都溢出來了，粗俗得要命，您這樣會毀了我的好心情。還有，襯衫穿合身一點，這件到處都空盪盪鬆垮垮的，人家還以為您偷爸爸的來穿。您又不是在修道院上班，也不是替我妹妹工作——雖然，反正，兩者其實差不多。不，不，不是要您現在就換，更不是在這裡，不可以直接在電梯裡換啦！」她一面忙著阻止，一面翻起白眼……

五十妹正乾脆地解開身上那一小塊布料——說真的，很難再更合身了——，聽她這麼一說，眨眨眼睛。

「不過，您剛才說『馬上』。」

「我說的是口紅！而且，那只是一種說話的方式。先帶我們下去吧！然後，您自己再去找個地方打理這一切。」

她俯身對其他兩人：

「這些事應該夠那個純真好女孩忙一陣子。」她低聲說。「她漂亮迷人，但是有點傻傻的。您二位應該都曉得。」

「呃，不，我……好吧，既然您這麼說的話。」阿力斯特支支吾吾地說，一面盡可能低調地斜眼偷看五十妹。

帕洛瑪觀察他，露出微笑。

「原來如此……男人本色，果不其然。我的小寶貝，」電梯的門開啟時，她對奧斯卡說：「您可別拿他當榜樣。」

她走出電梯，兩名訪客跟隨在後。

他們走進一個純白空間：這一次是長方形，而且一扇窗也沒有。十來位穿著綠色長袍的人四處奔忙，躡手躡腳地走在潔白無瑕的地板上。一位穿著連身工作服，戴著手套的女子迎上前來，遞了一件同樣顏色的長袍給帕洛瑪。她心不甘情不願地披上。

「在這件黑長裙上加這種綠色，說真的……但是，又能怎麼樣呢？對部族的規矩，偶爾還是必須讓步。」

「我們在什麼地方？」奧斯卡好奇地問。

「在鐵塔腳下。」阿力斯特回答。

帕洛瑪威嚴地推開擋在她和奧斯卡中間的年輕長老，宛如演舞台劇似地宣布：

「奧斯卡．藥丸，歡迎來到帕洛瑪部門：醫族行家輕型攻擊性武裝及保護基地。」

奧斯卡往前跨出一步，張大了嘴。在大廳中間，平行擺放了十張桌子，每一張桌子前方，都有一個人在電腦螢幕、顯微鏡和強化耐熱玻璃密封盒前工作，戴上很厚的手套，忙著操作盒子裡各種奇怪的物品。大廳的兩側設有兩排玻璃屋。

「現在，請您去弄清楚，知道我能為您提供哪些保護，同時將您訓練成功夫高強的醫族。在這裡，您可以找到我們為醫族成員及戰士精心研製的所有工具和武器。以前，您的父親也曾來過這裡。」帕洛瑪又說，改用一種沒那麼神氣威嚴的語調。「希望您也能運用得像他一樣好。」

同一位女人又走過來，拿了兩件工作服給阿力斯特和奧斯卡。兩人也按規定穿上。奧斯卡認出繡在胸前口袋上的字母。

帕洛瑪帶他走向第一間玻璃屋。

他們走了進去，阿力斯特則在外面等，並與一位科學家聊了起來，十分專注地討論。

這座廳內另外還有一面玻璃牆，牆後面，一名矮小微禿的金髮男子轉過身來，朝他們揮手打招呼。他全副武裝，彷彿要去月球探險似的：從頭到腳，包裹著一件以奇特材質製成的盔甲。帕洛瑪走到一張桌子旁邊，按下麥克風的按鈕。

「日安，雨果。」

「日安，夫人。」男人回應。

聲音透過擴音器在他們頭頂上迴響。

「您的患者狀況如何？」夫人詢問。

「還好，唉！不過，有了病毒眠的新配方，我很樂觀。」

奧斯卡也往他的方向走去，發現大廳最深處，就在雨果附近，有一團蜷縮起來的黑色不明物。雨果朝地上丟了一顆綠色小球，只聽見低沉的吼聲陣陣作響。

黑團舒展開來。奧斯卡認出幾天前出現在他惡夢中的妖怪，連忙往後跳了一大步。

「哎呀呀！難道您已經跟這些迷人的東西打過交道？」帕洛瑪疑問。

「不算真的有過——只是在夢裡，不過，我已經受夠了。」

「然而，您必須正面迎對：那是一隻病毒。病毒到處都有，而且愈來愈多，遍佈每個體內小宇宙。這一隻是從第二世界帶回來的——那不就是您不久後該去的地方？」

奧斯卡點點頭，仔細觀察那頭可佈的怪獸，一點也無法放心。如果在現實中，他必須對抗這隻猛獸，那麼，未來的旅程一定遠比想像中的艱險多了。他覺得彷彿眼睜睜看著目標離他遠去，像公路上飛馳而去的車子。要在最短的時間內帶回五項戰利品，並成為合格的醫族，恐怕不像他之前盤算的那麼簡單。他甩除這個令人洩氣的想法，決定專心聽帕洛瑪講解：她的說明肯定非常實用。

「這隻是在去年抓到的。我們在牠的皮膚下植入一個電子晶片，並在牠的耳尖上架了一個微型攝影機，放走牠，然後再把牠找回來。這種做法幫助我們學到不少關於牠和牠同伴的事情：牠們的習性，生存，補充能量的方式，以及如何感染某個小宇宙，進而加以摧毀。同時，我們也學到病族怎麼改變牠們，很遺憾地，提高了牠們的抵抗力。這位，雨果．丹拉麥，是這方面的專家。」

她再次使用麥克風：

「雨果，親愛的，動作快點，把病毒眠新配方的成效展現給我們看。我跟一位迷人的男士有一場重要的午餐約會，但是他才二十五歲，這個年紀的人缺乏耐心的程度真可～怕！」

雨果從口袋中拿出一條跟奧斯卡一模一樣的鍊墜：一個金色的圓裡圈著M字，然後朝綠色小圓球伸出。光束集中在小綠球上，替它染上一層金色，後變成紅色。怪獸撲過去，一口吞掉。

「雨果研發出一種厲害的物質：被醫族字母發出的光線轉變後，這種物質會誘發食慾，如血一般鮮紅。病毒為之瘋狂，但是過了一陣子以後……」

奧斯卡順著帕洛瑪的目光望去：大黑團的腳步開始踉蹌不穩，跌趴在地，發出小狗般的嗚咽，一點也不具攻擊威脅。短短一秒不到，牠就癱在地上，身體隨如雷鼾聲震動。

雨果轉過身來，笑容滿面。

「我還不知道的是，在這頭野獸身上，藥效能持續多久。」他坦承。

「那我和奧斯卡就讓您慢慢去計算了，親愛的。再見。」帕洛瑪說，並用她從不離手的長煙嘴把男孩牽出玻璃屋外。「來吧！寶貝，我得帶您去看看其他東西，保證絕～對精彩。」

帕洛瑪跳過下一座玻璃屋，以威嚴的氣勢，開啟第三座的門；長長的裙擺在身後搖曳，如新娘的婚紗一般。

「莉薇亞，我的公主，您這裡有什麼可以給我們看？這位是可愛的奧斯卡．藥丸，長大成人後很可能變得耀眼，強壯，充滿吸引力，勇氣十足，而且……」

一名將棕色長髮繫在後頸的年輕女子露出微笑，摘下護目鏡，打斷醫族少年未來數不完的優點。

「如果我讓他跟我試試最新的伽瑪雷射切，不知這位前途無量的年輕人意下如何？」她提議。

「親~愛的！這個點子太好了！」

奧斯卡也興奮極了，戴上莉薇亞遞給他的眼鏡，拿出自己的鍊墜。莉薇亞拿了半顆多面水晶球，貼近墜子。

「每一面的角度都經過電腦精密計算，可以把您的字母所發出的光線全部集中，變得跟磨得很薄的刀鋒一樣銳利。有了它，您在體內世界可以切割所有東西。所有的一切。請用這個水泥塊測試。」

男孩把他的金色M字嵌入多面鑲座。

「將手臂伸向目標。」莉薇亞說，「然後跟著我念：『伽瑪雷射切』。」

「伽瑪雷射切！」他大喊。

M字變成一個火圈。一道綠光從中射出，打中水晶，然後全部匯流到中心點，變成一道細如髮絲的燦爛光芒，像刀子切奶油似地，穿透水泥。奧斯卡一下就切斷了水泥塊，兩塊泥磚分別掉落。

「完美！」帕洛瑪輕拍兩隻食指的指尖鼓掌。「有了這個，無論在哪個小宇宙，沒有任何外來異物能與您抗衡。謝謝您，美女，那就讓您自己慢慢測試囉！我們得繼續把這一小圈逛完。」

他們走出玻璃屋，阿力斯特已經不見了，五十妹也不在。

「怎麼，這裡竟然一個人沒有了？」她驚訝地問。「我們還沒結束呢！您還必須瞭解很多東西的功用：粉碎機、超風靈、Tonivax，法比安還要為我們展示一下Muralline，而且……」

「Muralline？妳腦袋不清楚了，帕洛瑪。」

奧斯卡猛然轉身。就算有一千個人在說話，他也認得出這個聲音是誰。

帕洛瑪深深嘆了口氣，只回過頭。

「貝妮絲，真高興見到妳。我們正缺少嚴肅死板的元素來搞砸這場展示會。」

貝妮絲．魏特斯東張西望的，彷彿在找什麼東西。

「一台攝影機也沒有，也沒看到狗仔隊的人影，妳可以把妝卸掉，穿得得體一點，帕洛瑪。」

奧斯卡差一點笑出來：他很高興再次見識到魏特斯夫人幽默裝傻和機智妙答的功夫。要跟她槓上，可不是那麼容易全身而退的。她看起來是個微捲白髮小老太婆，常穿恐怕英國女王本人都嫌老氣的套裝，但這副外表下藏有一座休火山，隨時可能爆發。這個膽敢挑戰危險的帕洛瑪究竟是誰？

魏特斯夫人朝對手走去。帕洛瑪對她微笑，兩人真摯地擁抱在一起。

「日安，親愛的，我最最親愛的好姊妹。」

禁忌的武器

奧斯卡幾乎往後摔個人仰馬翻。

「您的……姊妹？」

「對，我知道，」帕洛瑪用演古代悲劇的語氣說：「我的命運不該如此。而且，我最愛的藥丸小親親，您不覺得她簡直像我媽，甚至該說像我祖母嗎？」

奧斯卡很謹慎地不回答：他兩邊都不想得罪。基本上，帕洛瑪像個裝成小女孩的老太太，而魏特斯夫人則雖然像個小老太婆，卻透露著比青少女還活潑的性格。兩人只有一個共同點：那雙慧黠的綠色小眼睛長得一模一樣，即使帕洛瑪的眼影讓她的眼眸看起來更清澈明亮。

貝妮絲替他回答。

「再動十次整型手術之後，我們再來談吧！在那之前，」她對姊姊低聲耳語：「說正經的，這個男孩才十三歲，一定要穿這麼令人目眩神馳的低胸禮服嗎？」

「首先，他不是自己一個人來的。」帕洛瑪說，一面撫摸奧斯卡的臉頰。「再說，十三歲的男孩終究也會長大，何況，我等下還有個浪漫無比的約會。而且，我已經告訴過妳了：無論在什麼情況，白天還是黑夜，每分每秒都應該隨時做好準備，貝妮絲。」

「準備什麼？」奧斯卡問，一時間忘了拘謹。

「準備一場邂逅啊，寶貝！人永遠不知道偶然會為我們帶來什麼。如果妳早聽我的話，」她一面說，一面失望地挑起妹妹繫在脖子上的檸檬黃絲巾，「假如妳早點聽我的，採納我給妳的衣著建議，應該早就嫁出去了，說不定到今天還會有一票人拜倒在妳的石榴裙下。」

「而要是妳肯早點聽我的，」魏特斯夫人回嗆：「就不會結五次婚，又離五次婚，說不定可以試著算清楚妳到底有過多少情人。」

帕洛瑪把這些話當成讚美。她垂眼瞄了一下白金鑲鑽手鍊錶，慌亂起來：

「天啊！我已經遲到半小時了！當然，讓人家等是一門藝術，不過也不能太過分。記住，我的小可愛，千萬要記住。」她叮囑醫族少年：「而且別學她：聽我的建議，在這方面，我是專家。」

「這倒是真的。」魏特斯夫人附和。

「我走了，親愛的寶貝們，我得走了！」

她的妹妹試圖留住她。

「我也剛結束一個約會，不過沒有那麼浪漫。我希望能跟妳聊聊約會的內容，這很重要。」她說著，迅速地朝奧斯卡的方向看了一眼。

「不～可～能！我的小天使。」帕洛瑪斷然回絕。「今天晚上，等我回來之後，或者明天也可以。我們就住在同一層樓，還需要我提醒妳嗎？」

奧斯卡感到愈來愈驚訝：魏特斯夫人，住在這裡，鐵塔塔頂！他真想看看她的寓宅。他敢打賭，一如穿著風格，裡面的裝潢一定跟她姊姊家截然不同。

帕洛瑪越過以她命名的這個部門研究廳，忘了該用大明星走紅毯不急不徐步伐的搖曳生姿，突然在一個囊袋前停下，把它遞給奧斯卡。

「所有的東西都在裡面，年輕人。」她對他說。「我的團隊精心配置這只工具包，您可以找到所有需要的物品，在適當的時機做最好的運用。祝您好運，請別隨便浪費，也不要弄壞任何東西：每一項武器都價值連城！阿力斯特人呢？誰能帶您回庫密德斯會？」

「阿力斯特在塔頂，是我要他上去的。」魏特斯夫人解釋。「他正試圖阻止某一位不受歡迎的訪客進來，而我想跟妳談的就是這個人，帕洛瑪。私下談，要不了幾秒鐘……」

「感覺上，我來的正是時候。」

這個慢吞吞又刺耳的聲音讓所有人都閉上了嘴。

魏特斯夫人與阿力斯特交換了個眼神。他站在後面，電梯口附近，無可奈何地聳聳肩。「我已經盡力攔阻他了」，她從年輕長老的嘴型讀出。

弗雷徹·沃姆朝此處的女主人走了幾步。帕洛瑪對他露出應酬式的笑容——在所有專長之中，她特別精通這項技藝，擁有永遠不露出馬腳的好功夫。她叼住長煙嘴，伸長了手……就這麼僵在空中。沃姆一點也沒有要行吻手禮的意思，尤其今天更不想。雖然他看似冷靜，但神情緊繃，往太陽穴無盡延伸的細長灰眼睛瞇了起來，變成一條發光的細縫。這雙目光掃過每一張面孔，在奧斯卡的臉上滯留不去。男孩則穩健鎮定地注視他。

帕洛瑪最後只得垂下手臂，狠狠地瞪視沃姆。

「弗雷徹，真高興在這裡見到您，在我的地盤，而且不速來訪！」她說，語氣冰冷，特別強調最後幾個字。

顯然，現在這個心高氣傲的女子不需她刻意扮演，純粹是自然反應。沃姆卻根本不太在意，觀看實驗室許久之後，才總算正眼看她。

「我剛跟您的姊妹談過，她確切地告訴我，您的實驗室目前不對新徵召的醫族少年開放。但是，我眼前這位是誰？藥丸家的兒子。太令人意外了，真的！好一個叫人失望的天大意外。更何況，這同一批新力軍才剛證明了他們是多麼無能笨拙。」他面朝奧斯卡說：「當然，如果知道這一家人的過去，也沒有人會感到驚訝……」

醫族少年實在忍不住了。

「我禁止您批評我的家庭！」他發出怒吼。「而且您根本不知道我在體內世界裡的本領……」

「您禁止我……」沃姆重複他的用詞。

他微微一笑，接著說：

「我所知道的是，在二號小宇宙的第一趟旅行中，伊莉絲．弗洛克哈特差一點受重傷。而就這麼巧，他是您的小隊伙伴，年輕人。」

「那是摩斯的錯！您曾告訴我們，他由您來負責，那麼請您去問他，為什麼要用鍊墜鬆脫石塊砸我們！」

魏特斯夫人介入，平息這場爭吵。

「奧斯卡，麻煩你。」她的語氣不容任何人反對。

醫族少年乖乖服從命令。沃姆走到他面前，無動於衷。

「狂妄無理，罪加一等。不過，這一點也一樣，並不令我驚訝：他已經得到他父親真傳下來的自大傲慢。大家都知道這會導致什麼下場。」

阿力斯特和魏特斯夫人立即擋在長老和男孩之間：他們清楚這兩人的個性。沃姆的殘酷與狡詐不需多加證明，只要幾句話，就能激怒奧斯卡，讓他氣得發狂。男孩只有一敗塗地的份兒。

沃姆昂首挺胸。

「我實在難以想像您會對我說謊，貝妮絲。所以，我猜，這次又是溫斯頓・布拉佛自行改變了主意，卻沒有知會我們。這個男孩參觀帕洛瑪部門的事，並非事先安排好的。」

「您要怎麼猜隨便您，我們就此打住。」

「就此打住？當然不行。」

「弗雷徹，我強烈建議您重新考慮後再回答——請勿得寸進尺。」

貝妮絲・魏特斯提高了音量。每一次，她那威力嚇人的聲音和外表上的轉變——從一個沒有攻擊性的小女人化身為準備縱身撲敵的猛獸——讓所有人都驚愕不已。廳內一陣沉沉靜默，就連研究人員們也停下工作，不敢亂動。奧斯卡希望對槓，但沃姆則選擇謹慎。魏特斯夫人很強大，備受尊敬，極具影響力，他向來清楚。跟她正面衝突沒有好處，尤其是在其他醫族和長老會成員面前。

「我想說的是，」沃姆以無比刺耳的語氣改口：「我覺得比較公平的作法是，讓團隊中其他的孩子也能享用到帕洛瑪．魏特斯和她部門員工的智慧結晶。他們也需要一個像這樣的工具包。」他用蜘蛛腳一般的手指著桌上的囊袋說。

「太可笑了。」帕洛瑪駁斥，首次看她放下長煙嘴，擺在桌上。「首先，我這裡不是開醫族武器超市的。再來，這些東西並非每個人都需要。」

「那麼，這麼說吧！每個團隊需要一個。」

「您這是什麼意思？」魏特斯夫人問，語氣稍微柔和一點點。「哪些孩子不屬於同一個團隊？讓我提醒您：我們所有人都在為同一場戰鬥努力，或許您已忘了，但我們是根據這份初衷，決定一起培訓這些醫族少年，以求讓他們帶回第二個小宇宙的戰利品。我希望大家能把這些價值觀傳給他們，而不要互相作對。」

沃姆知道她這番話的用意。這些孩子明顯地分成兩派：他自己這一派，以及魏特斯夫人那一派。這早已不是祕密。不過，他並不想掉入陷阱。

「我完全同意您的說法。然而，印象中，阿力斯特．麥庫雷似乎把孩子們分成了兩小隊——即使這個做法不是非常適當，我就讓步吧！」

阿力斯特把這幾乎不加掩飾的責備硬吞下肚。魏特斯夫人回答之前，沉思了許久。沃姆巧妙地回擊所有論點，她別無選擇。

「好吧！」老夫人投降。「既然您如此堅持，就準備兩個工具包吧！」

沃姆露出微笑，在帕洛瑪面前微微欠身。

「來探望您永遠是件令人愉悅的事，親愛的。所以，我們很快會再見。我會回來看您，不過，我也不會獨自前來，會帶上小摩斯。」

等他在沒有笑容的五十妹陪同下，消失在電梯門後，所有人都鬆了一口氣，回到工作崗位。

「沒水準的粗人！」帕洛瑪咒罵：「有人寧死也要親吻我的腳趾頭呢！來到我的地盤上，這個沃姆竟然表現得比土包子還不如！」

她深呼吸幾下，重新擺一個她認為比較得體的姿勢，坐在一張桌子的桌沿，背部弓起，雙腿朝一旁伸長。

「妳打算怎麼做？」她的妹妹問。

「相信我。」她就著沒點火的長煙嘴吸了一口，吐出一陣想像的煙霧：「他想要工具包，就給他一個。」

「帕洛瑪，希望您不要用有缺陷的武器將孩子們置於險境。」阿力斯特有點擔心。「容我提醒您，他們的安危我得負責……」

「您把我當成什麼人了？相信我吧！這些武器不是想用就能用。」

奧斯卡非常惱火，離開那群大人，讓他們自己去爭論。當他提醒沃姆應對摩斯在大峽谷所造成的事件負責時，為什麼沒有人出面支持他？如果摩斯也擁有帕洛瑪的武器，那麼未來黯淡無光，前景複雜堪憂。看來，在兩國世界的旅程以及尋找戰利品的任務一點也不像有趣的比賽，現在，他已如此確信，而且做了最壞的打算。他任由大人們繼續討論，逕自去研究室各處看人們工作，觀察他們正在進行的實驗。

他來到最遠的玻璃屋。這裡稍微比較隱密，不容易發現。牆上的玻璃經過鏡面處理，裡面的情況什麼也看不見。他把臉貼在玻璃上，只隱約辨識出一個人影。他回頭張望：沒人注意他的動靜──也沒發現他不在。他沒猶豫多久就動手開門，但這間玻璃屋不一樣，門依舊關得緊緊的。他認出所上的刻印，於是取出鍊墜，貼在金屬片上。字母發出奇異的光芒，這亮光，他只曾經見過一次：一年前那天，醫族大長老把自己的M字跟男孩的鍊墜結合在一起的時候。門鎖立即解開，並自動開啟。奧斯卡悄悄溜了進去。

在這裡面，沒有另一層玻璃把室內隔成兩個空間：就在他面前，有一個穿著銀色工作服的人，不知是男是女，背對著他，謹慎地站在一張桌前。那個人伸長手臂，手上拎著一個鍊墜，浸入一個亮光燦爛的箱子。奧斯卡側彎觀望：桌上擺了一個紅色的長型物品，兩端被固定住，看起來像一大塊鮮肉，很大，幾乎蓋滿整個桌面。他不懂帕洛瑪手下這位技術人員正在做什麼，但又不敢靠近，擔心被發現，也怕打擾實驗操作。

就在這個時候，技術員把鍊墜從箱子裡取出：字母間歇閃爍紅光，彷彿在M字中心有一盞燈，忽明忽滅。鍊墜擺盪得很高，男人──現在知道他是男的──朗誦一首咒語：

心收縮，心舒張，
服從字母，
停止飛舞。

親眼窺見這樣一場施法，奧斯卡動也不敢動；不過，他們周遭什麼事也沒發生。男人再次將鍊墜進入神秘的箱子裡，並小心翼翼地關上，向後退了一步，念出另一首咒語：

心收縮，心舒張，
遵循字母，
再次飛舞，
生命恢復。

一陣劇烈的震動，連桌子也跟著搖晃起來。然後第二次，第三次，力道一次比一次強。奧斯卡驚嚇不已，緊緊靠在牆邊，就連技術員自己也向後退了一步。第四次的震動特別猛烈，桌子整個炸開，木屑和金屬片到處亂飛。奧斯卡在千鈞一髮之際護住臉部：一個噴裂物打中他的腦袋，他後仰翻倒。男人驚聞聲響，轉過身來。

「您是什麼人？」他問，並急忙把箱子藏到背後。「您在這裡做什麼？」

「很抱歉，」男孩結結巴巴地說：「我……我……」

他沒把話說完，反而衝到門口，一下子把門打開，跑到走廊上，一面揉著腦袋。幸好他並沒有受傷。

男子追上他，奧斯卡腹背受敵：後有追兵，前方又會遇上醫族大老們。帕洛瑪首當其衝，聽見爆炸聲時，已經朝這裡跑來，不顧腳上踩著高跟鞋。

「這間實驗室未經邀請不得進入，您在這裡搞什麼鬼？」女士破口大罵。「真是的，怎麼今天這座城裡所有沒教養的人全都約好到我的實驗室來了？！」她一手捂在心口上，彷彿就快暈過去了。「真是太恐怖了！」

奧斯卡面紅耳赤。他與魏特斯夫人目光交會，受到嚴厲的瞪視。看來，他今天真的很倒楣，就連感情最堅固的盟友也疏遠他。

「我很抱歉。」他終於開口，一副可憐兮兮的模樣。「因為你們在討論事情，我不想打擾你們，而我又以為我可以繼續參觀玻璃屋……」

「沒有我永遠不可以，年輕人，您聽清楚了嗎？沒有我永遠不行！」

她瞪著他看，浮上一抹微笑，態度和緩下來。

「感謝老天，您這張可～愛的臉救了您，免受最慘重的懲罰，今天跟以後都一樣。不過，這招別太濫用：不是每個女人都像我這麼浪漫。」

奧斯卡實在太好奇，靜不下來，忍不住想問：

「夫人……」

她翻了個白眼。

「少爺，請您叫我帕洛瑪。『夫人』這種老派的稱呼，留給我妹妹，好嗎？我的小親親？」

「帕洛瑪，」他改正過來：「剛剛那是怎麼回事？」

「什麼東西？」

「沒事。」魏特斯夫人搶著回答。她太了解奧斯卡的個性。「沒有任何現在跟你有關的事。」

「難得這一次貝妮絲跟我意見一致：關於這項武器，你不需要再知道更多了。它很難控制，你剛剛已經見識到了：就連在我部門裡工作的專家也掌握不住。好了，插曲就此結束！」

她朝長型大廳中央走去，滿面春風，雙手擺在送給奧斯卡的工具包上，彷彿在撫摸鑽石珠寶盒。男孩小有遺憾地跟在她身後，回頭望了最後一眼：技術員已重新隱遁，回到那間玻璃屋。

「相信我，你所需要的一切都在這裡面了。」帕洛瑪安慰他。這一次，以歌劇女伶唱完一曲詠嘆調的姿態，她對所有人發送了一大堆飛吻：「我先走了，這次不改了。」

正要走進電梯前，她轉過身。

「別試圖留我下來。」她仰起頭，以演舞台劇的腔調誇張地說：「那是癡人說夢話。」

來陰的

羅南・摩斯終於找到通往長廊的樓梯。

他在這間陰森森的大廳裡已經等了半個多小時，而他最受不了的事就是等。他的耐性比父親好不了多少，而從藍園到沃姆家族城堡的這趟車程已令他心浮氣躁。

再加上陰暗的感覺。他怕黑，恐懼到了極點，儘管他的父親想盡辦法讓他克服這項童年陰影——為此，父親費盡了唇舌，好說歹說，結果當然十分淒慘。小摩斯曾被全天候關在櫥櫃或房間裡，陷入最深沉的幽暗谷底：「以惡制惡。」魯夫斯・摩斯決定採取這項做法。

羅南不但沒能習慣黑暗，反而更害怕，而害怕演變成絕對的強迫恐懼症，一輩子擺脫不掉。他只能隱瞞，撒謊，以避免其他酷刑折磨。因此，當他一到這幢沒有光線，到處懸掛暗色布幔的宅院，心中只有一個渴望：離開。

他像一頭困在籠中的獅子，不停原地打轉，直到再也無法忍受。這時，他發現那條長廊，那座圍繞玄關大廳，位在樓上的廊柱陽台，以及那許多扇門。那些門必然能通往一個個房間，房間裡就會有窗戶——在這棟該死的屋子裡，總有個什麼地方開扇窗吧！

他登上階梯，一點也沒有想遮掩低調的意思，正好相反。他靠右沿著長廊走，試圖打開每一扇門，卻都徒勞無功。所有門都被鎖上。於是，他走到對面，透過欄杆往下望：大廳沒人，空空蕩蕩地一個人也沒有。他至少可以為所欲為。而要是不得已的話，頂多沒見到沃姆先生就離開，算他倒楣。他結實的身影經過一支支圓柱後方，伸手握過每一根門把。正打算折返回去時，最後一扇門沒跟他作對：他把門推開。

摩斯走入一個令人窒息的正方形房間。家具到處堆疊得滿滿都是，深紅色的天鵝絨布遮住牆面，而且，算他倒楣透頂：這個房間沒有窗。他憤恨地踢了一張椅子一腳，正準備出去。突然，一個聲響讓他停下腳步。

那是一個人類所發出的聲音，一種深沉的呼吸。

一聲嘆息。

他轉過身，仔細探查房間。

「誰在這裡搞鬼？」

唯一的回應是第二聲嘆息，在整個房間內迴盪。這一次，他發現了聲音的來源：從一張橫跨整面牆，沉甸甸地垂在地板上的大紅色簾幕後方。他湊上前去，沒猶豫多久，伸手掀開。

「不！」一個女性的聲音在他背後大喊。

他嚇了一跳，碰到一名蒼白如床單的女僕，站在門框裡，剛好撞見他。

「您在這裡做什麼？」男孩氣沖沖地質問，忘了自己才是未經任何許可就擅自闖入的人。

原本驚叫不已的女僕清醒過來，沒被摩斯的敵意嚇倒，急忙擋在他和簾幕之間，把他往門口推。

「您……您必須出去，先生，出去。」女僕跳針似地不斷重複，彷彿摩斯差一點就犯下了什麼不可彌補的大錯。

很顯然地，她無論如何都要避免簾幕被掀開，反而更刺激了那個卑劣男孩的好奇心。

「閃開！」摩斯推她：「滾出去！我要看看簾幕後面有什麼！」

「他等著接見您。」

這一次，說話的聲音聽起來十分堅定，充滿威嚴。摩斯回過頭，認出接待他進屋的女管家。強健高大的管家站在門口，面無表情。摩斯那副挑釁的態度絲毫嚇不了她。嬌小的女僕用哀求的眼神望著她。

「我很抱歉，吉比絲夫人。我一看見這位先生來到夫人的寓所前，就用跑得過來，但是他已經進來了，而且……」

吉比絲夫人霸氣地一揮手，打斷她的話。不到一秒鐘的時間，她已抓住摩斯的衣袖，把他和慌張失措的小女僕一起丟出去，並把門鎖上。她把整串鑰匙塞進裙襬口袋裡，沿著長廊走開。

「請跟我來！」她對醫族少年說。「沃姆先生在書房等候您。」

摩斯回頭張望：小女僕像被施了魔法般似的，已消失無蹤。那扇門已無法通行，長廊看起來無比陰暗。他別無選擇，只能服從她的命令，措辭彬彬有禮，但仍是一道命令。

「請坐。」她指示摩斯，然後退出房間：「沃姆先生隨時就到。」

訊息十分清楚：別想趁機翻搜什麼東西，他很可能被逮個正著，而這次，結局恐怕會對他非常不利。他拒絕坐下，當然；不過，他還是等到女管家關上了弗雷徹．沃姆的書房門後，才走到房間另一側的窗邊。

窗戶，終於！

他正準備拉開窗簾，讓室內透一點光線進來，卻被一隻有力的手腕擋住。

「有其父必有其子……希望這個道理只適用於對日光的偏好。」沃姆說，鬆開男孩的手。

他退後幾步，打量摩斯：這個少年十三歲，看上去像比實際年齡大三歲。少年跟他一樣高，肌肉比他多兩倍——儘管拿沃姆來當參考並不適當——但這孩子想必不久後就會比他父親強壯。不過沃姆從來不需要用蠻力——若有也極難得少見：他的眼神及存在就已足夠。他本身會散發一種迫使他人屈服的特質，尤其對摩斯這類魯莽的人特別有用。

沃姆整理好毛裝外套的衣領，朝書桌走去。

「我討厭人家在我的屋子裡動手翻來翻去。」他說，「非常討厭。下一次，你乖乖待在大廳等人家來找你就好。」

「要是您家裡布置得歡樂一點就沒問題。」男孩無禮頂撞：「但是，這裡到處都陰森森的！簡直就像在地窖裡……我覺得無聊不耐煩，才不要傻傻待在大廳裡等，什麼事也不能做……」

沃姆快步走回來，銳利的目光瞪進摩斯的眼裡。

「決定你能在這間屋子裡做什麼的人是我。別的地方也一樣。你該學著搞清楚這個狀況了。」

「我不怕您……我爸告訴我，不管怎麼樣，您都需要我。」摩斯輕蔑地奸笑，洋洋得意。

沃姆的表情瞬間結冰。他臉上所有肌肉都抽搐起來，在皮膚下跳動。許久以來，羅南・摩斯第一次對某人感到害怕。

「若說我們兩人中有誰需要另一個人，那也是你，不知好歹的臭小子。我對你有點興趣，你應該要高興才對；因為，等哪天我對你沒興趣，你被踢出我的計畫外，你就會變成沒用的廢物。你本來並沒什麼了不起的地方，跟你父親一樣；不過，你還可以變得更慘。比廢物還廢。聽懂了嗎？」

沃姆下結論的同時，露出一個連格鬥士都會不寒而慄的微笑。摩斯閉上嘴，左顧右盼，從來沒受過如此侮辱。

長老朝牆邊走去，面向一幅全身人像，畫中之人跟他有著天壤之別：高大，魁梧，一頭濃密的黑色捲髮，騎乘一匹神氣的駿馬，耀眼的盔甲襯托出他高貴的氣質。沃姆一眼也沒瞧瞧那幅藝術傑作，比了個手勢，命令男孩過來。

等摩斯乖乖地來到他身邊後，他從外套裡取出鍊墜，放在戎裝騎士的馬鎧上。掛畫的牆壁滑到木架牆後，露出一座迴旋梯。他緩緩走入，然後停下腳步。摩斯抬頭仰望，目瞪口呆：在他們頭頂上方，一部份的天花板竟然已消失。

「跟我來。」沃姆命令。

他們登上迴旋梯，進入一個比城堡其他地方都更陰暗的空間，沒入一片漆黑。沃姆拿鍊墜貼觸某種圖騰，地面才再度顯現。摩斯明顯感到自己的心撲通狂跳，愈來愈無法克制焦慮的情緒。還好，這個時候，他們身邊亮起幾盞微光。

他們位於一座長型大廳，屋頂下——從地面到天花板——全部用一種類似塑膠的平滑黑色材質覆蓋。幾乎每個地方都擺了大玻璃鐘罩和大小不一的缸甕，裡面放的東西——是岩石，泥塊，還是肉？——難以辨識。牆邊被玻璃櫥櫃占滿，櫃子裡擺滿了書。摩斯走近其中一個書櫃，讀了幾冊書名：《深入賽瑞布拉核心》、《神經元組》、《第五世界生存守則》……

「你什麼也看不懂的。」沃姆說。

摩斯沉下臉來，朝長老憤恨地瞪了一眼。沃姆已安坐在一盞黑水晶吊燈下，面對一個設有許多抽屜，以大理石板當桌面的木桌。摩斯朝那張奇特的書桌走去：桌板上滿是奇怪的符號，圖像，公式，以及地圖，他似乎認出那代表一片沙漠中的幾座山。沃姆攤開一張布，遮住那些圖案；並打開放在書桌中央的一個皮包，位置相當顯眼。

「今天晚上，回到你們在藍園那棟……漂亮的豪宅之後，你會發現一個裝滿工具的囊袋，對你在二號小宇宙的旅行非常有用。」

「我知道。」摩斯回答，看上去在賭氣。「就是一些武器。然後，有個名字很白癡的女人明天早上會替我講解怎麼使用。」

沃姆花了點時間保持冷靜，然後才回應。

「我不喜歡你回答的方式。」他以平穩的語氣說。「所以，你先給我閉嘴，經過我的允許，才准說話。聽懂了嗎？」

摩斯朝天翻了個白眼。長老含糊地嘟噥了幾句，猛然舉高自己的鍊墜，而摩斯掛在脖子上的鍊墜隨即同軌移動：不到一秒，摩斯已被懸吊在空中。

「放……放我……下來！」少年被項鍊勒得快窒息，斷斷續續地哀求：「放……開……我……！」

弗雷徹・沃姆垂下手臂，摩斯跌落地面，醜態百出。他爬到最近的椅子上，大口吸氣，撫摸著頸子，不敢抬起頭。若是這麼做了的話，主人就會看見他眼中的恐懼與憤怒交集。

「我剛剛說的話，還需要再說一次嗎？還是我們彼此已經了解得夠清楚了？」

這一次，摩斯僅敢點點頭。長老的態度緩和下來。

「帕洛瑪・魏特斯的確會去教你如何使用她給你的武器。至於這個，」他把皮包往少年的方向推挪，補充說明：「我是唯一能讓它運作的人。因為，只有我知道它的存在。而你，羅南・摩斯，你將是唯一能使用它的人。不是明天，也是遲早的事。」

峽谷之外

奧斯卡在庫密德斯會的房間醒來。前一天裡的種種事件前仆後繼地湧入腦海：進入第二世界旅行，認識了帕洛瑪．魏特斯，奇特異類的女人，與她的妹妹截然不同；另外還有她的實驗室，以及那些武器。他也想起好友們和他不聽彭思勸諫，從一個房間悄悄溜到另一個房間，徹夜聊著各自在白天裡的遭遇。還有，他們如何捉弄老管家——可惜彭思不再上當，錄音檔已騙不了他，他們的花招好幾次被拆穿。

「如果你們不回自己的房間，」穿著睡袍的彭思斥喝：「等於是在逼我吵醒布拉佛先生。」

三人最後只好乖乖聽話，稍嫌短暫地墜入夢鄉。

然而，奧斯卡卻迅速起床，盥洗，跑到樓下。

廚房裡，兩個體內世界的好友已坐在桌邊等他，一個對著一盤鐵釘，另一個的盤子裡放著糖和沾油麵包，看起來疲倦，心情卻很愉悅。

「哈囉，奧斯卡！」瓦倫緹娜大聲打招呼。「對了，你不能再多留幾晚嗎？你們下次放假是什麼時候？」

她從來沒上過學，不太懂得學校放長假的規矩，還以為每個人能隨心所欲地選擇並決定缺課的時間。

「感謝老天，不行。他今晚不能留下來睡這裡。」雪莉嚷起來，眼睛眨得飛快——每當她非常疲累或緊張時，就會這樣。「您知道在這裡見到您，我有多麼高興，奧斯卡。您知道的，對不對？但是，不行，說真的，你們三個再像昨晚那樣吵一夜，我就再也起不來了！老天爺，簡直就像每十分鐘就有一整團軍隊穿越樓層似的，實在讓人受不了。但是我又不能出去查看到底發生了什麼事，因為我滿頭都是髮捲，可能會遇到布拉佛先生。天啊！那我就丟臉死了！噢！我可不是笨蛋喔！嗯？我知道你們一直想逃離彭思的監視，我了解。」她說，一面伸手撫摸那一頭稻草般的黃髮，儘管用了全世界的髮捲，依舊又直又硬。「但是，再怎麼說，你們知道嗎？我的老公傑利，他有一個妹妹，住在格洛斯特——您知道我在說誰嗎？奧斯卡？還有你們這兩個孩子，你們認識她嗎？——你們可知道，由於失眠，她……」

雪莉的話匣子全開。孩子們繼續低聲談論自己的話題，不再在意她說什麼——反正，她也並不真的需要人家回應。

「今天有什麼娛興節目？」勞倫斯問。他對阿力斯特安排的活動不敢領教。「另一個會製造武器的女演員？會跳古典芭蕾的情報員？」

「比這些精采多了。」奧斯卡把媽媽塞進行李裡的榛果巧克力醬藏在桌下，用雙腿夾住，正偷偷把湯匙探入罐中。

賽莉亞知道雪莉從早餐就開始發揮那特殊的天份，寧願為兒子確保一份活命的機會。多虧她想到：這個星期天早晨，餐桌正中央，一個巨大的螢光粉紅布丁，夾雜幾塊棕色，在盤子裡微微顫動。瓦倫緹娜甚至假裝不小心把餐巾掉進盤子裡，讓好友們逃過出現在早餐桌上的這驚人場景。但雪莉把餐巾拿掉：

「蘑菇，棉花糖，冰糖和芹菜。請享用，尤其是您，我親愛的奧斯卡：您需要保持體力，才能應付連續不斷的旅行！」

「用這玩意保持體力，那它得先進入身體！」勞倫斯評論，目瞪口呆地望著餐盤。「然後，還能夠不吐出來，可憐的身體！」

他轉身看奧斯卡。奧斯卡對著那盤布丁，無法動彈。

「加油，老兄。」他的好友們輕聲說，真心為他難過。「我們與你同在，永遠支持你。」

「雪莉，」奧斯卡拖拖拉拉地說：「我覺得好像有點噁心想吐，從昨晚就開始了……」

「又來了？！」廚娘驚嚷。「您昨天也跟我這麼說耶！您該去看看醫生，誰知道在體內探險時是不是會被感染到什麼。」她一面碎碎念，一面把布丁盤拿走，放入冰箱。

「對，您說的有理。」奧斯卡大大鬆了一口氣，搭話：「誰知道呢？不過，我真的不太餓。」

瓦倫緹娜對他揮揮餐巾——碰到布丁之後變得花花綠綠的餐巾——，像在暗示他什麼。奧斯卡愣了一秒才恍然大悟，連忙擦嘴：對，他是真的想吐，但是吐出的是榛果巧克力醬……

「好了。」他說，並蓋上巧克力醬罐，從桌下遞給女孩。「我想，我得去做點準備。今天，如果我沒聽錯魏特斯夫人和其他人所說的，我們要進行一次新的體內探險。但是，他們始終不肯多透露一些。阿力斯特要等我們進入峽谷區後才告訴我們。」

外面的聲響終於蓋過廚房裡所有人的聲音，包括廚娘滔滔不絕的嘮叨：乒乒砰砰的響聲來自大廳，有一群人進屋裡來了。

聽見阿力斯特說話，醫族少年連忙跑出廚房，兩階併作一階地跨上樓梯，衝入房間。他的兩個好友緊跟在後。

瓦倫缇娜和勞倫斯靜靜觀看他穿上披風，謹慎地把魔法書裝進口袋，羨慕不已。接著，奧斯卡走到桌前，拿起裝滿珍貴醫族工具的小皮囊，非常專注地仔細檢視：袋子背面有一個扣環，能跟裝戰利品的皮囊一樣，固定在腰帶上。他把工具包牢牢繫好，收攏披風領襬，準備妥當。

「你們先走！」他對好友們說，沒多解釋：「我馬上就來。」

他們一出房間，奧斯卡立即撲到床上，往枕頭下一陣翻搜，找到他想找的東西：家庭小相簿。他把相本塞入披風一個大口袋裡，去走廊上跟瓦倫缇娜和勞倫斯會合。

「好了，我走了。」他說，不太敢直視他們的目光。

他知道這兩個好友——包括勞倫斯——有多麼想跟他一起去。首先，為了能一直與他為伍；再來，也因為他們被關在這棟大房子裡，終究也厭煩了；最後，因為體內世界才是他們的家鄉：勞倫斯是黑帕托利亞人，而瓦倫缇娜則隸屬骨髓獨立共和國的子民。即使他們並不遺憾離開自己生長的土地，但偶爾也會思鄉，當然希望能趁著跟朋友前往旅行時，回去一趟。

「我會跟魏特斯夫人說。」不必等他們開口，奧斯卡主動提議。「如果還是不行，我也會再跟布拉佛先生談。我相信他們最後一定會讓我們再一起旅行的。」

好友們點點頭，試著掩飾失望，但那股情緒明顯地寫在臉上。

「一言為定？」瓦倫緹娜問。

「一言為定！」

「好。」勞倫斯做出結語：「那麼，我們就等你回來。你回巴比倫莊園之前，要先來講給我們聽喔！還有，小心摩斯。」他最後擔心地補上一句。

「如果需要援手，你就吹口哨，或者去騷擾雷歐尼的腸子。我們會知道那是你給的信號！」瓦倫緹娜大言不慚地說。

奧斯卡微笑，然後衝下樓去。

玄關大廳裡，每個人都到了：阿力斯特當然不用說，但艾登也滿面笑容地迎接他，另外還有莎莉，對他友善地揮揮手。摩斯靠在牆邊，一臉諷笑地瞪著他，實在不是好兆頭。勞倫斯提醒他小心，難道確實有道理？總之，對摩斯，本來就永遠不能掉以輕心，所以……奧斯卡發現醫族少年隊少了第五名成員，吃了一驚。

一個聲音從大廳另一頭響起，來自一張為了這次集合而臨時擺放的沙發。

「你動作快點行不行？時間都已經過了，再加上事情從來都跟麥庫雷先生預料的不一樣，我們應該盡早出發才對。」

奧斯卡鬆了口氣。他本來還在擔心伊莉絲呢！——不，說什麼「擔心」，太嚴重了，其實頂多就是「懷疑」而已——現在她本人說話了。沒錯，她來了，真的來了，而且，上次的意外絲毫沒改變她的個性，真是可惜。她被安排躺在沙發上，身旁站著一位長得很像她的棕髮女子：後頸上盤個深色的小髮髻，白襯衫，海軍藍百摺裙。她扭絞著手提包的提帶，不斷露出愁眉苦臉的表情，讓人以為她隨時會哭出來。

「妳……妳確定一切沒問題嗎？親愛的？真的要去嗎？經過那次恐怖的意外後，妳的身體還這麼虛弱！」

「我要得到這項戰利品，媽媽！而且，就算我幾乎受了傷，也一定會拿到。」

「妳得跟我解釋一下，怎樣叫做幾乎受了傷？」莎莉插嘴。她雙手插口袋，在沙發旁邊繞來繞去，欣賞現任大長老的前輩老祖宗西吉斯蒙．布拉佛的雕像。

「幾乎受了傷，」伊莉絲繼續說：「就是剛好躲過一項非常重大的危險，受到非常大的心裡創傷。而且，」她伸出腳來：「我真的有傷口。」

艾登好奇地湊近。他曾經住院好幾個月，動過好幾次重大複雜的脊椎手術，所以十分關注健康議題。「也因為如此，他必然成為一名優秀的醫族：他經歷過病痛和疾苦，在侵入人體之前，能體會人們的感受。」有一天，奧斯卡為這位同學孱弱的身體感到擔憂，魏特斯夫人對他這麼說。在那之後，艾登體重增加了些，站得比較挺，特別是添了點自信，雖然偶爾還是會懷疑自己的能力。

「呃……傷口在哪裡？」他檢視伊莉絲的小腿，問道。

「這裡！」少女回應：「拜託，你什麼都沒看見嗎？」

「什麼？妳是指這一小塊膠布？那下面有怎樣嗎？」

「醫生有按照規矩好好處理。」伊莉絲進一步說明：「要是傷口受到感染，說不定非截肢不可。」

弗洛克哈特夫人用手帕摀著臉，哀嘆得大聲了。圍著伊莉絲的孩子們聽了皆不予置評，各自散開。

「很好。」阿力斯特說，看起來像個想到要進行體內入侵就興奮不已的少年：「假如大家都到齊了，那我們就別再浪費時間。上路吧！」

所有人都朝出口移動。

「容我提醒您，麥庫雷先生！我幾乎受了傷，沒辦法跑步。」伊莉絲從沙發上大嚷。

孩子們爭先恐後地推擠，分別坐上兩輛車——布拉佛先生的大禮車，由傑利駕駛；另一輛則是阿力斯特的篷頂電動四驅車——很顯然地，沒有人在意伊莉絲在不在。她的母親扶她站起來。

「慢一點，親愛的，這裡！先踩左腳，再踩右腳……妳認為這樣行得通嗎？」

伊莉絲從還開著的大門探頭張望，看大家上車。她氣呼呼地甩開母親的臂膀，兩腳一起跳下地，跑了起來。

「等等！」她大喊，「等等我！不准有人坐前面，那是**我的**位子！我幾乎受了傷，你們聽見了嗎？前面的位子是我的！」

「先把話說清楚：要是我還會這樣不時咳一陣，或一直有那種支氣管被堵住的討厭感覺，這就是最後一次！昨天，我差一點就噎死了！混賬！」

雷歐尼直挺挺地站在客廳正中央，一隻銳利的眼睛（另一隻是玻璃假眼）瞪著那一群醫族少年。孩子們小心翼翼地躲在阿力斯特身後，拿他當擋箭牌。年輕長老早已預料會有這場風暴，試圖平息主人的怒氣。

「當然，親愛的雷歐尼，當然。這種支氣管阻塞的現象不是我們造成的，這些年輕孩子甚至想盡辦法幫您解決。而且，小藥丸的表現非常出鋒頭。」

「對啦，要說出鋒頭，他的確出盡了鋒頭！」伊莉絲雙手插腰，不滿地嚷嚷。「就是他……」

她沒能把話說完：莎莉一把抓住她的髮髻，把她拖回隊伍裡，拉到阿力斯坦身後。她用力掙脫，怒視這個隊友。

「我——禁——止——妳……」

「妳敢再說一句，那我也要來大出鋒頭了，小姐！」莎莉握緊拳頭威脅她。

奧斯卡從隊伍出列，匆忙微笑，仍無法解開雷歐尼緊皺的眉頭。老人家拿起放大鏡，意興闌珊地仔細打量他。

「嗯……不管怎麼說，只要出現一點不舒服，打個小噴嚏，我雷歐尼．史密斯就跟你們沒完沒了！」

年輕長老露出笑容，轉身面向他的隊員們。

「準備好了嗎？」他揮著鍊墜問。「在大峽谷出口的小峽谷區山腳下見。所有人都要到齊。」他盯著摩斯，特地加上一句。

羅南．摩斯傲慢地回瞪，伸出鍊墜，第一個往前衝。

下一個瞬間，五個孩子展開披風。每個人都抵達同一個地點，也就是阿力斯特指定的集合地點。

「我們開始抓到訣竅了。」艾登說出事實，既驕傲又訝異。

「你們全都完美地達成定點入侵，太棒了！」他們的嚮導稱讚。

他們抬起頭：阿力斯特高高地站在一座岩石邊緣觀看，嘴角掛著微笑。在他身後，大峽谷聳立，宛如一面從中裂開的巨大城牆。

「到另一邊來挺不錯的嘛！」奧斯卡喜孜孜的說，一面想起上次的倒楣事。

摩斯似乎也沒忘記，首度開口。

「我們非得再過一次這些該死的峽谷不可嗎？」他問，一副對什麼事都看不順眼的德性。

「別無選擇。」阿力斯特證實：「穿越最大的那座峽谷時，你們等於從氣管進入了雷歐尼的肺部，現在，必須穿越他的支氣管：也就是較小的峽谷群。這是各位醫族養成訓練的一部分。原因有兩個。」

「哪兩個？」奧斯卡問。

「首先，你們必須熟悉環境，為下一次旅行做準備。但同時，也必須讓環境認識你們。」

「但是……那只是一些岩石罷了！」男孩驚訝地反應。

阿力斯特搖搖頭。

「別被蒙蔽了：在你們前進的同時，有幾百雙眼睛緊盯著你們。跟你們不一樣的是，他們懂得保持低調，就只是這樣而已。」

他們轉身背對大峽谷，迎向眼前較矮的小峽谷群。艾登仔細觀察地勢，感到困惑。

「該選哪一座呢？」

「可以多穿越幾座嗎？那可就好玩了！」莎莉問。她一心夢想能來趟扎實的健行。

「我看不出有哪裡好玩。」伊莉絲糾正她：「我寧願走最短那條路……」

「難得一次，」艾登插話：「我的看法跟她一樣。」

「我們要走中間那條。」阿力斯特裁定指出。「反正，每一條都通往同一個地方，你們別擔心。」

「哪個地方？」

「氣息國的中心，孩子們。氣息國……和你們的任務中心。」

他們走入兩面岩壁之間的通道，這裡的路徑比大峽谷狹窄，溫度卻比較高。他們的呼吸變得艱難，氣壓也愈來愈沉重。

「這是正常現象。」阿力斯特解釋：「進入狹谷中流通的空氣逐漸變熱，達到攝氏三十七度。不僅如此：你們不要光盯著地面，請抬頭往上看看。」他建議醫族少年們。「什麼也沒發現嗎？」

他們氣喘吁吁地，仔細查看岩壁。奧斯卡率先注意到一團小小的薄霧。

「感覺上，岩壁上好像被侵蝕出了些小洞，霧氣是從那裡冒出來的！」

「沒錯。」阿力斯特坦承。「甚至更厲害：在那些洞後面，就像你說的，有一整片管路網，設在岩壁之中，讓溫水循環，使進出其中的空氣保持濕潤。氣息國的居民非常有創意，科技方面非常發達，你們之後就會見識到。」

摩斯大笑起來。笑得太詭異了，大家都轉頭看他。

「別太靠近啊！史賓瑟。」大塊頭嘲笑艾登。「你的骨頭裡裝了一堆金屬，恐怕都會生鏽喔！」

艾登面紅耳赤，假裝沒聽見。奧斯卡好想幫他回嘴，但記起了魏特斯夫人最近對他的教誨：別屈服於摩斯的挑釁。為了讓自己冷靜下來，他伸手按在帕洛瑪給他的工具包上。摩斯最好別得寸進尺，否則奧斯卡很可能會想把武器試用在這個敵人身上。

當然，這種時候，伊莉絲非插嘴不可。

「你身體裡有金屬是怎麼回事？」

「這不關妳的事。」奧斯卡立即介入。「總之，這不關任何人的事。」

伊莉絲狐疑地打量艾登。男孩已趕到隊伍最前方，走在阿力斯特旁邊，藉以避開那些尷尬的問題，同時也趁機證明他不會拖累大家行進。

「阿力斯特，您剛剛說的那些居民怎麼稱呼？」奧斯卡發問，轉移話題。

「埃俄羅斯風神族。」

「他們住在哪裡？」莎莉問。

「答案就在不遠處。」年輕長老回答。「位於最後這座斷崖後方。」

探險隊員們雖已精疲力盡，好奇心卻依然旺盛。他們加快腳步，繞過一顆大岩石，終於走出峽谷。奧斯卡走在最後，不小心撞上伊莉絲。女孩那身端莊的衣著害她汗如雨下。

「往前走，伊莉絲，我們……」

眼前的景觀讓他忘了呼吸，這才明白為什麼大家都呆若木雞。

在他們面前，展開另一座一望無際的平原，緩緩向下綿延，消失在一片薄霧之中。此時的風朝他們前往的方向吹，將他們推向那團雲霧。幾秒之後，風向變換，這是氣息國中所有平原的定律。薄霧也被吹開，在遠方煙消雲散，露出一片海岸，傍著一座暗紅色的海洋，延伸到地平線盡頭，似乎覆蓋了整個小宇宙。

奧斯卡張大了嘴，朝前走了幾步，超出隊伍中的其他人，想更仔細眺望這不可思議的風光。那座海洋中央的海面上，聳立著一座建物，宛如巨型船艦，他在體外世界從來沒見過這樣的東西，像是直接從電影或電玩場景跑出來的太空站。這個基地由一個球體構成，其中包含數不清的白色和透明三角形，用一副金屬框架固定。許多較小的球體在這顆中心球體周圍爬升，彷彿星星環繞地球。小球之間互不相連，與主體大球之間只用透明管連接，可看見一個個暗色小點在管中移動。那是活生生的生物。或許，就是埃俄羅斯風神族。摩斯不想退居在後，也向前推擠奧斯卡，佔到第一排。

「那是什麼玩意兒？我還以為現在在月球上咧！」

「你口中的這個玩意兒，是埃俄羅斯國王與其子民的城邦。他們王國的中心，也就是你們即將前往的地方。」

「我們要去那裡？」伊莉絲擔心起來。「怎麼去？」

「睜開眼睛看，伊莉絲。」

少女轉頭望向那座體積驚人的奇特宮殿。在風勢來回吹拂之下，最後一片雲霧剛剛散去，他們前方逐漸出現一座橋。一座令人大開眼界的橋，架設在沙灘上，距最近的浪花還有點遠，緩緩上升，延展在詭異的汪洋上方，懸吊在巨大的塔門之間。奧斯卡曾看過紐約或舊金山的一些大橋圖片，與眼前這座相比，簡直像可笑的迷你天橋。

「我們……我們要過去？」他問。「走這座橋到埃俄羅斯城去？」

阿力斯特只微笑點點頭。他瞇起眼睛，眺望地平線。

「而且，我想，應該很快就得出發了：他們已經大張旗鼓地來迎接了。快整理一下，孩子們。」

橋面上，距他們看起來有幾公里的地方，出現一些黑影，在海上的霧氣中晃動；接著，可以比較清楚地辨識出一群人，分乘好幾輛車，直直朝他們駛來。

奧斯卡本能地一手抓住鍊墜，另一手按在帕洛瑪給他的工具包上。阿力斯特注意他們的反應：就連摩斯握拳的手也緊張得把披風都抓皺了。幾秒鐘後，伊莉絲恐怕會連珠炮似地抱怨突如其來的探險，不想再涉入險境，最後威脅要找最高層人物抗議。所以，他寧願先安撫他們。

「別擔心。」他說：「我很清楚來找我們的是誰，你們不必害怕這些人，正好相反。」

艾登並未被阿力斯特完全說服，勇敢地往前跨出，與奧斯卡交換了個緊張僵硬的微笑。

迎接團已來到不遠處。當醫族探險隊看清形狀，才發現，第一輛車上——那像是一輛敞篷越野車——有一個男人，扶搭著弧型金屬護架，站立在中央。雖然還有一段距離，已看得出他身型巨大，比布拉佛先生還魁梧懾人。

三輛車終於駛下橋，在沙灘上狂奔，車後揚起一陣沙塵，直到探險隊前方幾公尺處才煞車。孩子們聚集起來，審視他們。站在第一輛車上的男人跳落地面，直接朝阿力斯特走來。他穿著高筒皮靴，很薄的高領衫，外加一件像警察防彈衣的無袖背心。來回吹拂的風把他的深棕色長髮吹得滿頭滿臉。兩名年輕男子熱烈地握手。

「感謝接待，蓋爾。」

「布拉佛先生事先通知了我們的國王。陛下已等著考驗他們。」

孩子們互換了個擔憂的眼神。考驗？什麼考驗？為什麼要考驗？

阿力斯特不給他們時間想太多。

「親愛的孩子們，這位是禿頭蓋爾，埃俄羅斯皇家軍隊吞噬細胞第二軍團團長。他將護送你們進城。」

莎莉觀察那名男子，覺得有趣。她歪向奧斯卡和艾登。

「禿頭蓋爾，頭髮卻那麼多？」她說著，伸手插入自己那頭短短的亂髮。「好險他不叫長毛蓋爾！要不然，頭髮可能會長到腳跟！」

女孩的小玩笑總算讓所有人鬆弛緊張情緒，大家都微笑起來。艾登趁機插話發問：

「麥庫雷先生，您不跟我們一起來嗎？」

「不。我已經告訴過你們：從現在起，由你們自己上陣。蓋爾和埃俄羅斯國王會指引你們，我十分篤定：你們將從這裡帶回本小宇宙的第一項戰利品。不過，為了達成這項任務，你們必須自己想辦法，不靠我協助。」

「不靠您協助？」伊莉絲高聲嚷了起來：「萬一出事該怎麼辦？您有想過嗎？」

她不等年輕長老回應，轉身面向一旁抱胸冷眼觀看的蓋爾。另外有兩個男人和一個女人也跳下車，走到他旁邊；幾個人身材相似，只有那位女性稍微瘦一點。他們都有一張三角尖臉，長相俊美。三人跟首領一樣，身穿直筒長褲，高領衫，防護背心，直髮披肩，甚至更長。所有人都瞪著杵在他們面前的少女，雙臂抱胸，仰頭睥睨。

伊莉絲接著砲轟。

「這位先生，您可曾事先為我們的安全設想？因為那個男孩的錯，」她伸手指向奧斯卡：「我差一點就沒命了，您知道嗎？……」

「我的錯？！」奧斯卡怒喊：「正好相反！要不是我，妳早就被岩石壓成肉泥了！」

蓋爾看了她一眼，微微一笑。他有一口完美整齊的白牙，犬齒有如利爪。

「妳認為，跟我在一起沒有安全感是嗎？」

她注視他雪白的牙齒，神采奕奕的藍眼睛，方正的下巴，以及臉頰上的疤痕，不禁倒退一步。

「不……」她結巴起來，一面扶正髮髻：「當然有……我相信……我們可以放心。至少在初步階段可以。」

他直起身，目光掌控整個探險小隊。

「沒有其他問題了嗎？」

他得到的回應是一片沉默，加上幾個搖頭的動作。

「你呢？阿力斯特？關於你的徒弟們，沒有什麼特別指示要說？」

「只有一項：還給我時要全體無恙。我們真的很需要他們，你知道的。」

蓋爾仰頭望天空：雲朵開始堆積，彷彿支持阿力斯特的回應。

「我會把他們還給你。」指揮官說：「一個也不會少！我知道未來一點也不樂觀，而且，依我看，現實將變得更加殘酷。好了。」他指派伊莉絲和莎莉：「妳們兩個，跟我來。你，瘦子，去搭琪咪的車，其他兩個男孩，去坐第三輛車。對你們來說，困難從今天才開始。」

除了摩斯以外，探險隊員們都轉頭看阿力斯特。年輕長老僅跟他們揮揮手，隨即走遠。奧斯卡和摩斯互看一眼，坐進第三輛車。

雲霧之城

車子旋風般地發動。兩個男孩遵照司機的指令，坐在後座。駕駛的年紀比蓋爾大，有點大舌頭，不愛說話，斜眼瞪視他們。兩人背對著背，各自面朝車窗。目前，誰也不想引起正面衝突：他們正在一個驚奇不斷的陌生小宇宙旅行，吞噬細胞團長已預告未來要接受各種考驗，所以，還是暫時把戰斧收起來——至少，先停戰一陣子……

摩斯率先露出笑臉，傾身向前，問司機：

「我們要去哪裡？」

「跟著指揮官走。」那傢伙只這麼回答。

他加速趕上第一輛越野車，車子在沙丘上彈跳，簡直像顆蹦蹦球。摩斯緊緊抓住座椅，後來整個人縮成一團，以免摔倒。駕駛從後視鏡看他，暗暗好笑。奧斯卡立即對這位司機多一分好感。他忘卻顛簸，試圖在敞篷吉普車裡擺平那頭到處亂飛的蓬髮，並專注觀看周遭的事物，這幅景觀令他著迷。正當車隊即將駛上橋面時，奧斯卡發現，遠處，堅實的地面上，有些如摩天大樓般的金屬高塔，塔頂最高處裝置一種類似巨型風扇的設施。奧斯卡想碰碰運氣。

「先生，請問那些煙囪是做什麼用的？」他問，希望得到的答案比摩斯剛才的提問結果令人滿意。

男人短促地瞄他一眼。

「那些不是煙囪，而是西風塔。這些塔吹出氣流，幾秒鐘後再吸回去。簡單地說，它們的功用是製造逆風。」

「您的意思是，雷歐尼就是靠這些西風塔……呼吸的？」

男人點點頭。就在這個時候，從遠處傳來幾聲不協調的雜響，彷彿某個元件的馬達卡住故障了。後來，風動又恢復正常。

「它們有點老舊了，已經使用了很久，而且完全被雪茄的煙油汙染。所以，有時候，」埃俄羅斯人解釋：「運轉不是很順利。雷歐尼那個老好人就會因此而咳嗽。」

奧斯卡不由得掛念媽媽。自從發現自己的特異能力之後，他經常想到她，或薇歐蕾，甚至傑瑞米和巴特。他們也擁有體內的五個世界，有大海，有汪洋，巨大的橋樑和煙囪。有一天，他會不會進入他親友們的體內，為了幫助他們呼吸，進入一座峽谷，摧毀岩石？古里諾太太的西風塔會永遠正常運作嗎？他喜愛的人們，身體功能是否完美無恙？他無法想像母親或姊姊有個什麼萬一，而有時候，身為醫族之所以令他如此高興，也正是由於這個原因：知道自己可以進入他們的體內世界旅行，拯救他們，他真覺得安心多了。父親的死是他出生之前的事，不是他造成的，但每天都沒有爸爸的日子非常難受。如今，他有辦法保護他眼中最珍貴的兩個人，假如再失去她們，他永遠也不會原諒自己。

他常反覆問自己：他，身為醫族，到底能不能修理體內世界裡任何損傷，讓他們永遠不會死？他又開始幻想父親的事。維塔力生前也是醫族，可惜，卻沒有人能進入他的體內，阻止他死去。也因此，阿力斯特那天所說的話，始終縈繞在他腦海裡：有一張綠寶石板能讓維塔力起死回生，他必須找到它。

他一定會找到它。

當他從沉思中醒來，三輛車早已駛上吊橋，在橋中央。奧斯卡仰頭望連接一座座拱門的鋼索，金屬纜線互相纏繞，形成一幅如蜘蛛網般緊密的幾何圖案。他探頭向下望：橋下幾百公尺深之處，汪洋洶湧，一陣波浪在海面上擴散，震盪頻率像節拍器一樣規律，彷彿海面下每秒鐘都受到撞擊。不過，比這些更厲害，更讓他著迷的，是愈來愈近的那座大城。

城市顯得比剛出峽谷時所看到的更龐大。

從這個距離望去，奧斯卡清楚地辨識出幾千個居民的形體，隔著透明玻璃，在大球體內工作，有些也在管道裡操忙——手扶梯或電梯，視情況而定——這些通道連結周圍數不清的泡泡氣室。他納悶這座熱鬧的大城究竟建立在什麼樣的基地上，為什麼能漂浮在海面上。他正想詢問駕駛員，車隊放慢了行進速度：他們已經抵達城門口。

風向再次轉變，從攝氏三十七度的海水蒸發出的薄霧籠罩四周。透過蒸氣渦旋望去，車輛變得朦朧模糊。兩個男孩從吉普車下來後，要等到霧氣散去，才發現其他同伴已站在身邊，而雄偉的城門剛才開啟。

「跟我來。」蓋爾大聲喝令。「這些笨重的車輛就留在這裡，它們只適用於去海灘迎接我們的賓客。現在，該做點正經事了。」

醫族少年隊跟在他身後，通過一扇門廊，來到一座遼闊的廣場，類似十分現代的大城市可見到的那樣。唯一的不同之處：這裡沒有任何商店，餐廳，酒吧，所有建築都像辦公大樓。幾乎可以這麼說：封閉在球體中的這整座城，都貢獻給了工作，精力旺盛的人群不斷來回穿梭。最讓奧斯卡吃驚的是人們的穿著竟然跟他們一樣：各式各樣的牛仔褲，籃球鞋，西裝，裙裝，不過，只有一種顏色：一種很淺很淺的淺藍，近乎透明。那些衣服彷彿都為方便活動設計，因為他們始終暴露於風中。事實上，風才是這個王國的統治者……

廣場中央，奧斯卡注意到一座奇怪的鏡面圓柱，高聳到球頂，甚至穿越出去，想必還繼續延伸到更高的地方。

艾登突然抓住奧斯卡和莎莉的手臂；他們也抓住他，仰起頭，睜大了眼睛。

這座城的規劃像一座劇院：內壁上建造了許多大型看台，共有好幾層，環狀排列，一圈一圈，層層相疊。每一層樓板都載負許多樓房屋舍，形成真正的環城街道，全部通往中央廣場。在這座廣場上有好幾個不同的地方從地下冒出粗大的管子，沿著壁面鋪設，在每一層看台都有出口。

球體的上半部分罩在這一層層巨大的看台上方，搭建了許多奇特的隧道，通往周遭的小球。就連摩斯也讚嘆這前所未見的結構；伊莉絲深受震撼，也忘了要對埃俄羅斯人下指令。他們所有人都動也不動地站在原地，看得出神，多虧蓋爾把他們拉回現實，並提醒他們有任務在身。

他輕輕推少年們一下，沒多做說明，趕他們前往一道階梯。樓梯上方有一顆圓球亮著，寫了三個字母：TER。

莎莉轉身看琪咪。這位埃俄羅斯女子年輕漂亮，棕色的長髮編成辮子，栗色的杏眼又深又大，似乎也是蓋爾軍團的人馬。很顯然地，琪咪天不怕地不怕，儘管女人味十足，卻運動神經發達，活潑有朝氣，至少不亞於她們軍團裡的男性。這位女性立即博得醫族少女的好感。她自己也一直夢想著長大後要加入軍隊。

「特種部隊。」她曾對艾登進一步說明。男孩上上下下地打量她，彷彿在他面前的是一個外星人。

那時他們在蓋爾的車上，莎莉從車窗探出頭去看琪咪，帶著崇拜讚賞的目光。

「特種部隊？」艾登重複念了一次：「那個單位為什麼會被稱為特種部隊？」

莎莉聳聳肩。

「在軍隊裡，特種部隊用來執行各種危險和艱難的任務。」她握緊拳頭回答。「我想實地參與。說真的，你能想像我在辦公室上班的樣子嗎？」

艾登用力搖頭。

「啊！不能，真的。我沒辦法想像妳。而且，放心吧！沒有人能想像妳進辦公室上班。」

莎莉把這句話當成讚美，露出笑容，目光始終不離隔壁車裡一身軍裝的新偶像——她剛把《古墓奇兵》裡的蘿拉擠下排行榜冠軍——直到進城為止。

「這三個字母是什麼意思？」她四步併成一步，用跟琪咪一樣的步伐跨下TER車站的階梯，一面發問。

「埃俄羅斯捷運網。」琪咪又進一步說：「別再拖拖拉拉的，你們必須去會見一個人，而他可是不等人的。」

他們抵達一個很像捷運出口的空間：每個人都拿出琪咪事先發給他們的磁卡刷了一下，發出一聲「嗶」後，閘門解鎖，讓他們通過——只不過，在這裡，擋人的不是旋轉金屬槓，而是藍色光線。他們走到月台上，卻沒看見任何鐵軌，只見兩條粗大的管路，宛如雪橇滑道，沿著月台延伸。蓋爾對玻璃窗後方一位TER的員工招招手。那人在一個電腦螢幕上敲了幾下，金屬管上裂開一條縫，開口頗寬，並顯現一艘設有一張長椅的小船艦。

「誰要第一個上去？」

奧斯卡正想舉手，摩斯粗魯地把他推開。

「男子漢先上。」他又恢復挑釁的態度。

蓋爾嚴厲地瞪他，但沒時間去矯正那個醫族少年的行為，只叫他進入管內。

「躺下來。」他命令：「並繫上安全帶。好了嗎？」

摩斯點點頭，剛才的驍勇突然不見了。

「會發生什麼事？」他問，忐忑不安。

「你害怕了嗎？」奧斯卡插嘴，趁機報復宿敵：「要是你怕，可以讓真正的男子漢們先上去。」他指著其他朋友和自己說。

摩斯顏面盡失，怨恨地瞪了他一眼，卻無法回嘴：金屬管重新闔上後，他是不是會被黑暗包圍？目前，這是他最擔心的事。讓藥丸等等沒關係，稍後，他一定會奉還。

「呃……這玩意兒關上之後，燈會不會熄滅？」他詢問蓋爾，盡可能不露痕跡。

他沒看見伊莉絲就站在旁邊，結果反而是少女回應了他。

「你怕黑是嗎？」她高聲說，雖然其他人都沒聽見摩斯的問題：「你都幾歲了？！」

要不是摩斯被綑在車廂裡，一定會跳起來勒死她。不過，他只能裝作沒聽見，因極度丟臉和恐懼而動彈不得。

車廂關閉。蓋爾按下左手邊的一個按鈕，管道中的小船艦如飛彈發射般衝出，從車站消失。

其他孩子面面相覷，也沒什麼把握。

蓋爾用手指向伊莉絲。

「妳，既然妳喜歡教訓別人，那接下來就換妳來示範。上第二輛車去。」

「我寧願讓其他人先走。他們笨手笨腳的，還是確保他們都能抵達再……啊！啊！啊！」

蓋爾抓住少女，把她押進出現在月台上的車廂。金屬門板滑下，關閉噴射艦。艦艇跟在第一輛車後上路。

奧斯卡自願站上月台，也進入一輛車裡。他扣好安全帶，艙門正要關閉時，蓋爾彎下腰。奧斯卡第一次從他的眼神中看見溫和。

「很高興能為一位小藥丸的醫族之路略盡棉力，好孩子。」他用低啞的語氣說。「非常高興。祝好運……」

他站起身，按下按鈕。

「上路！」

車廂關閉。

奧斯卡聽見引擎低響，隨後轟隆運轉；他彷彿搭上雲霄飛車，感覺身體衝了出去，四面八方都搖晃，天旋地轉了好幾圈。當噴射艦猛然停下時，他以為自己的頭快爆炸了。金屬門板滑動開啟，他認出同伴們的臉——甚至連臉色也一清二楚：摩斯的臉色如床單般慘白，靠在牆上；伊莉絲則完全不顧裙子和襯衫會弄髒，坐在地上，用手摀著嘴。

過了一會兒之後，莎莉和艾登也各自踉蹌地走出車廂，心都快跳出來了。蓋爾和琪咪前來會合。

「第一次搭乘感受總是比較強烈。」蓋爾坦白地說。「接下來沒那麼嚇人，你們待會兒就知道了。」

他們走出捷運站，來到一座美麗的高台，能夠俯瞰整座城市，橋樑，平原，甚至峽谷，和那片一望無際的汪洋。

「你們現在在城市的屋頂。」琪咪說明。

「為什麼要來這裡？」伊莉絲問。「我有懼高症，可以下去了嗎？」

「不行。」年輕女戰士又走回來：「我們還要往上爬。」

孩子們轉過身來，抬頭睜大了眼睛：坐落在埃俄羅斯城屋頂之巔，傲視整個球體，國王的宮殿聳立，浮現在雲霧水汽之上，燦爛輝煌。

蓋爾催促他們。

「動作快！太陽快下山了，還沒為你們引見。」

所有人以跑百米的速度穿越高台，通過安全檢驗，在那裡，被從頭到尾徹底搜身一番。在一座大廳盡頭，他們爬上一座雄偉的階梯，來到一扇巨大的門前。

「但是我們到底必須引見給誰啊？」莎莉不耐煩地問：「我以為我們是來拿戰利品的！」

琪咪給了她一個微笑。

「我想我們兩個挺像的。」她說。莎莉聽了高興極了。「我們都比較喜歡行動，不愛繁文縟節。不過，這次，還是得辛苦忍耐一下：我們要帶你們去見國王。」

宮殿裡不知從哪裡吹來一陣怪風，灌入高聳的金屬管中，發出一種低沉的銅管樂聲。門扉大開，兩名埃俄羅斯人走了進去，醫族探險隊跟隨在後。

又深又長的接待廳沿牆鑲有一系列玻璃花窗，各種藍色千變萬化。全副武裝，手持顫動纖毛的衛兵排列整齊，駐守在綿延不斷的廊柱前。奧斯卡仔細觀察他們，吃了一驚，側身跟艾登討論：

「你看見了嗎？」他湊在好友耳邊悄聲說：「他們看起來不是很健康……」

「也不是很年輕。」好友附議。「簡直已經精疲力盡。那邊那個甚至都不會動了，你說他會不會已經……」

他不敢繼續說下去。奧斯卡想確認狀況，於是脫離蓋爾和琪咪所帶領的隊伍，走近一個駝背特別嚴重的衛兵。

「先生？」奧斯卡輕聲呼喊：「您……您人還好嗎？」

那人抬起歷經滄桑滿面皺紋的老臉，下巴顫抖，眼皮不由自主地下垂，完全無法咬字說話，給不出回答。奧斯卡覺得，如果拿掉他背靠著的柱子，他大概會癱倒在地上。

「他連說話的力氣都沒有了。我們城裡有許多人都是這樣。」廊柱後方響起一個顫抖的聲音。

奧斯卡嚇了一跳。一個身材高大的男人從陰影中走出。他的鬍鬚花白，在風中輕顫。穿越大廳的風在廊柱間鑽動，沿著牆壁滑翔，在各著角落呼嘯。這位男子穿著一件映著淺藍的白色長袍，繡有一個兩面旗幟交叉其上的球體圖案。他的頭頂上漂浮著一圈奇特的旋轉霧冠，彷彿有一道氣流在他豐厚的灰白華髮周圍環繞。

埃俄羅斯國王走向奧斯卡，小隊的其他人則折返回來跟他們會合。

「雷歐尼．史密斯是個不注重養生的人，我們也是，跟著他一起衰老了。」

國君本人卻跟其他人不同，以他的年紀來說，顯得異常有活力。他朝一道雙扇門走去，出門到一座豪華的陽台上。每當要對聚集在看台上的群眾演說時，他便在此處現身。在這裡，整個王國盡收眼底。奧斯卡跟在他後面。埃俄羅斯的目光茫然注視著遠方，講述起來；語調透露緬懷過去之情。

「西風塔已不能正常運作了，峽谷處處崩裂堵塞，雷歐尼抽的菸留下許多汙漬，破壞環境。埃俄羅斯人逐漸逝去，老化……雷歐尼垂垂老矣，活在他的暮年——連帶著我們也是。要是他能多注重身體一點……」

他嘆了口氣，離開陽台的熱氣和強光，回到涼爽的大廳。

「你們想必是最後一批進入雷歐尼體內和我宮殿的隊伍了。」

蓋爾和琪咪互望一眼，觀察孩子們的反應。一邊聽著國王訴說，奧斯卡，莎莉和艾登不禁愈靠愈攏，彼此互相打氣。琪咪俯身對他們說：

「現在雖然看不出來，」她悄聲：「但他其實是個非常樂觀的人——而且元氣十足。」

埃俄羅斯國王轉身望向孩子們，驚覺自己的話恐怕會打擊他們的士氣，於是用比較愉悅的語氣接下去：

「我會努力讓事情一切圓滿。對你們來說圓滿，當然，但也讓溫斯頓．布拉佛滿意，我對他懷有無限敬意。因為，你們必須成為合格的醫族，而且要盡快！為了對抗即將來臨的恐怖時代，你們的加入絕不嫌多。」

奧斯卡抬頭看埃俄羅斯女戰士。

「『非常樂觀』？您確定？」

蓋爾走到國王身邊，想幫忙結束這段讓大家都覺得有點太悲觀的講話。

「陛下，您說的對：現在正是這些年輕孩子試圖帶回戰利品的時候。」

「他們的戰利品？他們的戰利品……」國王反複唸著，陷入沉思中……

他終於還是振作了精神，彷彿從一場噩夢中醒來。

「對，對，當然！」他突然大喊，把在場所有人都嚇了一跳。「正好，既然他們為了戰利品來到這裡，就讓他們立刻證明自己的確有那個能耐！偉大的埃俄羅斯風神王來到：考驗開始！」

他的話剛說完，廳內的門全部大開，一陣狂風灌進來。孩子們紛紛躲到廊柱後方，以免被吹得東倒西歪。他們看見一組士兵立正站好。

埃俄羅斯國王轉身面向少年隊。

「要取得你們的戰利品，已不僅僅是去哪個山洞尋找，而是要戰勝在小宇宙裡所遇到的危險。可惜，在氣息國裡，危險可不少。你們必須要能克服難關，制伏我們的敵人；因為，大部分敵人很快就會投效黑魔王。說不定，他們已經這麼做了……你們準備好了嗎？」

「好了！」奧斯卡和莎莉齊聲回答，雖然這些可怕的消息聽起來令人擔憂。

艾登勇敢地點點頭，伊莉絲叉臂抱胸，等待後續；而摩斯則不管有沒有其他指示，直接朝門口走。

蓋爾擋住他的去路。

「你去哪裡？」

「我要出去。」男孩僅這麼回答。「那些考驗要在哪裡進行？趕快結束就對了。」

摩斯把手按在腰帶上。奧斯卡注意到他這個動作，並隱約發現他的披風下有某樣東西鼓起，感到十分好奇。蓋爾抓住摩斯的手臂，掀開披風。奧斯卡認出跟自己腰帶上一樣的囊袋，上面還印有縮寫UP.，意味帕洛瑪部門（Unité PALOMA）。所以，羅南擁有跟他同樣的武器，而且跟他一樣，都沒忘記隨身攜帶。

「你給我留在這裡，因為，什麼時候出發，去哪裡進行考驗，由我來決定。」

團長的腕力比摩斯強，男孩只好打消念頭，但仍很不爽地把手甩開。

蓋爾轉身問其他隊員：

「怎麼稱呼你們？」

孩子們分別自我介紹。

「很好。」他說，「那麼，莎莉，伊莉絲和艾登，你們跟琪咪走。我留下來和這兩位一組。」他瞪著摩斯和奧斯卡做出裁決，彷彿他也感覺出這兩人彼此互看不順眼。

莎莉開心極了，往留在大廳中央廊柱之間的埃俄羅斯女戰士走去，站到她身邊；艾登也立刻前去集合，伊莉絲雙手插腰，杵在琪咪面前。

「到底在哪裡？」她不耐煩地問。

國王按下扶手前端一個按鈕。

「在妳頭上。」他回答：「就在妳頭頂上。」

五個孩子都抬頭仰望。大廳的天花板從中裂成兩半，往旁邊分開。強光如一陣白雨灑落，令人目眩，所有人都暫時避免直視。這時，一陣引擎轟隆響徹整個空間。大廳變成露天狀態；而當大家敢再次睜眼觀看時，明亮刺眼的陽光中，他們辨識出一隻淺藍色的大昆蟲，正朝眾人爬下來。伊莉絲驚恐地朝國王看了一眼，他臉上仍掛著狡詐的笑容。艾登起初倒退了一步，隨即又挺起胸膛，走到莎莉旁邊，握住鍊墜，準備保護女伴和自己。引擎聲斷斷續續，愈來愈響亮。孩子們終於看清楚在離地幾公尺的空中靜止不動的大怪物是什麼：原來是一架直升機。機身上印有兩面旗幟交叉飄揚的圖案，那是氣息國的標誌。

直升機右側艙門開啟，一條用短棍和繩索結成的梯子垂下，直到圍繞著琪咪的小組成員面前。不需女戰士催促，莎莉急忙搶先，矯健地攀上繩梯，一路爬進座艙裡，興奮激動，開心得快瘋了。艾登緊跟在後面，身手沒有她靈活，比她多花了點時間才坐進機艙。接下來，琪咪必須把伊莉絲攔腰抱起，強迫她登上階梯。但是少女不斷拳打腳踢，伸出手指，到處指控威脅。還好，嘈雜的螺旋槳馬達蓋過她的尖叫。

奧斯卡朝大廳中央跑去，解開腰帶上的帕洛瑪工具包。

「艾登！」

男孩從直升機艙門探出上半身。奧斯卡把皮囊丟給他，但他沒接到。另一隻手從空中接著正著：琪咪把囊袋遞給艾登，男孩鼓起勇氣，朝地面上的好友微微一笑。飛行員猛然關上艙門，醫族少年的臉消失在玻璃圓窗的反光後方。

奧斯卡回到魁梧的蓋爾身邊，抓住他的胳臂。

「他們要去哪裡？」他大喊著問，一面緊緊拉住披風，以免被吹飛。

蓋爾一言不發，只把剩下這兩名醫族少年帶到門口。這時，直升機已飛到高空中，王宮的屋頂重新闔起。奧斯卡最後一次轉身：大廳深處，埃俄羅斯面無表情地坐在寶座裡，似乎陷入一種深沉的思考，對他而言，周遭的一切皆已不存在。他們從雄偉的大梯下樓，穿越王宮豪華的大廳，回到高台上。抬頭仰望：氣息國的天空中，載著其他醫族的直升機轉向了，衝向連結城邦與平原及大峽谷的那座橋。

奧斯卡一直跑到欄杆旁。他們位於汪洋之上幾百公尺的高處，俯瞰低飛的直升機來到吊橋西邊，直接朝西風塔群前進。

機不可失

機艙裡的三個孩子並不輕鬆自在，雖然他們同時也對景觀深深著迷，並陶醉於這次的飛行。「風神一號」在岸邊降落，三個孩子跳下飛機。螺旋槳在他們頭頂上轟隆轉動，但有另外一種響聲從最近的峽谷傳來，更令人膽戰心驚：狂風貫穿層層岩壁，發出尖銳的呼嘯——簡直要刺穿他們的耳膜。他們望向留在機艙裡的琪咪。她只站在艙門口不下來。

總算有一次，艾登率先發難。

「那是什麼聲音？峽谷裡面發生了什麼事？」

「山壁重新合攏了！」琪咪雙手圈成傳聲筒大喊：「峽谷裡沒有足夠的空間讓氣流正常通過，西風塔群缺乏動力，無法好好吸取空氣。現在該你們上場了！」

「可是，我們能做什麼？」艾登驚慌失措地大聲詢問。

「你們的時間不多了。」年輕女戰士大喊，並沒有回答他的問題。直升機再度起飛，把他們留在岸上。「時間過了之後會出現太多亂流，沒辦法來接你們了！祝你們好運！」

他們都還來不及揮個手或說句話，琪咪已經飛遠。

伊莉絲回頭看同伴。

「現在可好！」她嚷起來：「我就知道：雷歐尼生病了，來這裡非常危險。麥庫雷先生不肯聽我的，都沒有人肯聽我的話！」

「好吧，這一次，我們就聽妳說吧！對現在的狀況，妳或許有什麼看法？」莎莉。她也急得團團轉，想找個解決辦法。「我不知道妳有沒有聽懂人家告訴我們的話，我們可沒有一整天可以耗！」

「我想，我知道該怎麼辦。」艾登宣稱。「我的弟弟也有同樣的毛病：他會氣喘！」

「氣喘？」伊莉絲尖叫：「你說不定會傳染！」

莎莉翻了個大白眼。

「假如是氣喘病，他們是怎麼照顧你弟弟的呢？」她急忙詢問，不再理會伊莉絲。「或許我們也可以用同樣的方式照顧雷歐尼。」

她迅速瞄了手錶一眼。

「當然，如果可以很快處理完的話……」

「一定要快。」少年保證。「要不然，再這麼下去，雷歐尼為了清支氣管，會咳得非常劇烈，那就完了！」

他打開奧斯卡在直升機起飛前扔給他的小皮囊，緊張得微微顫抖，試著回想好友先前針對他們所擁有的各項武器說了些什麼。他在腦海中搜尋，但是記憶混亂，囊袋中的物品，沒有一項給他靈感。他正想放棄時，卻看到包包底部有樣東西在發光。他伸手探摸，拿出一顆小三角星星，中央刻了一個M字。他睜大眼睛，眼裡閃過一絲希望的光芒。

「我們有機會成功……拿出妳們的鍊墜！」他以堅定的口吻指示，其他兩人從未見過他這副模樣。「如果我們想為雷歐尼盡點心力，同時讓自己脫困，就必須幫助他好好呼吸！」

莎莉二話不說，立即有樣學樣；就連寧願跟這個同伴保持距離的伊莉絲也照做不誤。他們抬頭看看峽谷，然後又望望那些呼出空氣，又艱難地從變窄的峽谷縫中吸氣的高塔。

莎莉和艾登互換了一個眼神。

「我想，我有辦法了。」男孩試探性地說。

「我想，我的辦法跟你的一樣。」莎莉應和。

他們一起轉頭看另一個伙伴。

「你們把我當成什麼人了？」伊莉絲惱怒起來：「假如連你們都想到了辦法，難道還真的以為我不會比你們先想到嗎？」

他們解開披風，讓衣襬飄動，藉此得知風向。但是，還來不及確認，就出現一陣天搖地動，沙灘和吊橋劇烈晃蕩，在海面上引發洶湧波浪。

「這下好了！」艾登氣急敗壞地說：「雷歐尼開始咳嗽了！快點，我們得趕快站起來！」

三個孩子重新站起，他們的披風往海水的方向飄。等了幾秒之後，巨塔的馬達反轉，像一支支巨大的吹風機，將氣流吹向峽谷。

「做好準備！」他高喊，並將三角星拋入空中。

女孩們驚慌失措，用充滿疑問的眼神望著他。

「但是……」

「就是現在！」艾登大叫，並揮動鍊墜。「專心把一切集中在星星上！」

塔群再度卡住抽噎，第二次的搖晃撼動了整個國度。莎莉和伊莉絲不需再次提醒，立即主動執行任務。金色字母每次發亮，就有三道光束集中在已開始墜落的星星上。每當被光束托住，星星便懸浮不墜，並繼續爬升。

「不要放手！」艾登大喊，為大家打氣。「不能讓星星掉下來，要讓它升到塔頂……」

「但是，為什麼要這麼做？」伊莉絲終究問出口，同時意識到自己正在服從他人的指令——而且，竟然是艾登的指令——，這是她這輩子從來沒有過的事。

她改變心意，垂下手臂。

「先給我好好解釋一番……」

第三次震動比前兩次更劇烈，打斷了她的話。她一個踉蹌往後跌倒，趕緊兩手撐住，以免摔個四腳朝天。

「我的鍊墜！」她尖叫一聲。此時，狂風再度在峽谷中慘烈呼嘯。同伴們轉頭看她，大驚失色：伊莉絲的金色M字滾落地面，彷彿被施了魔法般消失蹤。她連忙去抓，撲趴在地上。

「在那裡！鍊墜在那裡！那條地縫最裡面！」

「那就快撿起來啊！」艾登大吼。

「我辦不到！」伊莉絲煩躁地嚷起來：「太深了！我搆不到！而且，我討厭手指上沾滿泥沙！」

艾登轉身對莎莉說：

「妳自己一個人撐得住嗎？萬一星星墜落，碰到地面，一切就完了：它的力量就會消失。」

莎莉點點頭，隨即專注地用她自己那道光束把星星托在空中。艾登以最快的速度趕到伊莉絲旁邊，跪在一條因地震造成的裂縫前方。地縫深處，字母的金色光芒隱約可見。艾登試著把自己的鍊墜放入縫隙中，緊緊抓住鍊子。

伊莉絲的臉皮可真夠厚，竟然粗魯地打發他走。

「你在幹嘛？沒用啦！我們的鍊墜又沒經過配對，你那條不可能把我這一條吸起來的。」

「我在試著替妳收拾爛攤子，因為，都是妳的關係，我們的考驗就快失敗了！所以，那些批評，妳自己留著用……」

總算有一次，伊莉絲沒頂嘴，也試著自己想想辦法。

「你那個怪里怪氣的袋子裡就找不到一塊磁鐵嗎？」

「那又不是鐵做的！」艾登回她，動腦筋找解決之道。

他抬起頭，眺望遠方。雷歐尼猛咳這段期間，直升機在空中盤旋，無法接近他們。他的目光搜尋城市最高點，覺得似乎看得到王宮看台上的人影。一想到奧斯卡正在看他，而且一定在為他加油，他的勇氣油然而生。他瞇起眼睛，看見好友的披風迎風飄揚。

披風。引力。

他把伊莉絲一把推開，解開她的披風。

「你要做什麼？」她緊緊抓住綠色絨布：「我最恨人家碰我的東西了！」

艾登用力拉扯，但伊莉絲死命抵抗。

「妳的披風可以認出妳的鍊墜！馬上交給我！」

「你們快一點！」莎莉求救，她肌肉結實的手臂也開始疲弱了。「星星一直在下降，我沒辦法把它維持在空中了……」

伊莉絲讓步。艾登把她的披風捲成長條，伸入地縫中，抓緊絨布一角。布料一碰到金屬鍊墜，字母立即發亮，黏貼上去。艾登小心翼翼地拉起披風。

「快來幫我！」莎莉大吼。

另兩人轉頭朝她的方向看：星星現在距離地面已不到兩公尺，再過一會兒就要掉下來，那麼就再也不可能成功通過考驗了。一陣轟隆低吼蓋過風聲蕭蕭，吸引他們望向汪洋：洶湧的海面上，一艘馬達船正朝他們駛來。

「直升機無法靠近，所以他們改用船來接我們。」艾登沮喪嘆氣：「我們失敗了……」

「那真是太好了。」伊莉絲如此結論。「我早就受不了這個地方。我們該回去了，下次再來拿這個戰利品。」

「才不要！」莎莉大喊。「不准放棄！快把那個鍊墜撿起來，過來幫忙！我們還是辦得到的！」

艾登把披風拉上來，鍊墜也跟著從地縫出來。

他們站起身，跑到同伴身邊。三個人終於同心協力，朝星星的方向揮動字母。在光束的作用下，星星再度上升。艾登重燃希望。

「再高一點！再高一點！」

這一回，星星愈升愈高，不就後即將抵達雷歐尼老舊的西風塔群頂端。

「小心風要轉向了……果然，它們往峽谷的方向吐氣了！現在，最後再推它一把！」

孩子們使出全力一擊，成功地讓星星再上升一公尺左右，剛好位於風吹的路徑上。在風勢和三顆錸墜的加乘效果下，星星拉長，改變了形狀，而且不斷脹大，後來竟然變成了一座巨大的三葉扇，狂速旋轉起來。氣流都被吸進去，形成一柱空氣渦旋，很快就比西風塔群還高，所經之處沙塵飛揚。三名醫族少年少女臉朝地面趴下，用披風蓋住身體，保護自己。

莎莉伸出頭來，驚愕得目瞪口呆。

「真叫人不敢相信！你的星星竟然把普通的風變成了……」

「……超強龍捲風！」艾登承認。他站起來，全身灰頭土臉。「那是超風靈。妳們看，它直接衝向峽谷了！」

旋風毫不留情地一路狂掃，撞擊第一道峽谷。堆積在岩壁間通道上的落石如稻草般被輕鬆吹起。彷彿刀切奶油那樣毫不費力地，暴風在峽谷中掃出一條路，然後前往旁邊的峽谷繼續任務。很快地，一般氣流也依循同樣的路徑通過，終於在各峽谷間流通循環。

「我們成功了！」艾登歡呼：「氣喘危機解除，雷歐尼恢復正常呼吸！」

就在這個時候，船隻靠岸，琪咪跳上沙灘。

「太棒了！」她高聲喝采，瞄了高塔一眼，又看看遠方清除乾淨後的峽谷區。「你們解決得很漂亮！」

「謝謝！」伊莉絲說，「還好他們有我在，因為，只靠他們兩個，那顆星星永遠也升不到這麼高！」

她的兩個同伴聽了猛眨眼睛，已經不知道該對她的厚臉皮做出什麼樣的反應，最後不禁笑了出來。

「現在，只剩領取獎賞，就大功告成了。」琪咪補充。

三名醫族孩子隨著她的目光望去：一輛車已開到他們後方等候。

「您要留在這裡嗎？」莎莉問，不想離開琪咪。「您不跟我們一起來？」

「接下來該你們的朋友接受考驗了。我得去接他們。」

艾登走到她面前，工具包遞給她。

「請您把它交給奧斯卡，好嗎？他一定用得上。」

女戰士接過囊袋，後退朝海岸走，準備去搭船。

「埃俄羅斯國永遠歡迎你們！再見，祝你們好運！」

艾登和伊莉絲已坐進車裡的後座。莎莉不甘願地來到吉普車旁邊，爬上前座，坐在駕駛旁邊。車子轟隆隆地發動，朝旋風掃過的第一道峽谷前進。

「我們要去哪裡？」

司機踩下油門。

「我開車，你們指路。」

孩子們面面相覷，被搞糊塗了。怎麼指路呢？他們根本不知道要去找什麼，甚至不知道往哪裡去才有機會找到該找的東西啊？

「果不其然，一切真的籌辦得很糟。」伊莉絲批評。她決心用毒舌大放厥詞，表示給了低分。

結果是莎莉第一個發現。

「那裡，峽谷山頂上，你們看！」她大喊：「岩石上！」

「岩石上！」伊莉絲沒好氣地學她說。「可是這裡到處都是岩石耶！」

莎莉實在受不了了，揪住她的髮髻，用手指著峽谷上方。

「那塊岩石，正中間那塊，沒讓妳想到什麼嗎？」

「蛇盃！」艾登歡呼。「那形狀是醫族蛇盃！」

「好極了。」伊莉絲鬆了口氣，一面梳理頭髮：「司機，載我們去那裡，愈快愈好。」

「可是……我們還不能回去！」艾登提醒：「我們還沒拿到戰利品呢！甚至連它是什麼樣子都還不知道！」

「反正，」莎莉裁決：「我也沒發現其他信號。所以，就去那裡吧！麻煩您了，先生，請問有沒有路可以開到峽谷山頂上？」

「五分鐘就能到。」駕駛向她保證，顯然覺得莎莉的語氣比伊莉絲好多了。

吉普車全速行駛到山腳，然後鑽進岩壁間一條蜿蜒的羊腸小道。他沒食言，幾分鐘後，他們來到峽谷山頂上的一片高原。遠方，雲霧籠罩下的大城看起來只像一顆被浩瀚汪洋吞沒的大球，被成千上萬的泡泡氣室環繞。艾登惦記著奧斯卡，想到他還留在城裡，跟摩斯一起接受由蓋爾和琪咪設計的挑戰。如果說他覺得伊莉絲很麻煩，那麼，在取得戰利品的路上有摩斯從中作梗，奧斯卡又該怎麼說？他對好友有信心，走下車來。

莎莉找到了形狀像蛇盃的岩石。

「在那裡！不過……奇怪，蛇盃角落上那三個亮點是什麼？」

他們一直跑到那座小石堆旁邊。蛇盃的盃腳，還有上面兩個頂端的地方，這三處各有一個小玻璃盒等著他們。伊莉絲隨隨便便就拿起一個。

「兩邊都能打開耶！好奇怪……」

她才剛打開方盒的一面，就聽見一個聲音從裡面冒出來：

深淵之頂
展開飛行
集一口氣
埃俄羅斯之氣。

「一口氣？」伊莉絲嚷叫，細看玻璃盒內，滿腹狐疑。「必須集一口氣關在這個盒子裡？怎麼弄？！」

「妳沒聽見嗎？我們的半份戰利品應該就是這個。」

「很合理。」艾登並補充論點：「那是這個國度最重要的東西。」

他走到高台邊緣，將上半身探出懸崖外。此處風勢猛烈。

他轉身回到同伴們旁邊，打開自己的盒子，心跳得好快。

「我想，我們真的別無選擇。」他說，自己也不想相信。「必須往下跳，收集一口氣，封存在這個小盒子裡，然後即時轉頭看蛇盃。失誤了的話，對我們沒有任何好處……」

「要是沒成功呢？」伊莉絲問。

「要是沒成功，妳就會跌落谷底，粉身碎骨，斷了氣，空空的玻璃盒破裂毀損。而且妳就再也不能回到我們的世界——就算回去也變成一小塊一小塊的，如果有人願意把妳的屍骨收集起來的話。加油，我們走吧！」莎莉說，看起來比其他兩人有信心多了。

三人在懸崖邊緣一字排開。

「準備好了嗎？」艾登問，語氣不是很堅定。

「好了！」莎莉回答，對即將完成最後一個階段感到興奮不已。

伊莉絲意興闌珊地點點頭，不像平常那麼趾高氣昂。

「那麼，跳吧！」

三人互換最後一次眼神，打開一面盒蓋，深深吸一口氣，跳入空中。

艾登感到雙腳離開了堅實的地面，沒有任何東西阻止他的身體墜落。唯一聽得見的聲音，是從兩個女孩口中所發出的尖叫，以及，更驚人的，從他自己口中所發出的吶喊。

他感到狂風咆哮，在陡峭的岩壁間流洩，於是伸出手臂。一股爽颯勁風灌入透明玻璃盒，盒蓋自動關上，一道強光透出。那一剎那，他看見兩位女伴的手中也發生同樣的現象：他們三人都捕捉到了一口埃俄羅斯國的氣息。兩個女孩抬起頭，看見蛇盃的頭部，於是朝那個向揮舞鍊墜：一道眩目的閃光，她們消失不見，艾登獨自向下墜。

他在空中轉身，注視岩壁頂端：為了抓住鍊墜，他又往下跌落好幾公尺，蛇盃形狀的岩石已不在他的視線範圍內。他玩完了，他知道：再過幾秒，他就要摔個粉身碎骨。他想到家人、朋友，以及等著他去實現的未來，恐懼與悲憤交集之下，只聽得又一聲吶喊從他喉嚨吼出。他絕望至極，抓住披風衣襬，往兩側張開：布幅變成一張帆，而他就好像搭乘一張飛行傘似的。令他喜出望外的是，他停止墜落，一股更劇烈的陣風將他托起。他宛如一隻背上繡了M字的綠色蝙蝠，往上浮升了幾公尺，盡可能朝高處探望搜尋：彷彿海市蜃樓的幻象，在他乘風滑翔時，蛇盃出現在空中。他鬆開披風衣襬，重新滿懷希望，拿起鍊墜，朝岩石伸長手臂。

下一個瞬間，兩面岩壁之間，只剩狂風浩蕩疾馳。

競技場上

宮殿高台上，奧斯卡緊緊攀在欄杆上，觀看三位伙伴通過考驗。當然，他最擔心的是艾登。多虧蓋爾借他的電子望遠鏡，他目不轉睛地關住好友的一舉一動。他曉得艾登身體孱弱，自信不足。但是，眼前看到的一切令他雀躍欣喜：再一次，艾登不僅全身而退，並幫忙兩個女孩脫困，帶回他們的戰利品──至少，琪咪回來後是這麼告訴他們的；因為他只看見龍捲風形成，然後三位醫族伙伴就乘車前往峽谷區。

「他們表現得非常出色，成功通過考驗。」年輕女戰士給予高度肯定。「他們已經離開氣息國。現在，輪到你們上場了。」她說，並把帕洛瑪部門的工具包遞給奧斯卡。

男孩走到蓋爾面前。

「我們也一樣，會搭直升機到橋面上嗎？」他問，聲音中透露著興奮。

「你們跟我來。」禁衛軍團長回答，沒有多做說明。

摩斯一點也不關心其他三名隊友的命運，只找地方遮蔭乘涼，癱坐在白色花叢中的一張長椅上。他站起身，露出百般無聊的表情，有氣無力地跟在埃俄羅斯戰士和奧斯卡後面。

他們再次走進宮殿，注意到，這一次，在大廳的豪華階梯後方，豎起一根鏡面圓柱。他們來到圓柱牆面上的門前，門開之後，出現一個小艙房。

四人都走了進去。蓋爾按下一個鈕，電梯——那的確是一部電梯——開始下降。從裡面看出去，它完全是透明的。

「但是從外面，沒有人看得見我們。」蓋爾特別說明。「這部電梯僅供國王和他的賓客使用，以便抵達皇家廣場……或者更下面，我們現在要去的地方。」

他們越過王宮的地下層，然後又穿過宮殿所在的球體巔峰。從這麼高的地方俯瞰，城市宛如仙境，廣場盡收眼底。奧斯卡讚歎著那些建築在層層平台上的街道和房屋，而平台本身又固定在周圍的球面內壁上。電梯繼續下降到人群之中，但沒人看得見他們；然後又往廣場下方沉降，再連降了好幾層之後，才靜止不動。門板開啟，四個人全都走了出來。

奧斯卡和羅南環顧四周，保持戒心。這一次，他們又到了另一座遼闊的環形廣場，跟剛才經過的熱鬧廣場一樣。不過，這裡沒有任何布置——除了周圍的看台座位以外。地面鋪著淺色沙土，看台用一種類似樹脂的白色材質雕成。廣場上架設了一座司令台，印有埃俄羅斯國的標誌。

奧斯卡發現有一扇通往看台的門開著。

他一階一階地往上爬，一直走到最上面，最高的那一層。他暫停了一會兒，為眼前的景象深深著迷。很明顯地，他們位於球體底部，而在這一層，壁面完全透明。醫族少年這才發現他們被水包圍：雲霧之城的底部原來就只是浸在水中，像一顆氣球一樣！他把臉貼在特別厚實的玻璃上，欣賞那一望無際的海底世界：玻璃外面沒有魚群，但其他各式各樣的東西和生物不斷擦撞球面。他並不覺得有哪樣特別奇怪，因為，當初，跟著瓦倫緹娜和她的環球紅牛潛艇，他們已經探索過黑帕托利亞的江河水域，那裡也生存著同樣的水中族群。不過，這一次，在這大片透明牆後方，景色非常壯觀。他也注意到，在數不清的水底小球體周圍，環球紅牛艇交通十分繁忙。看來，他們在水面上所見到的，雖然已經非常龐大，卻也只是這座大城的冰山一角而已。

「氣體的交換就在這些氣室裡進行。」蓋爾解釋；他也來到了看台上。「西風塔群朝峽谷區吹出的空氣帶有二氧化碳，都在這裡回收，好讓雷歐尼吐出體外。然後，西風塔吸進新鮮空氣，我們在這裡取出氧氣，裝載到環球紅牛艇裡。」

「環球紅牛艇會把氧氣帶到整個體內，任何有需要的地方。」奧斯卡補充說明：「我的好友瓦倫緹娜是紅血球，她的家族就在運送氧氣的領域工作！」

「你跟魚群玩夠了沒？胡蘿蔔紅毛頭？」摩斯插進來打斷他：「快下來，趕快把這個考驗通過。」

奧斯卡刻意忽略他話中的含意，不慌不忙地走下看台，與其他人會合。他再度檢視這個像羅馬競技場的地方。奧斯卡想到一些關於格鬥士的電影：這裡只少了皇帝和觀眾，還有猛獸……

他回頭想問蓋爾：

「那現在，有什麼……」

他頓時打住：現在，競技場裡，只剩摩斯和他兩個人。

狂風驟起，在他們周圍打轉，然後往上升，一路吹到最高那層看台。號角管樂大作，一陣鑼鼓喧天劃破原本的深幽寂靜。奧斯卡睜大眼睛。各種樂器都固定在很高的地方，風吹過時，就演奏出奇怪的音樂。嘈雜不和諧的樂聲很可能是正式開始的信號：看台上方開了好幾扇門，埃俄羅斯男女群眾湧入，彷彿墨漬在一匹布上蔓延湮開似的，坐滿競技場上所有座位。

奧斯卡和摩斯驚愕地互望一眼。他們有種預感：觀光參訪已經結束，該進入一個比較正經的階段了——同時，雖然不知道為什麼，但那也是一個較令人擔心的階段。他們轉頭看司令台，認出蓋爾和琪咪分別坐在兩側的高椅子上，周圍都是些陌生臉孔，面無表情，目光集中在兩名醫族少年身上。

風向改變，號角再次響起。競技場裡的觀眾全體起立，動作整齊劃一。埃俄羅斯國王進場，走上司令台。他的子民鼓掌歡呼了一陣，對奧斯卡來說彷彿沒完沒了，因為他完全不知道接下來會有什麼好戲！羅南也和他一樣覺得被擺了一道，失去了耐心。

「有完沒完啊？這些噱頭？」他怒喊：「真是受夠你們這座城和那位國王老太爺了！我只想通過考驗，帶走我的戰利品！」

觀眾紛紛閉上嘴，既驚愕又憤怒。經過短暫的沉默後，噓聲從各個角落響起。國王舉起手，場內恢復寧靜，風勢平息，沿著看台最後一排插置的旗幟也跟著垂下。

「他說的沒錯。」國王意味深長地淺笑。「現在，該讓這兩名醫族少年面對他們挑戰——並扛起他們的責任！他們的任務是幫助我們抵抗敵人，更何況，那些敵人隸屬病族大軍。」

聽見病族的名稱，群眾再度更大聲鼓譟起來。

「你看，」奧斯卡沒錯過諷刺隊友的機會：「你對他們的影響力跟病族一樣大。」

「的確，我正想用對付病族的方式來對付你。」摩斯神祕兮兮的回應，眼神始終盯著觀眾。

奧斯卡後悔先行挑釁。果然，他必須學著三思而後言，尤其是身處競技場上，擺明是被指派去對抗棘手的敵人的時候。這種時候，實在沒必要給自己多添一個麻煩——也就是說，摩斯：這個傢伙本來應該是他的盟友，而且擁有跟他一樣的武器……

國王繼續發言，似乎針對那名傲慢的醫族少年：

「既然你這麼急著想知道我們替你們準備了什麼，那就別讓你們再等了。」

他們身後傳來一陣鎖鍊鋃鐺，然後只聽一扇門猛然打開，逼得他們轉頭觀望。

奧斯卡不敢相信自己的眼睛。

在他們面前，冒出一隻黑色怪物，蟄伏不動，急促地噴息喘氣。男孩立即聯想到前陣子的惡夢：那的確是一頭半夜裡他無法安眠的可怕猛獸，幾天前才剛在帕洛瑪部門看到。而這一隻長得一模一樣：用兩隻後腿蹲立，全身毛茸茸的，毛髮豎立，矮壯精實，三角尖臉上方鑲著兩顆黑色小眼珠。牠的鼻孔中流出一種噁心的黏液。這隻怪獸左看看，右看看，掃視全場，引發廣大的觀眾群一陣驚懼的尖叫——或許也有幾分興奮？

兩名醫族少年一直急欲通過考驗，如今已來不及後悔。競技場另一端，另一扇門一下子大開。這一次，在他們惶恐的目光下，出現一團怪異的東西，包覆在塵霧中，形狀難以辨識。看不出頭在哪裡，手在哪裡，腳又在哪裡：只見一團金屬質感的光滑物體，比蓋爾還高大。

國王起身說明。

「一隻病毒和一隻細菌：這是我們日常生活中的兩大敵人。」他說，「很快地，必定也會變成你們的敵人，既然這些無知的猛獸已有部分接受徵召，加入病族。病族使他們強大，攻擊我們，我們每天都為此付出慘痛代價。」

靜默的人群聽了皆不寒而慄。奧斯卡止不住地擔心：又一項徵兆證明，他們該死的敵人已不肯再躲在暗處了……

「今天，」老國王繼續說：「想取得你們的戰利品，你們必須迎戰我們的軍隊最近捕捉到（蓋爾點頭以示認同負責）的這兩頭野獸，並且打敗牠們。氣息國全體國民及國王我本人在此祝你們好運！」

他聲如洪鐘，即將展開的戰鬥彷彿為他注入活力和能量。

兩名醫族少年本能地背靠背站在一起。他們知道，儘管兩人之間沒有朋友交情，但此時此刻只有互相幫助才是王道。

奧斯卡感到汗水沿著背脊留下，冰冷無比。

摩斯腳步緩緩移轉，迫使奧斯卡面對看起來較難摸清底細的敵人：沒有固定形體的細菌。看台上，圍著他們的觀眾大呼小叫，催促怪獸們發動攻擊，雙方趕快展開打鬥。奧斯卡的心彷彿已經跳到太陽穴那麼高，但他努力試著控制恐懼的情緒。他目不轉睛地盯著猛獸，輕手輕腳地，一隻手已抓住了鍊墜，另一隻手按在帕洛瑪的工具包上。摩斯轉過頭來。

「你在做什麼？」他粗聲粗氣地問。

焦慮使他充滿攻擊性。奧斯卡快速瞪了他一眼。摩斯的眼神中閃過一絲獸性的光芒，讓人一時以為他跟那兩頭可怕的怪物同屬一類。儘管情勢緊張，即將大戰一場的念頭賜予他呼之欲出的能量，以及藏也藏不住的快感。

他的對手率先行動：黑毛怪後腿一彎，朝他撲來。摩斯的動作幾乎跟牠同步，往旁邊閃開，結果變成奧斯卡腹背受敵。在他前方，橢圓金屬團開始變形，看上去像個穿胄甲的戰士，伸出四肢，頭戴鋼盔；而在他後方，則是像刺蝟般的絨毛怪。

在此起彼落的叫喊中，他清楚聽見蓋爾的聲音：

「黑色怪物是一隻病毒，是隻不折不扣的寄生蟲：又啃又咬，什麼都吃，但需要進入我們體內才能繁殖。千萬別被咬著了！」

摩斯一秒也不浪費，展開反攻。他把手伸進工具包，拿出一個透明袋子，將鍊墜貼在上面。他把兩樣東西一起舉高，朝猙獰的怪物揮動。袋子開始鼓脹，一直脹到破掉為止。炸開的聲響把現場觀眾嚇得大叫，怪物已被淹沒在一大灘稠黃的物質下。

「是黏液！是在我們這裡生產，用來清除病菌的！」琪咪驚呼，「這招漂亮，摩斯！」

奧斯卡認出那是表面張力素，他的工具包裡也有，忍不住吐了個舌頭：所謂黏液，不是別的，其實就是……痰！就是為了這個原因，得支氣管炎的時候，我們的肺腔裡才會有那麼多蛋清黏液：就是為了覆蓋並消滅這些討厭的敵人。

噁心嫌惡的感覺很快就過去了：可惜，病毒又站了起來，再次衝向摩斯。至於奧斯卡這邊，他緊盯著一身盔甲的對手，對方尚未展開攻擊。

摩斯被病毒的反應嚇了一跳，連連後退，一腳踩進那灘黏液，滑了一跤。他不小心讓鍊墜滾遠了，抬起頭，只見猛獸朝他奔來。他的心跳得好激烈，張開嘴，卻一個聲音也發不出來。他完全沒有逃脫的機會，埃俄羅斯群眾跟他一樣清楚，這次紛紛驚恐尖叫。蓋爾手執武器，躍下司令台，朝他狂奔。琪咪只比他慢一秒，也依樣照做。人群愈喊愈大聲，似乎害怕——同時又希望——兩人來不及介入。

奧斯卡從未如此反應敏捷。他解開披風，手臂一甩拋出，讓披風飛越競技場，同時不慌不忙地念起咒語：

宛如護殼，堅如磐石。

布面在空中展開，在呲牙裂嘴的怪獸咬下之前，即時落下，蓋在摩斯身上。披風瞬間凝固，醜陋的怪物一頭撞上，發出一聲巨響：布匹變成一副能抵抗所有東西的硬殼。猛獸張大嘴，卻怎麼咬也咬不下去。牠站起來，轉身面對奧斯卡，毫不猶豫地朝男孩衝去。

蓋爾大步一跳，擋在他們之間，揮動手中的武器——一根奇怪的黑色管子。病毒停下動作，向後退了一步，顯然對這項威脅有所畏懼。

摩斯對奧斯卡沒有任何表示，連看都沒看他一眼。人家對他伸出援手，他卻感到受到了侮辱，不願就此罷休。

「我不需要你們！」他對團長大吼：「讓我自己來處理！」

病毒繼續後退，顯得平靜許多，彷彿已想清楚，決定放棄這場戰鬥。競技場深處，又有一扇門打開。兩名士兵走了出來，手裡拿著網子和蓋爾一樣的黑色長管當武器，準備抓捕野獸，並且囚禁。摩斯搶走他們手中的網子。他靈巧地灑下第一張網，接著又灑下第二張。過了一會兒之後，病毒就被困在網眼中，動彈不得。

摩斯於是走向沒有防禦能力的猛獸。他在囊袋中摸索，毫不遲疑地拿出弗雷徹．沃姆給他的皮囊，從中取出一個黑色套環，把鍊墜綁在上面，然後抓住項鍊，把鍊墜對準病毒。字母開始放大，黑色套環變色，轉為烤盤加熱線圈一般火紅，發出一股恐怖的熱氣，直射怪獸。蓋爾和琪咪互望了一眼，眼神不安。

「那是什麼？」奧斯卡心中納悶：「帕洛瑪沒跟我提過這項武器！」

不到幾秒鐘，熱氣升高到超過攝氏一千度，沒有人能靠近——無論是蓋爾，琪咪還是警衛。病毒痛苦地捲曲，發出驚心動魄的慘叫，人群害怕得無法動彈。牠的皮膚開始綻裂。

「保護你們的臉！」蓋爾大喊。

奧斯卡只來得及撿起披風，覆蓋在眼前，病毒的甲殼似乎被酷熱硬化，碎裂成幾千片小結晶，隨即爆炸。

蓋爾站起身，狠狠瞪視摩斯。

「你為什麼要殺死牠？這一次，牠並沒有攻擊你！」

摩斯聳聳肩。

「現在，牠再也不會攻擊任何人了。」

「他早就沒有任何危險了，笨蛋！」蓋爾咆哮。「你殺了他一點好處也沒有，但牠本來可以讓我們知道更多牠們族群的事！而且，你差一點就害我們受傷。」

摩斯把武器收好，根本不在意人家指責他什麼。奧斯卡並不訝異：一直以來，摩斯最擅長的就是用殘忍的手段欺負弱小或是沒有反抗能力的人。

一個金屬聲在耳邊響起，蓋過觀眾的歡呼，迫使奧斯卡回頭：在牠眼前，盔甲怪朝牠的頸子伸長手臂，並且張開另一隻手的手指，每一根指頭都變成尖銳利刃。競技場上的人們看見牠逼近，都屏住氣息。

男孩跳到一旁，揮動鍊墜。蓋爾和琪咪已經退場：觀察過摩斯之後，他們正想看看奧斯卡到底有多大能耐。奧斯卡的手臂開始不聽使喚地顫抖，金色字母的光芒尚未照到細菌就幾乎完全熄滅。這時，他想起，當初在拯救在湖心溺水的蒂拉時，同樣的光芒曾經多麼閃亮。我必須拿出意志力，並相信自己辦得到。奧斯卡再次告訴自己。就在這個時候，光線變成綠色，亮度也增強了十倍。看台觀眾席上響起讚歎的私語。就連國王本人也站起來仔細觀看。光束撞擊金屬，但出乎眾人之所料，怪獸的盔甲竟抵擋住醫族少年的雷射切割。更糟的是：光束從金屬殼上反射，射向奧斯卡，好險少年及時避開。

怪物毫不留情，朝他逼來。

他顫抖地打開囊袋，腦子裡萌生出一個想法。他解開一個小皮囊的細繩，用兩隻手指探入，抓出一小把粉末。「這是一般醫生所能擁有的最強抗生素，親愛的奧斯卡。」帕洛瑪當時如此說明。「有了這個，你可以消滅所有可能出現的細菌。應該說，只要病族還沒教牠們如何抵抗這種藥……」

奧斯卡把粉末灑在錬墜上，墜子像風扇似地快速轉動起來，將抗生素粉末往對手噴射。但是，連碰都還沒到，盔甲就自行斷裂，在奧斯卡驚訝無比的目光下，分成完全相同的兩半。粉末飄散到其中一半，它立即像紙牌屋一般倒塌；另一半的生命力卻變得更旺盛，已經又分裂為二，製造出另一個一樣的生物——而且也一樣極具侵略性。

蓋爾把雙手圈在嘴邊當傳聲筒，集中音量：

「那是一隻細菌，奧斯卡：牠能很快分裂，迅速大量繁殖。牠們會把你包圍起來，你必須先阻止牠們分開，然後一舉消滅！」

奧斯卡聽一次就懂。他把錬墜拋到兩副盔甲上方，字母靜止不動，愈變愈大。這時，奧斯卡喃喃念起某次體內旅行時，魏特斯夫人在途中教他的咒語：

金字母，

若有靈，

懸於此物之上，

火花四濺！

剎那之間，一道火幕從鍊墜降下，團團圍住這包藏禍心的生物，將牠們困在熊熊烈火中。但是，金屬與先前炸開的病毒甲殼不同，並未崩解。於是，奧斯卡再次將手探入小包包。這次，他又拿出一把粉末，灑在細菌身上，同時召喚鍊墜回到手中。然而，不知從哪裡吹來一陣強風，粉末在碰觸敵人之前，就煙消雲散。而強敵也從火焰中脫困，準備進攻。眼見被大火及危險激怒的金屬怪朝奧斯卡猛撲而來。

他東張西望，驚慌失措，不明白這到底是怎麼一回事，想找個地方躲避。他瞥見摩斯一臉奸笑，將鍊墜收回T恤下掛好。奧斯卡百分之百確定，剛才，與他一起挑戰考驗的同伴也把金字母變成了風扇，在藥粉灑落在目標上之前，就用風吹散！現在，他一時間拿不出辦法，而有一隻細菌已經快撲到他身上了！他用披風護住身體，不抱太大的希望，往後倒下，背躺在地。

尖銳的刀鋒咻咻作響，差一點擊中。猛獸高舉胳臂，準備來個一次斃命。不過，牠的手懸在空中，停止了動作。牠垂下頭，然後垂下手臂，然後整個軀體癱軟在奧斯卡身上。少年驚嚇過度，喘得上氣不接下氣。

兩隻強壯的手抓起細菌已失去知覺的身體，救出奧斯卡。男孩站起身，對蓋爾露出可憐兮兮的微笑。戰士剛把武器插回腰帶上。

「謝謝。」男孩看了屍體背上的黑洞一眼：「我想，只靠我自己……」

他沒把話說完。他很清楚，少了團長的幫忙，他自己一定沒辦法解決，所以，他的考驗挑戰失敗了。

一場失敗。

這個字眼在他腦中不斷回盪，宛如一則噩耗。他將不能帶回他的第一個半份戰利品。接下來，該怎麼對無條件支持他的魏特斯夫人坦承這件事，又該如何面對醫族大長老？他甚至不敢抬眼看重新坐回椅子上的國王，想必他老人家一定很失望。他只怨恨地瞪著摩斯，暗暗發誓，剛才這筆帳以後一定要如數奉還。

尖叫吶喊四起，將他從陰鬱的恨意中驚醒。

「救命！火！失火了！」

他，蓋爾和摩斯同時轉身：火苗被摩斯鍊墜製造出的風吹到最高的觀眾席上，看台如稻草般迅速燃起，一下子就坍塌。人群試圖往下避走競技場內，但大批士兵湧入，急著救火，埃俄羅斯群眾的逃生之路立即受阻。火勢危急，人群慌亂，第二隻細菌受到刺激，逃離戰士們的監視，衝向觀眾席，四處揮劈伸出利刃的雙臂。看台上方有火，下面是瘋狂的猛獸，群眾腹背受敵。蓋爾，琪咪以及一隊衛兵連忙挺身保護民眾，擋在細菌前方。但是，在此同時，細菌進行分裂，變成兩隻金屬盔甲怪，一起反擊，抵擋埃俄羅斯軍隊。其中一隻變得無比兇猛，躍上觀眾席，一階階逼近，利刃劃破人們的衣裳皮肉，飽受驚嚇的人群中，有好幾名埃俄羅斯民眾受傷。

摩斯雙臂抱胸，冷眼旁觀，甚至覺得這奔逃潰散的場面有點好笑。奧斯卡實在忍不住了，衝進失事地點。該如何滅掉這場火，讓人們能夠從上方的出口逃走？他在囊袋中摸索，凝望鍊墜，完全無能為力。帕洛瑪所預備的武器是為了解決在二號小宇宙特有的危險，例如氣喘或病菌；至於魏特斯夫人，她可從來沒教過他如何把金色字母變成消防車！正想放棄時，袋底一樣東西給了他一閃靈光。當然啦，吞噬靈！「這樣武器的靈感來自一種人體抵禦感染的模式。」帕洛瑪當時解釋：「必須先圍堵敵人，您聽見了嗎？小帥哥？必須阻止牠逃脫，甚至不讓牠移動。有點類似戀愛的法則。而且，相信我，」她帶著一抹淘氣的微笑補上一句：「我深諳掌控的技巧。」

現在，也輪到他來掌控技巧了。

他拆開包裝，努力回想帕洛瑪部門某位技術員所作的示範。他用手抓起一團綠泥，抹在鍊墜上，然後把鍊墜拋入空中。字母變大，變軟，變成一條很粗的繩索，閃閃發亮，在空中展開。奧斯卡利用項鍊讓繩索在他頭頂上迴旋，就像一條巨大的套索。他把套索兩隻細菌拋出；蓋爾正帶著部隊與牠們英勇纏鬥，而後方的火勢已擴散過來。

金色M字完美精準地套住細菌，並強力收緊。兩隻猛獸死命掙扎，卻是白費力氣。其中一隻試圖變形逃脫。繩索又更用力地綑緊一些。另一隻細菌發出淒厲悲鳴，起初只悶在盔甲中，後來響徹整座競技場，並再次進行分裂。但是這一次，三隻細菌擠在一起，套索並不輕易鬆脫。很快地，牠們再也動彈不得，頹倒在看台上，沿著階梯一路滾到競技場中，奧斯卡腳邊。

埃俄羅斯人總算得救，趁機逃離；士兵們撲滅大火，群眾放心了，高聲歡呼。醫族少年抓了一把抗生素藥粉，準備灑在三隻細菌身上，最後又改變主意。

「你們已經不構成危險了。」他對牠們說。

「處理得真好，年輕人！」

奧斯卡轉身：埃俄羅斯國王正注視著他，身邊跟著蓋爾，琪咪，幾名城邦官員和他的私人護衛。

摩斯遠遠地站在後面，看著這幅場景，顯得很滿意。國王招手要他過來。他猶豫了一會，終究遵從指示。埃俄羅斯王等他來到面前，板著臉孔，遞給他一個玻璃盒。

「你打敗了你的敵人，雖然牠那時毫無防禦能力，而且他的死對你也沒有任何好處，或許，只滿足了你殘忍的私欲。這是你的戰利品。」他不甚開心地說。

看台上響起低聲怒罵與斥責。國王手一揮，命令大家閉嘴。摩斯接過戰利品，臉上掛著自命不凡的笑，用十分睥睨的眼神瞪著奧斯卡看。

「打開刻有我國標誌的小玻璃門。」崇高的埃俄羅斯王繼續對他說：「朝天空高舉雙臂。」

競技場上吹起一陣風，並開始在他們周圍打轉。安靜的人群紛紛起立。摩斯照他的話做，將小玻璃盒高高舉過頭頂：風灌入其中，透明盒面之間形成一股金色渦流在透明盒面，小門自動關上。

摩斯打開腰帶上的第二個皮囊，將戰利品放進去，顯得無比得意驕傲。

埃俄羅斯轉向奧斯卡。

雙手空空。

醫族少年低下頭，走向國王。

「你沒有戰勝你的敵人。要不是蓋爾出手搭救，你可能就會被細菌所傷，甚至殺害。然而，你知道，你必須贏得這場戰鬥的勝利才能取得戰利品，奧斯卡．藥丸。」

奧斯卡避開國王與其效忠者們的目光，手掌按在空空的囊袋上。它將一直空著。此時此刻，他想像著那位非常重要的人，要是他也在場，該會有多麼失望。他在披風的口袋裡摸索，觸摸到小相本，連忙縮手，彷彿一碰到就會燙傷手。

他一言不發，轉過身去，開始朝藏著電梯的鏡面圓柱走去。他只想要做一件事：離開這裡，忘記這場可怕的失敗：他是隊伍中唯一空手而回的人。或許魏特斯夫人，還有，特別是布拉佛先生，會允許他再回來再挑戰一次戰利品。

「就戰鬥而言，你沒達到取得戰利品的資格，奧斯卡。」國王繼續說，而男孩深覺恥辱，已經走遠。

他真不想繼續聽下去了，不想再被國王所說的字句折磨。但是風神堅持。

「……但在另一方面，你證明了你既勇敢又聰明，隨時願意冒生命危險去拯救他人。而且你不濫殺無辜。這些優點都會使你成為卓越的醫族。」

奧斯卡停下腳步，僅點頭感謝大王，始終不敢轉過身去，不想讓大家看見他悲傷失望的表情。他聽見腳步聲接近，蓋爾擋在他面前。魁梧的團長抬起他的下巴，朝他伸出手。

奧斯卡的臉瞬間亮了起來：蓋爾把珍貴的玻璃盒交給他。

「拿著。」他說。「你比其他所有在場的人都更有資格贏得它。」團長說，同時嚴厲地瞪了另一名醫族少年一眼。

摩斯表情驟變，對於情勢之大翻轉氣憤難平。

奧斯卡轉過身來，欣喜若狂。聚集在看台上的觀眾們也恣意慶祝，歡欣鼓舞，為他喝采。蓋爾陪男孩回到國王面前。

「你也一樣，打開這個盒子，奧斯卡。」埃俄羅斯指示。

奧斯卡找出刻有兩根交叉旗幟的那一面，打開盒蓋。他仰頭尋找一絲風動，卻什麼也沒發生。他氣惱地看了國王一眼。

「我想，現在已經有點太遲了。」他哀傷一笑：「總之還是謝謝您。」

埃俄羅斯對男孩的話充耳不聞。他彎下腰，張開嘴，朝盒子裡吐了一口好長的氣。無數小亮點開始在戰利品內旋轉，如鑽石般光芒璀璨。琪咪，蓋爾，以及其他人都開心又驚喜地看著這一幕。

蓋爾俯身在奧斯卡耳邊說：

「這是我們的國王第一次用這種方式嘉獎醫族。這真的值得你驕傲。」

國王站直身子。

「你的戰利品中不僅收藏了平原上，峽谷中或城市裡的氣息。」他調整好呼吸之後宣布：

「裡面還包含了氣息國國王，埃俄羅斯風神的一口氣。或許，以後你會曉得它的力量及重要，不過我但願你沒機會知道。」國王神祕兮兮地補上一句。「然而，希望這口氣有一天能幫助你抵達終點，完成訓練。」他說，目光已望向別處，彷彿又陷入某種沉思。「祝你好運，祝你好運，英勇的維塔力．藥丸之子，奧斯卡．藥丸。」

埃俄羅斯似乎突然變得十分疲累。於是，在親信們小心翼翼地攙扶之下，一國之君緩緩消失在競技場盡頭的廊柱後方。

看台逐漸清空，不久後，競技場已空無一人，只剩兩名醫族男孩，蓋爾和琪咪。稍遠處，有些士兵把活著的細菌帶往競技場後台，另一些士兵搬運被蓋爾殺死的細菌和被摩斯消滅的病毒屍體。摩斯急著離開，目光在場內到處搜尋。

「你們看！」他大喊：「那裡，地上！」

猛獸的黑血流淌到地面，形成著名的蛇盃圖案。回家的時候到了。

女戰士走到他們面前。

「沒有其他任何地方比兩國世界，也就是氣息國和幫浦國，更了解生命的價值。肺和心臟是雷歐尼身體的活力中樞。只要我們撐下去，埃俄羅斯族內有足夠的年輕人，維繫城邦和幫浦國的生存，雷歐尼就能活下去。但是，我們還能撐多久呢？」

「細菌對我的鍊墜光束沒有感覺。」奧斯卡提出他的發現：「這是因為……」

「……病族的關係。」琪咪證實：「沒錯。他們把細菌變得更強，抵抗力更好。這就是我們需要你們的原因。所以，別忘了我們喔！」她說，帶著信任的笑容。

「在這裡，我們每一天都在學習生命的價值，因為，我們為了生存而奮鬥。」蓋爾顯得比較嚴肅，進一步說明。「除了為自己的生命，也為敵人的生命。請不要跟他們一樣，請不要為了殺害而殺害，或只因為別人說他們是敵人就信以為真。我們永遠需要其他人——活著的人。」

奧斯卡點點頭，非常認真聽他說。摩斯拿出鍊墜，準備離開兩國世界。

「回程一路順風。」蓋爾又說，一面走遠：「別忘記生命的價值。永遠別忘記！」

「一言為定。」奧斯卡喃喃自語。

國家圖書館出版品預行編目(CIP)資料

藥丸奧斯卡. 第三部, 兩國 / 艾力.安德森作 ; 陳太乙譯. -- 初版. -- 臺北市 : 春天出版國際, 2019.07
面 ; 公分. -- (D小說 ; 22)
譯自 : Les deux royaumes
SBN 978-957-741-223-2(平裝)

376.57 108011132

D小說 22

藥丸奧斯卡 第三部 兩國

Les Deux Royaumes

作 者 艾力・安德森 Eli Anderson
譯 者 陳太乙
總 編 輯 莊宜勳
主 編 鍾靈
出 版 者 春天出版國際文化有限公司
地 址 台北市信義路四段458號3樓
電 話 02-7718-0898
傳 真 02-7718-2388
E－mail frank.spring@msa.hinet.net
網 址 http://www.bookspring.com.tw
部 落 格 http://blog.pixnet.net/bookspring
郵 政 帳 號 19705538
戶 名 春天出版國際文化有限公司
法 律 顧 問 蕭顯忠律師事務所
出 版 日 期 二〇一九年七月初版
定 價 280元

總 經 銷 楨德圖書事業有限公司
地 址 新北市新店區寶興路45巷6弄6號5樓
電 話 02-8919-3186
傳 真 02-8914-5524
香港總代理 一代匯集
地 址 九龍旺角塘尾道64號 龍駒企業大廈10 B&D室
電 話 852-2783-8102
傳 真 852-2396-0050

SBN 978-957-741-223-2 Printed in Taiwan